August Strindberg

Am offenen Meer

Übersetzt von Mathilde Mann

August Strindberg: Am offenen Meer

Übersetzt von Mathilde Mann.

»I havsbandet«. Erstdruck: 1890. Hier in der Übersetzung von Mathilde Mann, Leipzig, Insel-Verlag, 1920.

Neuausgabe mit einer Biographie des Autors
Herausgegeben von Karl-Maria Guth
Berlin 2017

Umschlaggestaltung von Thomas Schultz-Overhage unter Verwendung des Bildes: Ivan Aivazovsky, Das schwarze Meer, 1881

Gesetzt aus der Minion Pro, 11 pt

Verlag: Henricus - Edition Deutsche Klassik GmbH
Mörchinger Str. 33, 14169 Berlin, info@henricus-verlag.de
Druck: Libri Plureos GmbH, Friedensallee 273, 22763 Hamburg

ISBN 978-3-7437-0898-3

Bibliografische Information der Deutschen Nationalbibliothek

Die Deutsche Nationalbibliothek verzeichnet diese Publikation in der Deutschen Nationalbibliografie; detaillierte bibliografische Daten sind im Internet über www.dnb.de abrufbar.

1.

Draußen auf dem Gåsstensfjord lag an einem Maiabend eins von den Segelbooten des Zollwesens und kreuzte. Die entferntest gelegenen Schären begannen zu blauen, und an dem klaren Himmel bildeten sich jetzt, wo die Sonne sank, allmählich Wolken; an den Landzungen spürte man bereits ein unruhiges Plätschern, und ein unangenehmes Rucken am Rahsegel verkündete, daß der Landwind bald auf neue Luftströmungen von oben, von außen und von hinten stoßen werde.

Am Ruder saß der Zollkontrolleur von Österskär, ein Hüne mit langem, schwarzem Vollbart, und schien hin und wieder einen Blick mit den beiden Zollbeamten auszutauschen, die im Vorsteven saßen und von denen der eine die Klostange bediente, die das große Rahsegel im Winde hielt.

Von Zeit zu Zeit warf der Mann am Ruder einen forschenden Blick auf den kleinen Herrn, der, scheinbar ängstlich und fröstelnd, am Mast saß und hin und wieder das Plaid strammer um Magen und Unterleib zog. Der Kontrolleur mußte etwas Komisches in seinem Aussehen gefunden haben, denn er wandte sich oft zur Seite, gleichsam als wolle er zugleich mit dem Priemsaft ein aufdringliches Lachen ausspucken.

Der kleine Herr trug einen biberfarbenen Sommerüberzieher, aus dem ein Paar weite Beinkleider aus moosfarbenem Trikot hervorguckten und sich unten über ein Paar Krokodillederstiefel mit schwarzen Knöpfen und Schäften aus braunem Tuch ausbreiteten. Von der untern Bekleidung sah man fast nichts; aber um den Hals hatte er ein cremefarbenes Seidentuch geschlungen, und seine Hände schützten ein Paar lachsfarbene, dreiknöpfige Glacéhandschuhe, von denen der rechte am Handgelenk von einem dicken, ziselierten Goldreif in Form einer Schlange, die sich in den Schwanz beißt, umschlossen wurde. An den Fingern der Handschuhe sah man Erhöhungen wie von Ringen. Das Gesicht – soviel man davon sehen konnte – war mager und leichenblaß, und ein kleiner, dünner Schnurrbart mit in die Höhe gewichsten Spitzen verlieh ihm einen etwas exotischen Ausdruck. Der Hut war zurückgeschoben und ließ das schwarze, geradegeschnittene Stirnhaar wie ein Stück von einem Käppchen blicken.

Was den Bootsführer am meisten zu fesseln schien, war das Armband, der Schnurrbart und das Stirnhaar.

Während der langen Fahrt von Dalarö hatte der Mann am Ruder, der ein großer Humorist war, mit dem Fischereiinspektor, den er einem Befehl zufolge nach der Station bei Österskär hinausfahren sollte, muntere Gespräche anzuknüpfen versucht; aber der junge Doktor hatte eine verletzende Unempfänglichkeit für die ziemlich anzüglichen Witze an den Tag gelegt, und infolgedessen war der Zöllner mit sich darüber ins reine gekommen, daß der »Instrukteur« hochnäsig sei.

Indessen frischte der Wind auf, nachdem man Hansten zu luvard passiert hatte, und das Großsegel fing an, auf unheimliche Weise zu klatschen. Der Inspektor, der eine von den Seekarten der Marine in der Hand gehalten und Notizen nach den Fragen gemacht hatte, die er von Zeit zu Zeit hinwarf, stopfte die Karte in die Tasche und wandte sich mit einer Stimme, die mehr der einer Frau als der eines Mannes glich, an den Mann am Ruder.

»Wollen Sie, bitte, ein wenig vorsichtiger steuern!«

»Ist der Herr Instrukteur bange?« entgegnete der Kontrolleur foppend.

»Ja, ich bin bange, mein Leben zu verlieren; ich wünsche es zu bewahren.«

»Sie sind nicht bange für das Leben anderer?« fuhr der Kontrolleur fort.

»Wenigstens nicht so sehr wie für mein eigenes«, entgegnete der Inspektor. »Und Segeln ist eine gefährliche Beschäftigung, namentlich mit Rahsegel.«

»So–o? Haben Sie denn schon früher häufig mit Rahsegel gesegelt?«

»Nie im Leben! Aber ich kann ja sehen, wie die Kraft des Windes wirkt, kann berechnen, welchen Widerstand das Gewicht des Bootes leisten kann, und weiß sehr wohl zu beurteilen, wann das Segel back steht.«

»Nun, dann nehmen Sie selbst das Ruder!« höhnte der Zollkontrolleur.

»Nein! Das ist Ihr Amt; ich fahre nicht auf dem Kutscherbock, wenn ich von Amts wegen aus bin.«

»Der Herr versteht sich wohl nicht aufs Segeln, das ist wohl die Sache!«

»Verstehe ich es nicht, so wird es wohl sehr leicht zu lernen sein, da ja jeder zweite Schuljunge und jeder Zollbeamte es kann – folglich ist es keine Schande für mich, es nicht zu können! Steuern Sie jetzt nur vorsichtig, denn ich wünsche nicht naß zu werden und möchte ungern meine Handschuhe verderben.«

Das war bündiger Bescheid, und der Zollkontrolleur, der der große Mann auf Österskär war, fühlte sich ein wenig herabgesetzt. Nach einer Bewegung mit dem Ruder füllte sich das Segel wieder, das Boot schoß schnell dahin und hielt auf die Schäre zu, deren weißes Zollgebäude in der Beleuchtung des Sonnenunterganges grell erstrahlte.

Die inneren Schären verschwanden am Horizont, und man fühlte, daß man jedem Schutz entsagte, jetzt wo man auf das große Wasser hinaus sollte, das sich unbegrenzt ausbreitete, mit einer drohenden Finsternis nach Osten zu. Hier war keine Aussicht, hinter einem Werder oder einer Schäre in Lee kriechen zu können, keine Möglichkeit, zu ankern oder zu reffen, falls Sturm kam; mitten hinein in die Gefahr mußte man und über den dunklen Schlund hinaus nach der kleinen Schäre, die nicht größer aussah als eine Boje, die ins Meer geworfen war. Der Inspektor, der, wie angedeutet, besorgt um sein Leben war und intelligent genug, um seine unbedeutende Widerstandsfähigkeit der unermeßlichen Gewalt einer übermächtigen Natur gegenüber berechnen zu können, fühlte sich höchst ungemütlich. Er machte sich mit seinen sechsunddreißig Jahren keine Illusionen in bezug auf die Einsicht und den Mut des Steuermanns, und er betrachtete sein braunes Gesicht und seinen schwarzen Vollbart keineswegs als etwas Vertraueneinflößendes; er glaubte nicht, daß ein muskelstarker Arm einen Wind beherrschen könne, der mit einem Ruck von vielen tausend Pfund gegen eine schwankende Segelfläche wehte, und er durchschaute den Mut, der nur auf mangelhaftes Wissen aufgebaut war. Welche Dummheit, dachte er, sein Leben der Gefahr in einem offenen kleinen Boot auszusetzen, wenn es gedeckte Fahrzeuge und Dampfer gibt! Welch eine unglaubliche Einfalt, ein so großes Segel an einem Tannenmast zu hissen, der sich wie ein Flitzbogen biegt, wenn der Wind gehörig anfaßt! Die Leewanten hingen ganz schlapp, das Vorstag ebenfalls, und der ganze Druck des Windes lag auf den Luvwanten, die obendrein so aussahen, als seien sie morsch. Sich einem so unsichern Zufall wie der größeren oder geringeren Zusammenhangskraft einiger Hanftaue zu überlassen, wollte er nicht. Bei dem nächsten Windstoß wandte er sich deswegen an den Zollbeamten, der am Fall saß, und befahl mit einer mündigen, durchdringenden Stimme: »Nehmen Sie das Segel herunter!«

Der Zollbeamte guckte nach achtern hinüber, um die Billigung des Steuermanns einzuholen, aber der Befehl des Inspektors wurde augenblicklich und mit einem solchen Nachdruck wiederholt, daß das Segel fiel.

Jetzt begann der Zollkontrolleur im Achtersteven zu rufen:

»Wer zum Teufel hat das Kommando beim Manöver in meinem Boot?«

»Ich«, antwortete der Inspektor.

Und darauf wandte er sich an den Mann am Vorsteven mit einem neuen Befehl:

»Nehmen Sie Riemen bei.«

Die Riemen wurden ausgebracht, und das Boot wurde ein paarmal ohne Steuerung von der einen Seite auf die andere geworfen, denn der Zollkontrolleur hatte voller Wut das Ruder verlassen, indem er äußerte:

»Ja, dann mag er selbst am Ruder sitzen!«

Der Inspektor hatte sofort den Platz achtern eingenommen, und die Ruderpinne lag unter seinem Arm, ehe der Kontrolleur zu Ende geflucht hatte.

Die Glacéhandschuhe platzten sofort, aber das Boot machte gleichmäßige Fahrt, während der Kontrolleur dasaß und in den Bart grinste, bereit, einen Riemen auszubringen, um das Boot auf Kurs zu halten. Aber der Inspektor schenkte dem zweifelnden Seebären nicht die geringste Aufmerksamkeit; er starrte nur scharf nach der Windseite hinaus und konnte bald Unterschied zwischen der Dünung mit ihrem viele Faden langen Wellental und den Windwogen mit ihrer kurzen Brechung erkennen. Und nachdem er sich mit einem Blick achteraus das Abtreiben und die Stromversetzung gemerkt hatte, wurde es ihm bald klar, welchen Kurs er halten mußte, um nicht an Österskär vorbeigetrieben zu werden.

Der Zollkontrolleur, der lange bemüht gewesen war, die schwarzen, brennenden Augen des Inspektors auf sich zu heften, damit sie seinen Spott bemerken sollten, ward dessen bald überdrüssig, denn es war gleichsam, als wollten diese Augen nicht das geringste von ihm annehmen, als wollten sie sich rein halten von der Berührung mit etwas, das stören oder beschmutzen könne, und nach einer Weile wurde der Zollkontrolleur niedergeschlagen und zerstreut und begann das Manövrieren mit Interesse zu verfolgen.

Die Sonne war jetzt in den Horizont hinabgesunken, und die Wellen brachen sich rötlichschwarz mit dunkelgrünen Rändern. Wenn sich die Wogenkämme am höchsten aufbäumten, breitete sich ein grasgrüner Schimmer über sie aus, und der Schaum sprudelte sonnenbeleuchtet rot, champagnerfarben; bald lag das Boot unten in der Dämmerung, bald oben auf dem Wellenrücken, wo die vier Gesichter sich einen Augenblick erhellten, um sich gleich darauf wieder zu verdunkeln.

Aber nicht alle Seen brachen sich an dem Boot, einige schaukelten daher und wiegten sachte das Fahrzeug, hoben es empor und sogen es vorwärts. Es war gleichsam, als könne der kleine Steuermann aus der Entfernung beurteilen, wenn eine Sturzsee kommen würde; mit einer leichten Bewegung der Ruderpinne nahm er sie dann entgegen, fiel ab oder schlüpfte zwischen die fürchterlichen grünen Wellen, die drohend heransprangen und das Boot begraben wollten.

Die Sache war die, daß die Gefahr durch das Herabnehmen des Segels in Wirklichkeit vergrößert war, denn die treibende Kraft war dadurch vermindert, und die Hebekraft des Segels mußte man jetzt entbehren; deswegen begann nun auch das Staunen des Zollkontrolleurs über das tüchtige Manövrieren in Bewunderung überzugehen.

Er sah an dem wechselnden Ausdruck des bleichen Gesichts und den Bewegungen der schwarzen Augen, daß dahinter Berechnungen von mehr als gewöhnlicher Art vor sich gingen, und nachdem er, um nicht für überflüssig gehalten zu werden, einen Riemen ausgebracht hatte, hielt er die Zeit für gekommen, wo er seiner Anerkennung freiwillig Ausdruck geben mußte, ehe sie ihm abgerungen wurde.

»Sie sind schon vor heut abend auf See gewesen?«

Der Inspektor, der teils stark in Anspruch genommen war, teils jeden Berührungspunkt vermeiden wollte, um nicht in einem Augenblick der Schwäche von dem scheinbar Überlegenen in dem Äußeren des Hünen genarrt zu werden, antwortete nicht.

Sein rechter Handschuh war zerrissen und das Armband herabgeglitten. Als nun das Glühfeuer oben auf den Wellenkämmen erloschen und die Dämmerung eingetreten war, nahm er mit der linken Hand ein Monokel aus der Westentasche und setzte es in das linke Auge, drehte den Kopf nach verschiedenen Seiten, als nehme er Landpeilung, wo kein Land sichtbar war; dann warf er den vor ihm Sitzenden die Worte zu:

»Ihr habt kein Feuer auf Österskär?«

»Nein, leider nicht!« antwortete der Kontrolleur.

»Habt ihr denn seichte Stellen vor der Schäre?«

»Reines Wasser!«

»Aber man kann eine Kreuzpeilung von dem Landsorter und Sandhamner Feuer nehmen?«

»Das Landsorter Feuer ist nur schlecht zu peilen, das Sandhamner besser«, antwortete der Kontrolleur.

»So, nun sitzet still auf euren Plätzen, dann wird es schon gehen«, schloß der Inspektor, der sein Besteck nach den Köpfen der drei Männer und einigen unbekannten Punkten in der Ferne aufgemacht zu haben schien.

Die Wolken hatten sich zusammengezogen, und die Maidämmerung war einem Halbdunkel gewichen. Man schaukelte gleichsam in einer dünnen, aber gleichzeitig undurchdringlich dunklen Masse dahin, und die Wellen hoben sich jetzt nur als dunklere Schatten von dem Halbschatten der Luft ab, steckten den Kopf unter das Boot, nahmen es auf den Rücken und tauchten, sich flach ausrollend, an der andern Seite wieder auf. Aber Freund von Feind zu unterscheiden, wurde schwieriger, und die Berechnungen wurden unsicherer. Zwei Riemen waren auf der Leeseite und einer auf der Luvseite beigenommen, und mittels Anwendung von größerer oder geringerer Kraft im richtigen Augenblick mußte das Boot auf gradem Kiel gehalten werden.

Der Inspektor, der bald nichts weiter mehr sah als die beiden Feuer im Norden und Süden, mußte das Gesicht nun durch das Gehör ersetzen. Ehe er sich aber daran gewöhnen konnte, an dem Brüllen, dem Seufzen und Fauchen der Wellen den Unterschied zwischen einer Sturzsee und einer Windwelle zu erkennen, war das Wasser schon in das Boot gedrungen, so daß er seine feinen Stiefel retten mußte, indem er die Füße auf das Dollbord setzte.

Es währte jedoch nicht lange, bis er sich mit der Harmonielehre der Wellen bekannt gemacht hatte; er konnte sogar an dem Tempo des Wellenganges hören, wenn sich die Gefahr näherte, konnte an dem Trommelfell des rechten Ohres fühlen, wenn der Druck des Windes härter wurde und das Wasser noch gewaltsamer aufzurühren drohte; es war, als habe er nautische und meteorologische Instrumente aus seinen stark empfänglichen Sinnen improvisiert, zu denen die Leitungen aus seiner großen, von dem lächerlich kleinen Hut und dem schwarzen, hundefrisierten Stirnhaar verdeckten Gehirnbatterie offen standen.

Die Leute, die beim Eindringen des Wassers einige rebellische Worte gemurmelt hatten, schwiegen jetzt, als sie merkten, wie das Boot dahinschoß, und bei jedem Kommandoruf, Luv oder Lee, wußten sie, auf welcher Seite sie die größte Kraft einsetzen sollten.

Der Inspektor hatte seine Peilung nach den beiden Feuern genommen und benutzte das viereckige Glas des Monokels als Distanzmesser, aber die Schwierigkeit, den Kurs innezuhalten, lag darin, daß aus den Fenstern der Häuser auf der Schäre kein Licht sichtbar war, weil die Häuser im Schutz des Dünenzuges erbaut waren. Nachdem nun das Rudern eine Stunde fortgesetzt worden war, wurde allmählich eine dunkle Erhöhung am Horizont sichtbar. Der Steuermann, der nicht durch Einholen zweifelhafter Ratschläge Gefahr laufen wollte, einen störenden Einfluß auf seine eigenen Intuitionen ausüben zu lassen, auf die er sich mehr verließ, hielt in aller Stille auf das zu, was er für die Schäre oder doch wenigstens für einen der davor liegenden Werder hielt, sich damit tröstend, daß, wenn er einen festen Punkt erreichen konnte, das doch immer besser sein würde als dies Schweben zwischen Luft und Wasser. Aber die dunkle Wand kam mit einer Schnelligkeit näher, die scheinbar größer war als die Fahrt des Bootes, so daß in ihm der Verdacht rege wurde, daß es mit dem Kurs nicht ganz so beschaffen war, wie es sein sollte. Um Gewißheit zu erlangen, was los war, und um gleichzeitig ein Signal zu geben für den Fall, daß der dunkle Punkt ein Fahrzeug sein sollte, das versäumt hatte, seine Lichter zu setzen, zog er eine Schachtel mit Sturmstreichhölzern heraus, strich den ganzen Inhalt gegen die Streichfläche ab und hielt sie einen Augenblick in die Luft hinauf, worauf er sie so wegschleuderte, daß sie in einer Entfernung von einigen Faden vom Boote ab die Wasseroberfläche beleuchteten. Das Licht hatte nur eine Sekunde die Finsternis durchdrungen, aber das Gemälde, das wie bei einer Laterna magica zum Vorschein kam, haftete mehrere Sekunden vor den Augen des Inspektors. Er sah Treibeis in die Höhe geschoben an einer seichten Stelle, gegen die sich die Wellen brachen wie eine Grottenwölbung über einer Riesendruse aus Kalkspat; und er sah einen Schwarm Eisenten und Möwen auffliegen und in der Dunkelheit ertrinken, aus der man nur einen durchdringenden, vielstimmigen Schrei vernahm. Der Anblick der Sturzsee hatte auf den Inspektor gewirkt wie auf den zum Tode Verurteilten der Anblick des Sarges, in dem sein Körper liegen soll, und er fühlte in diesem Augenblick eine doppelte Todesgefahr: Kälte und Ersticken; aber die Angst, die seine Muskulatur lähmte, erweckte gleichzeitig alle verborgenen Kräfte des Seelenlebens, so daß er in dem Bruchteil einer Sekunde eine genaue Berechnung von der Größe der Gefahr ausführen, die einzigen Mittel zum Entkommen ausrechnen und darauf das Kommandowort »Stopp!« ausrufen konnte.

Die Männer, die mit dem Rücken der Brandung zugekehrt gesessen und sie nicht bemerkt hatten, ruhten auf den Riemen; das Boot wurde in die Sturzsee hereingesogen, die eine Höhe von ungefähr drei, vier Metern hatte, die Welle brach sich hoch über dem Fahrzeug wie eine grüne Kuppel aus Flaschenglas, ging auf der andern Seite mit ihrer ganzen Wassermasse nieder, und das Boot wurde gleichsam luvwärts ausgespien, halb mit Wasser gefüllt und die Insassen halb erstickt von dem fürchterlichen Luftdruck. Drei Schreie wie von alpdruckbelasteten Schläfern ertönten auf einmal, aber von dem vierten Mann vernahm man keinen Laut. Er machte nur eine Bewegung mit der Hand nach der Schäre hinüber, wo man jetzt in der Entfernung von einigen Kabellängen ein Licht schimmern sah, dann sank er um, nach dem Achtersteven zu, und blieb liegen.

Das Boot hörte jetzt auf zu schaukeln, denn man war in ruhiges Wasser gekommen; die Ruderer saßen noch wie Ertrunkene da und tauchten die Riemen mechanisch ins Wasser, aber man brauchte nicht mehr zu rudern, denn das Boot wurde vom Seewind sachte in den Hafen getrieben.

»Was habt ihr da im Boot, ihr guten Leute?« grüßte ein alter Fischer, nachdem er einen vom Wind aufgeschnappten guten Abend zu den Angekommenen hinausgesandt hatte.

»Soll einen Fischereiinspektor vorstellen«, flüsterte der Zollkontrolleur, nachdem er das Boot hinter einen Schuppen an Land gezogen hatte.

»Oho, das is so einer, der seine Nase in die Netze reinstecken soll! Er soll nach Verdienst behandelt werden«, meinte Fischer Öman, der eine Art Oberhaupt für die ärmliche, an Zahl nur geringe Bevölkerung der Insel zu sein schien.

Der Zollkontrolleur wartete darauf, daß der Inspektor sich anschicken würde, an Land zu gehen, als aber das kleine Häufchen, das im Achtersteven lag, sich nicht rührte, stieg er unruhig mit langen Schritten über die Bootbänke hinweg, faßte den zusammengesunkenen Körper mit beiden Armen und trug ihn an Land.

»Is es aus mit ihm?« fragte Öman in einem Ton, dem man es anmerkte, daß er nichts dagegen haben würde, wenn es der Fall wäre.

»Ja, viel Leben is nich in ihm«, antwortete der Kontrolleur und trug seine nasse Bürde nach dem Hause hinauf.

Es war etwas von dem Riesen und Däumling in dem Anblick, der sich darbot, als der große Zollkontrolleur in die Küche seines Bruders trat, wo die Schwägerin am Herd stand. Und als er den kleinen Körper auf die Bettbank legte, leuchtete ein Zug von Mitleid aus dem mächtigen Bart unter der niedrigen Stirn.

»Guck, Marie, da haben wir den Fischereiinspektor«, begrüßte er die Schwägerin und faßte sie um die Taille. »Hilf uns jetzt, ihm was Trocknes auf den Leib und was Warmes in den Leib reinzubringen, so daß er in seine Stube raufkommen kann!«

Der Inspektor machte eine jammervolle und lachenerregende Figur, als er da auf der harten, hölzernen Bank lag. Der in die Höhe stehende weiße Kragen wand sich wie ein schmutziger Lappen um den Hals; alle Finger der rechten Hand stachen aus dem zerrissenen Handschuh heraus, über den die aufgeweichte Manschette herabhing, von der aufgelösten Stärke festgekleistert; die kleinen Krokodillederstiefel hatten allen Glanz und jegliche Form verloren, und nur mit der größten Mühe gelang es dem Kontrolleur und seiner Schwägerin, sie ihm von den Füßen zu ziehen.

Als sie endlich den Verunglückten seiner meisten Kleider entledigt und Decken über ihn geworfen hatten, wurde ihm gekochte Milch und Branntwein gebracht. Dann rüttelten sie an den Armen des Kranken, und schließlich richtete der Kontrolleur den kleinen Körper gegen seine Schulter auf und goß vorsichtig die Milch in den unter ein Paar geschlossenen Augen geöffneten Mund. Als dann aber die Schwägerin mit dem Schnaps kam, schien der Geruch davon wie ein heftiges Gift auf den Inspektor zu wirken. Mit einer Handbewegung schlug er das Glas zurück, öffnete die Augen und fragte, völlig wach, als habe er soeben einen stärkenden Schlaf beendet, nach seinem Zimmer.

Das war natürlich nicht in Ordnung, sollte es aber im Laufe einer Stunde sein, wenn er jetzt nur still hier liegen und so lange warten wolle.

Und nun lag der Inspektor da und vertrieb eine unleidliche Stunde damit, die Augen über die Einrichtung und die Bewohner der langweiligen Stube gleiten zu lassen. Alles war so billig wie nur möglich gemacht, eigentlich nur eingerichtet, um ein Dach über dem Kopf zu haben. Die weißen, untapezierten Wände waren abstrakt wie der Begriff Staat, vier weiße Rechtecke, die einen Raum einschlossen, der von einem weißen Rechteck gedeckt wurde; unpersönlich hart wie ein Hotelzimmer, das nicht für beständigen Aufenthalt, nur für flüchtige Gäste eingerichtet ist. Für seine Nachfolger oder für den Staat zu tapezieren, dazu hatte weder der jetzige Zollbeamte noch seine Vorgänger Lust gehabt. Und mitten in dieser weißen Totheit standen dunkle Möbel von schlechter Fabrikarbeit und halbmodernem Schnitt: ein runder Eßtisch aus knorrigem Föhrenholz mit Walnußbeize gestrichen und voller weißer Ringe von den Tellern; Stühle von demselben Holz und Schnitt mit hohen Rückenlehnen und hin und wieder auf drei Beinen wackelnd; ein Sofa zum Ausziehen, wie fertiggekaufte Herrenkleider aus dem wenigst möglichen und billigsten Material hergestellt. Nichts war zweckmäßig, nichts schien seine Bestimmung: zur Ruhe und Bequemlichkeit einzuladen, erfüllen zu können, und war daher unschön trotz der aufgeleimten Papiermachéverzierungen.

Als der Kontrolleur seinen breiten Hintern auf den Palmriedsitz des Stuhles setzte und seine wuchtige Gestalt gegen die Rückenlehne legte, wurde dies Manöver von einem aufregenden Krachen des Möbels und einer fauchenden Aufforderung der Schwägerin, vorsichtig mit den Sachen anderer Leute umzugehen, begleitet, was der Kontrolleur mit einer zudringlichen Liebkosung und einen Blick beantwortete, der keinen Zweifel aufkommen ließ über die Art des Verhältnisses, das zwischen ihnen herrschte.

Die Beklommenheit, die das ganze Zimmer bei dem Inspektor hervorgerufen hatte, wurde noch vermehrt durch die Entdeckung dieser Disharmonie in der Familie. Als Naturforscher besaß er nicht die übliche Auffassung von erlaubt und unerlaubt, dahingegen einen stark ausgeprägten Instinkt in bezug auf das Zweckdienliche in gewissen Anordnungen des Naturgesetzes, und er litt, wenn er die Gebote der Natur übertreten sah. Der vorliegende Fall war für ihn, als habe er in seinem Laboratorium eine Säure gefunden, die seit Erschaffung der Welt sich nur mit einer Base zu verbinden pflegte, die aber jetzt ihrer Natur zuwider eine Verbindung mit zweien bildete. Es verwirrte seine Auffassung der Entwicklung von der gemeinsamen Befruchtung bis zur Monogamie, und er fühlte sich in die Urzeit zurückversetzt zwischen wilde Menschenhorden, die ein Massendasein lebten wie die Korallen, bis Wahl und Kreuzung individuell persönliche Existenz und Abstammung hervorgebracht hatte.

Und als er ein zweijähriges kleines Mädchen mit einem Kopf, der zu groß war, und mit fischähnlichen, vorstehenden Augen im Zimmer umherschleichen sah, als sei sie bange sich blicken zu lassen, merkte er sofort, daß die zweifelhafte Herkunft Zwietrachtsamen gezeitigt, auflösend, störend gewirkt hatte, und er konnte leicht ausrechnen, daß die Zeit kommen würde, wo der lebende Zeuge als gefährlicher Zeuge unverschuldet würde entgelten müssen.

Während ihn diese Gedanken beschäftigten, tat sich die Tür auf, und der Herr des Hauses trat ein.

Es war der Bruder des Zollkontrolleurs, der es noch nicht weiter als bis zu der untergeordneten Stellung eines Zollassistenten gebracht hatte. In körperlicher Hinsicht war er reichlich so gut ausgestattet wie der Kontrolleur und hatte dabei ein blondes, offnes, freundliches und vertrauenerweckendes Aussehen.

Nachdem er munter guten Abend gesagt hatte, ließ er sich an der Seite des Bruders nieder, hob das Kind auf seine Knie und küßte es.

»Wir haben Besuch bekommen«, meldete der Kontrolleur und zeigte auf das Sofa, wo der Inspektor lag. »Es ist der Fischereiinspektor, der hier oben wohnen soll.«

»So, ist der es?« erwiderte Vestman und erhob sich, um den Gast zu begrüßen.

Er näherte sich dem Sofa mit dem Kind auf dem Arm, und da er Wirt im Hause war – der Kontrolleur wohnte nämlich als Junggeselle nur bei ihm zur Miete – hielt er es für seine Pflicht, den Gast willkommen zu heißen.

»Ja, es ist einfach hier draußen bei uns«, fügte er nach einigen Willkommensworten hinzu, »aber meine Frau versteht sich gar nicht so übel darauf, Essen zu kochen, denn sie hat früher bei feinen Leuten gedient, ehe sie sich vor drei Jahren mit mir verheiratete, aber, nachdem wir die Kleine bekommen, hatte sie ja was anderes zu denken – ja, ja, Kinder kriegt man, wenn einem geholfen wird – nicht, daß ich der Hilfe bedürfte, wie man zu sagen pflegt!«

Der Inspektor wunderte sich über die sonderbare Wendung, die der lange Satz nahm, und fragte sich selbst, ob denn der Mann etwas wisse oder ob er vorläufig nur fühlte, daß nicht alles so war, wie es sein sollte. Wie war es doch möglich, daß der, den die Sache anging, im Laufe von ein paar Jahren nichts gemerkt hatte?

Er empfand Ekel vor dem Ganzen und kehrte sich der Wand zu, um zu schlafen und den Rest der Wartezeit damit zu vertreiben, indem er Bilder angenehmerer Art heraufbeschwor.

Aber es gelang ihm nicht, sich taub zu machen. Gegen seinen Willen hörte er eine Unterhaltung, die kurz zuvor lebhaft gewesen war, fortsetzen, als würden die Worte, ehe sie ausgesprochen wurden, mit einem

Zollstock ausgemessen, und wenn ein Schweigen entstand, wurde es von dem Mann ausgefüllt, der gleichsam bange vor der Stille war, als fürchte er, etwas zu hören, was er nicht hören wollte, und der nur, indem er sich in seinem eigenen Wortstrom berauschte, seine Unruhe überwinden konnte.

Als schließlich die Zeit verstrichen war und noch nichts von dem Zimmer verlautete, erhob sich der Inspektor und fragte, ob es jetzt fertig sei.

Ja, meinte die Wirtin, es sei ja gewissermaßen wohl fertig, aber ...

Der Inspektor verlangte nun in einem befehlenden Ton sofort nach seinem Zimmer geführt zu werden, indem er in gewählten Ausdrücken daran erinnerte, daß er bei niemandem zu Gaste sei, sondern im Auftrag der Regierung reise, und daß er nur fordere, worauf er Anspruch habe und was er haben solle in Übereinstimmung mit der durch das Ministerium des Innern der Dalaröer Zollkammer zugestellten Verordnung.

Dies waren klare Worte. Mit einem Licht in der Hand geleitete Vestman den gestrengen Herrn sofort nach oben in eine Mansardenstube, wo nichts in der Anordnung auf den Grund zu dem vorhin erwähnten einstündigen Aufschub hindeutete.

Es war ein ziemlich großer Raum mit ebenso weißen Wänden wie unten, und das große Fenster mitten in der längsten Wand nahm sich aus wie ein schwarzes Loch, durch das die Finsternis in das Zimmer hineinströmte, ohne durch Gardinen gehemmt zu werden.

Da stand ein aufgemachtes Bett, so einfach, daß es eher einer Erhöhung glich, die aufgestellt war, um den Zug durch den Fußboden zu verhindern, ferner standen da ein Tisch, zwei Stühle und ein Waschtisch. Der Inspektor warf einen Blick der Verzweiflung um sich, als er, der daran gewöhnt war, das Auge mit Eindrücken zu sättigen, nur diese wenigen Bedarfsgegenstände in den leeren Raum aufgepflanzt sah, wo das Talglicht einen harten Kampf mit der Dunkelheit kämpfte und wo das große Fenster jeden Lichtstrahl aufzusaugen schien, der von dem brennenden Kerzenstummel hervorgebracht wurde.

Der Inspektor fühlte sich so niedergeschlagen, als ob er nach dem Kampf eines halben Menschenalters, Verfeinerung, gesellschaftliche Stellung, Luxus zu erringen, wieder in Armut hinabgestürzt, in eine niedrigere Klasse versetzt sei, als sei sein Sinn für Schönheit und Intelligenz ins Gefängnis gesperrt, seiner Nahrung beraubt, in eine Strafanstalt gekommen! Diese kahlen Wände bildeten die Klosterzelle des Mittelalters, wo die Askese, wo die Leere die hungernde Phantasie aufpeitschten, an sich selbst zu zehren, lichtere oder dunklere Bilder hervorzurufen, nur um aus dem Nichts herauszugelangen. Das weiße, das formlose, das farblose Nichts in der Tünchung der Wand zwang einen Ausschmückungstrieb hervor, wie ihn die Höhle des Wilden oder die Laubhütte niemals heraufbeschworen, den der Wald mit seinen stets wechselnden Farben und beweglichen Konturen entbehrlich gemacht hat, einen Trieb, den weder die Ebene oder die Heide mit dem reichen Farbenspiel der Luft noch das unermüdliche Meer in Bewegung gesetzt haben.

Er empfand plötzlich eine brennende Lust, die Wände in einem Augenblick mit sonnigen Landschaften, mit Palmen und Papageien zu übermalen, einen persischen Teppich unter der Decke auszuspannen, Tierfelle über die wie ein Kassabuch liniierten Dielenbretter zu legen, Ecksofas, mit kleinen Tischen davor, in den Winkeln aufzustellen, eine Hängelampe über einem runden Tisch mit Zeitschriften und Büchern anzubringen, ein Klavier an der kurzen Wand aufzustellen, die lange mit Bücherregalen zu decken, eine kleine Frauengestalt – gleichviel welche – in die Sofaecke hineinzusetzen! So wie das Licht auf dem Tisch seinen Kampf gegen die Finsternis kämpfte, arbeitete seine Phantasie mit der Einrichtung des Zimmers, aber dann ermüdete sie plötzlich. Alles verschwand, und die ungemütliche Umgebung scheuchte ihn ins Bett; er löschte das Licht aus und zog die Decke über den Kopf.

Der Wind schüttelte den ganzen Mansardenausbau, die Wasserflasche klirrte gegen das Glas, der Luftzug ging durch das Zimmer vom Fenster bis zur Tür und rührte zuweilen an seinem Haar, das von dem Seewind struppig geworden war; dann war es, als streiche ihm jemand mit der Hand über den Kopf. Und zwischen den Windstößen schlugen die großen Sturzseen wie die Paukenschläge in einem Orchester dumpf gegen die ausgehöhlten Klippen auf der Südspitze der Schäre. Als er sich schließlich an die einförmigen Laute des Windes und der Wellen gewöhnt hatte, hörte er, kurz bevor er einschlief, eine Männerstimme in der Stube unter ihm einem Kinde ein Abendgebet vorsprechen.

2.

Als der Inspektor nach einem schweren, todesähnlichen Schlaf, eine Folge der Anstrengungen des vorhergehenden Tages und der starken

Seeluft, am Morgen erwachte und über die Bettdecke hinweglugte, überraschte ihn zuerst eine rätselhafte Stille, die ihm gestattete, kleine Laute aufzufangen, die er sonst nie zu beachten pflegte. Er hörte selbst die leiseste Bewegung in dem Bettuch, wenn es sich bei seinem Atemzug hob, er hörte das Reiben des Haares gegen den Kissenbezug, den Pulsschlag in der Halsader, des wackelnden Bettes schwache Wiederholung seines Herzschlages. Er hörte die Stille, denn der Wind hatte sich jetzt ganz gelegt, und nur der Schlag der Dünung gegen die in den Aushöhlungen des Strandes zusammengepreßte Luft ertönte jede halbe Minute von neuem. Von dem Bett aus, das gerade vor dem Fenster stand, sah er in der untersten Fensterscheibe etwas Blaues, blauer als die Luft; es bewegte sich leise auf ihn zu, als wolle es durch das Fenster kommen und das Zimmer überschwemmen. Er wußte, daß es das Meer war, aber es kam ihm so klein vor und erhob sich wie eine lotrechte Wand, statt sich auszubreiten wie eine wagerechte Fläche, denn die langen, voll von der Sonne beleuchteten Dünungen riefen keine Schatten hervor, aus denen sich das Auge ein perspektivisches Bild gestalten konnte.

Er stand auf, zog einige Kleidungsstücke an und öffnete das Fenster. Die rauhe, feuchte Luft in der Kammer fuhr hinaus, und von der See her strömte eine warme Treibhausluft herein, die mehrere Stunden lang von der strahlenden Maisonne erwärmt worden war. Unter dem Fenster erblickte er herabgestürzte zerrissene Steinmassen, in deren Spalten kleine staubige Schneewehen lagen, neben denen weiße Gänseblümchen, gut beschützt von einem Mooslager, blühten, und bescheidene Stiefmütterchen mit des Hungers gelbem und der Kälte blauviolettem Aussehen die armseligen Farben ihres armseligen Landes bei der ersten Lenzsonne hißten. Weiter unten kroch das Heidekraut, und das Moosbeergestrüpp guckte über die Abhänge hinweg, unterhalb welcher eine Schicht weißen Sandes lag, das die See pulverisiert hatte und in die vereinzelte Pflanzen von Dünengras hineingesteckt waren. Dann kam der Tanggürtel wie eine dunkle Schärpe oder ein Rocksaum auf dem weißen Sand, ganz oben fast kohlschwarz von vorjährigem Tang, mit trockenen Tannenzweigen und Fischgräten, und an der Wasserkante schmutzigbraun von den letzten frischen Tangpflanzen, die, gekräuselt und knotig, Chenillen an der Garnierung bildeten. Und drinnen auf dem Strandweg lag der Wipfel einer Tanne, ohne Rinde, geschunden, vom Sande abgeschliffen, vom Wasser durchwaschen, vom Winde poliert, von der Sonne gebleicht, dem Brustkasten eines skelettierten Mammuts gleichend. Rings um diese

Baumleiche herum ein ganzes osteologisches Museum von ähnlichen Skeletten oder Bruchstücken solcher. Hier lag ein angetriebener Pricken, der Jahre hindurch Wegweiser an der Einfahrt gewesen war und nun mit dem dicken Unterteil aussah wie der Schenkelknochen einer Giraffe mit dem Hüftbecken; hier lag ein ganzer Busch wie der Kadaver einer ertränkten Katze, die weiße, dünne Wurzel als Schwanzknochen von sich gestreckt. Außerhalb des Strandes lagen Riffe und Klippen, den einen Augenblick naß im Sonnenschein glänzend, um im nächsten von den Dünungen ertränkt zu werden, die mit einem Plumps über sie hingingen oder, wenn es ihnen an der erforderlichen Kraft gebrach, zerschellten und einen Wasserfall von Schaum kerzengerade in die Luft hinaufwarfen.

Weiter hinaus lag das Meer blank und still, da kam man auf das große Flach hinaus, wie die Schiffer es nannten, und jetzt in den Morgenstunden streckte sich das Meer aus wie ein blaues Tuch ohne Falten, aber wogend wie eine Flagge. Diese große runde Fläche würde ermüdend gewirkt haben, wenn nicht außerhalb der Sandbank eine rote Boje verankert gelegen hätte, die wie das Siegel auf einem Brief wirkte und die einförmige Fläche belebte.

Dies war das Meer, freilich nichts Neues für Inspektor Borg, der verschiedene Teile der Welt gesehen hatte, aber es war das öde Meer und gleichsam in einem »Untervieraugen« gesehen. Es beängstigte nicht wie der Wald mit seinen dunklen Verstecken, sondern wirkte beruhigend wie ein offenes, großes, blaues, treues Auge. Alles konnte auf einmal übersehen werden, hier war kein Hinterhalt, hier gab es keine Schlupfwinkel. Es schmeichelte dem Beschauer, wenn er diesen Rundkreis um sich sah, wo er stets selbst der Mittelpunkt blieb, welchen Platz er auch einnahm. Die große Wasserfläche war gleichsam eine verkörperte Ausstrahlung vom Beschauer, der, solange er an Land stand, sich dieser ungefährlichen Macht vertraut fühlte, überlegen ihren mächtigen Kraftmitteln gegenüber, die ihn jetzt nicht mehr treffen konnten. Als er sich der Lebensgefahren erinnerte, die er am vorhergehenden Abend ausgestanden, der Angst, des Zornes, die er durchgemacht hatte im Kampf mit einem brutalen Feind, den zu überlisten ihm doch gelungen war, lachte er edelmütig nach dem Besiegten hinaus, der nur ein blindes Werkzeug im Dienste des Windes gewesen war und sich jetzt ausruhend im Sonnenschein streckte.

Dies war Österskär, das klassische, weil es seine alte Geschichte hat, seine Blüte- und Verfallperiode; das alte Österskär, das im Mittelalter ein großes Fischerdorf gewesen, bekannt für seine wichtige Strömlingfischerei, und das seine eigenen Gildenabzeichen hatte, die noch aufbewahrt werden.

Der Strömling hat für Oberschweden und Norrland dieselbe Aufgabe gehabt wie der Hering für die Westküste von Schweden und für Norwegen, und ist nichts weiter als eine Heringsart, die den kleinen Verhältnissen der Ostsee angepaßt und ihr Produkt ist. Begehrt, wenn der Hering knapp und teuer, und Gegenstand weniger lebhafter Nachfrage, wenn der Heringsfang reichlich war, hat er lange die Winternahrung Mittelschwedens gebildet, und zwar in dem Maße, daß man in einem Liede noch das Klagelied der von Königin Christine ins Land gerufenen Franzosen über das ewige Flachbrot und den unendlichen Strömling finden kann. Vor einem Menschenalter lohnten die großen Grundbesitzer ihre Fronbauern mit Heringen, als aber der Heringsfang abnahm, wurde die Naturallieferung Hering in gesalzenen Strömling verändert. Die Preise stiegen, und die Fischerei, die früher nur mäßig zum Hausbedarf betrieben worden war, nahm den heftigen Charakter der Spekulation an. Die Fischgründe bei Österskär wurden allmählich in großem Maßstabe ausgebeutet; die Fische wurden in ihrer Laichzeit beunruhigt, die Maschen der Netze wurden enger und enger, und die natürliche Folge hiervon war, daß die Fischerei schlechter wurde, nicht so sehr, weil der Fisch gefangen wurde, als weil er aus den gewöhnlichen Laichplätzen nach der Tiefe hinaus flüchtete, wo die Fischer noch nicht gedacht hatten, den Fliehenden aufzusuchen.

Lange zerbrachen sich die Gelehrten die Köpfe mit der Untersuchung über die Ursache der Abnahme der Strömlingfischerei, bis die Landwirtschaftliche Hochschule durch Ernennung kundiger Fischereikonsulenten oder Inspektoren die Initiative ergriffen, sowohl die Ursachen zu den veränderten Verhältnissen ausfindig zu machen, als auch die Mittel zu finden, wie dem Schaden abzuhelfen sei.

Dies war der Hauptzweck von Inspektor Borgs Sendung nach Österskär, wo er den Sommer über bleiben sollte. Der Platz gehörte nicht zu den lebhaftesten, denn die Schäre liegt nicht an einer der Haupteinfahrten nach Stockholm. Von Süden gehen die großen Schiffe gewöhnlich durch die Landsortschären, vorüber an Dalarö und Vaxholm; von Osten, und mit gewissen Winden auch von Süden, nimmt die Schiffahrt den Kurs durch das Sandhamn-Vaxholmfahrwasser; und von Norrland wie von

Finnland aus dringen die Kauffahrteischiffe durch Furusund-Vaxholm ein.

Die Fahrt an Österskär vorbei ist ein Weg, der nur im Notfalle benutzt wird, hauptsächlich von Estländern, die in der Regel aus Südosten kommen, und von andern, die infolge von Wind, Strömung oder Sturm nicht nach Landsort oder Sandhamn hineingelangen können. Das Fischerdorf ist daher nur mit einer Zollstation dritter Klasse unter einem Kontrolleur und mit einer Lotsenabteilung versehen, und beide Institutionen unterstehen Dalarö.

Hier ist das Ende der Welt, stumm, still, verlassen, ausgenommen zur Fischereizeit im Frühling und im Herbst; und kommt im Laufe des Sommers einmal eine vereinzelte Lustjacht da hinaus, so wird sie wie eine Offenbarung aus einer lichteren und froheren Welt begrüßt. Fischereiinspektor Borg aber, der zu anderen Zwecken dahinaus gekommen war, um zu »schnüffeln«, wie die Bevölkerung es nannte, wurde mit einer auffallenden Kälte empfangen, die sich zuerst durch die Gleichgültigkeit am vorhergehenden Abend zu erkennen gab, und sich nun in Form des elenden, eiskalten Kaffees offenbarte, der ihm in sein Zimmer gebracht wurde.

Obwohl im Besitz eines stark entwickelten Geschmackssinns, hatte er sich zugleich durch fortgesetzte Übung die Fähigkeit erworben, unangenehme Gefühle zu unterdrücken. Er goß daher, ohne eine Miene zu verziehen, den unschmackhaften Trunk herunter und ging darauf hinab, um die Umgebung in Augenschein zu nehmen und die Bevölkerung zu begrüßen.

Als er an der Küche des Zollassistenten vorüberkam, wurde es still da drinnen, und die Bewohner schienen sich den Anschein geben zu wollen, als seien sie nicht zu Hause, sie schlossen die Türen und brachen die Unterhaltung ab, um nicht bemerkt zu werden.

Mit dem unangenehmen Eindruck, unwillkommen zu sein, setzte Borg seinen Spaziergang auf die Insel hinaus fort und kam an den Hafen. Hier lag eine Gruppe kleiner Hütten von einfachster Bauart, gleichsam aufgestapelte und zusammengeschrapte Steinbrocken, hier und da mit ein wenig rotem Mauerwerk überkleistert; nur der Schornstein ragte, aus Ziegelsteinen gebaut, über der Brandmauer auf; an einer Ecke war ein Bretterschuppen angebaut, an einer andern nur ein Unterschlupf aus Latten und Reisig, als Koben für die Schweine bestimmt, die während der Fischereizeit zum Mästen hier herausgebracht wurden. Die Fenster waren anscheinend Schiffwracks entnommen und das Dach mit allem möglichen gedeckt, das Regen aufsaugen oder abwehren konnte: mit Tang, Riedgras, Moos, Grassoden und Erde. Das waren die Herbergen, die jetzt leerstanden, die sonst aber ein paar Dutzend Gäste zu behausen pflegten, wenn die große Fischerei begann, zu welcher Zeit jede Hütte eine Winkelschenke war.

Vor der ansehnlichsten dieser Baracken stand der Großbürger der Insel, Fischer Öman, und klopfte ein Flundernetz mit einer Weidengerte aus. Da er in keiner Weise zu den Untergebenen des Fischereiinspektors gerechnet werden konnte, sich aber dennoch durch seine Nähe bedrückt fühlte, setzte er sich in Verteidigungsstellung und bereitete sich vor, scharfe Antworten zu geben.

»Ist der Fang gut?« begrüßte ihn der Inspektor.

»Noch nicht, aber es wird wohl besser werden, nu, wo die Regierung die Sache mit in die Hand nimmt«, antwortete Öman ziemlich unhöflich.

»Wo liegen die Strömlingsgründe?« fragte der Inspektor, indem er die Regierung ihrem Schicksal überließ.

»Ja, sehen Sie, wir glaubten ja nu, daß der Herr Inspektor darüber besser Bescheid wüßt' als wir, weil er dafür bezahlt wird, daß er uns das lernt« – meinte Öman.

»Siehst du, ihr wißt bloß, wo die Gründe liegen, aber ich weiß, wo der Strömling steht, und das ist gar nicht so wenig mehr.«

»Ach so!« spottete Öman, »wir soll'n am Ende auf See gehen, um Fische zu kriegen! – Ja, so is es, der Mensch muß lernen, solange wie er lebt!«

Seine Frau kam jetzt aus der Hütte und begann eine lebhafte Unterhaltung mit dem Mann, so daß der Inspektor es nicht geeignet fand, die Unterhandlungen mit dem feindlichen Fischer wieder aufzunehmen, sondern seine Wanderung nach dem Hafen hinab fortsetzte.

Hier saßen einige Lotsen auf der Brücke und gaben sich das Aussehen, als seien sie von einer sehr eifrigen Unterhaltung in Anspruch genommen; niemand zeigte Lust zu grüßen.

Der Inspektor wollte nicht umkehren, sondern setzte seine Wanderung am Strande entlang fort. Es währte nicht lange, bis der bewohnte Teil der Insel ein Ende nahm, und dann lag nur die kahle Schäre vor ihm da, öde, ohne einen Baum, ohne einen Busch, denn alles, was vom Feuer verzehrt werden konnte, war abgebrannt. Er ging hart unten am Wasser, zuweilen in feinem, weichem Sand, zuweilen auf Steinen, und nachdem er eine Stunde gewandert war, beständig nach rechts zu, befand er sich wieder an der Stelle, von der er ausgegangen war, und nun überkam ihn plötzlich das Gefühl, eingesperrt zu sein. Der Höhenzug der kleinen Insel bedrückte ihn, und der kreisförmige Horizont des Meeres schnürte ihn zusammen. Das alte Gefühl, nicht Platz genug bekommen zu können, überkam ihn, und dann kletterte er die Klippenböschung hinan, bis er den höchsten Punkt erreichte, der wohl an hundert Meter über der Meeresfläche lag. Dort legte er sich auf den Rücken und starrte in den Himmelsraum hinauf. Jetzt, wo das Auge nichts mehr aufzufangen vermochte, weder vom Lande noch vom Meer, sondern nur die blaue Kuppel über sich sah, jetzt fühlte er sich frei, isoliert wie ein kosmisches Bruchstück, im Äther schwebend, nur den Gesetzen der Schwerkraft gehorchend. Es war ihm, als sei er völlig allein auf dem Erdball, als sei die Erde nur ein Wagen, auf dem er die Erdbahn durchfuhr, und er hörte in dem schwachen Sausen des Windes nur den Luftdruck, den die Fahrt des Planeten durch den Äther hervorrufen mußte, und in dem Lärm der Wellen nur das Plätschern, in das die Flüssigkeit geraten mußte, wenn der große Wasserbehälter sich um seine Achse drehte. Jede Erinnerung an Menschen, an Gesellschaft, Gesetze, Sitten war wie weggeblasen, da er kein körperliches Teilchen der Erde mehr sah, an die er für ewig gebunden war, und dann ließ er seine Gedanken umherschweifen wie losgelassene Kälber, über alle Zäune, alle Rücksichten hinwegsetzend, und hiermit berauschte er sich bis zur Betäubung so wie die Nabelbeschauer Indiens, die Himmel und Erde vergaßen, indem sie auf einen gleichgültigen Teil ihres eigenen Äußern starrten.

Inspektor Borg betete ebensowenig die Natur an, wie die Inder Nabelanbeter waren, er hegte im Gegenteil, selbstbewußt und als in der tellurischen Schöpfungsentwicklung am höchsten stehend, eine gewisse Geringschätzung für die niedrigeren Daseinsformen, und er verstand sehr wohl, daß die Erzeugungen des selbstbewußten Geistes teils weit sinnreicher waren als die der unbewußten Natur, und namentlich zweckdienlicher für den Menschen, der mit bestimmter Rücksicht auf den Nutzen und die Schönheit, die das Produkt dem Erzeuger leisten kann, erzeugt hatte. Aber von der Natur holte er das Rohmaterial für seine Arbeit, und obwohl man sowohl Licht als auch Luft mit Maschinen hervorbringen konnte, zog er doch die unübertrefflichen Äthervibrationen der Sonne und den unerschöpflichen Säurequell der Atmosphäre vor. Er liebte die Natur als Gehilfin, als Untergebene, als diejenige, die ihm dienen sollte, und es belustigte ihn, diese mächtige Feindin überlisten zu können, so daß sie ihm ihre Kräfte zur Verfügung stellte.

Nachdem er indessen eine Weile gelegen und die Ruhe der vollständigen Einsamkeit, die Freiheit von Einflüssen, von Zwang genossen hatte, erhob er sich und ging nach seinem Zimmer zurück.

Als er in die halbleere Stube eintrat, wo sein Fußtritt widerhallte, kam er sich vor wie ein Gefangener, und die weißen Quadrate und Rechtecke, die den Raum einschlossen, in dem er sich aufhalten sollte, erinnerten an Menschenhände, aber an Hände niedrigstehender Menschen, die sich nur innerhalb der einfachen Formen der unorganischen Natur bewegten. Er war in ein Kristall eingeschlossen, in ein Hexaeder oder etwas Ähnliches, und die gleichen Linien, die gleichgroßen Flächen quadrierten gleichsam seine Gedanken, liniierten seine Seele, engten sie aus der Freiheit des organischen Lebens in bestimmte Formen ein, führten seines Gehirns reiche Urwaldvegetation aus wechselnden Eindrücken zurück zu den ersten kindischen Versuchen der Natur, Ordnung zu schaffen.

Nachdem er das Dienstmädchen gerufen hatte, ließ er seine zahlreichen Kisten und Koffer hereintragen und machte sich sogleich an die Verwandlung des Zimmers.

Zuerst und vor allen Dingen suchte er das Tageslicht zu regulieren mittels ein Paar schwerer, fleischfarbener persischer Gardinen, die dem Raum schnell einen weicheren Farbenton verliehen. Dann stellte er einen großen Eßtisch mit aufgeschlagenen Klappen mitten auf den Estrich, wodurch dessen gähnender, leerer Raum ausgefüllt wurde. Aber die weiße Tischplatte wirkte noch störend, weswegen er sie unter einem Stück einfarbigen moosgrünen Wachstuches barg, das mit den Gardinen in Einklang stand. Dann kam die Reihe an die Bücherregale, die er an der schlimmsten Wand aufstellte, an der langen, die freilich dadurch noch nicht verbessert wurde, denn sie glich nun den Abschnitten in einem Vokabelbuch, und der weiße Kalk schrie weit ärger als bisher bei dem grellen Gegensatz des walnußfarbenen Holzes, aber er wollte jetzt erst das Ganze skizzieren, ehe er mit den Einzelheiten begann.

Seine Bettgardinen hängte er an einem Nagel an der Decke auf, wodurch gleichsam eine Stube in der Stube gebildet war, die Schlafstätte war jetzt von der Studierstube abgetrennt, das Bett stand wie unter einem Zelt.

Die langen, weißen Dielenbretter mit ihren parallelen schwarzen Ritzen, in denen Schmutz von Schuhzeug, Staub von Möbeln und Kleidern,

Tabakasche, Scheuerwasser und Abfälle von den Scheuerlappen Treibhäuser für Schwamm und Schlupfwinkel für Holzwürmer bildeten, verbarg er unter hier und da angebrachten Teppichstücken von verschiedenen Farben und Mustern, die gleich blühenden Inseln auf der großen, weißen Fläche schwammen.

Als nun Farbe und Wärme in den leeren Raum gekommen war, ging er zu der feineren Arbeit über. Er wollte zuerst einen Herd bauen, einen Altar der Arbeit, der den Mittelpunkt bilden sollte, um den sich alles gruppierte. Deswegen begann er damit, seine große Lampe auf dem Arbeitstisch aufzustellen. Sie war zwei Fuß hoch und ragte wie ein Leuchtturm über der grünen Tischdecke auf; ihre mit Arabesken, Blumen und Tieren bemalte Porzellankuppel, die nicht den gewöhnlichen glich, brachte ein munteres Farbenspiel hervor und erinnerte mit ihrer Ornamentik an die Macht des menschlichen Geistes, die bestehenden, gleichartigen Formen der Natur zu bezwingen. Hier hatte der Maler eine steife Distel in eine Schlingpflanze verwandelt, einen Hasen gezwungen, sich wie ein Krokodil auszustrecken und mit der Flinte zwischen den Tigerkrallen der Vorderpfoten auf einen Jäger mit Fuchskopf zu zielen.

Um und unter die Lampe stellte er das Mikroskop, das dioptrische Fernglas, die Wage, die Tiefenmesser und die Peilstöcke auf, deren lackiertes Messing ein warmes Sonnenlicht ausstrahlte.

Das Tintenfaß, eine große, in Facetten geschliffene Glaskugel, gab das bläuliche Licht des Wassers oder des Eises wieder, die Federhalter aus Stachelschweinborsten verliehen durch ihren unbestimmten, fetten Farbenton einen Anstrich von animalischem Leben; das schreiende Zinnoberrot der Siegellackstangen, die bunten Zierbildchen der Stahlfederschachteln, der kalte Stahlglanz der Schere, die Lackierung und Vergoldung des Aschbechers, die Bronze des Papiermessers – alle diese Kleinigkeiten zum Nutzen und zur Zierde füllten bald den runden Tisch mit einer Menge von Flecken, auf denen der Blick einen Augenblick ruhte, um einen Eindruck, eine Erinnerung, eine Eingebung zu erlangen, so daß er beständig in Tätigkeit gehalten wurde und niemals ermüdete.

Jetzt galt es, die Löcher in den Bücherregalen zu füllen und den leeren Räumen zwischen den dunklen Brettern Leben einzublasen. Und bald stand da, Reihe auf Reihe, die bunteste Sammlung von Handbüchern, aus denen der Besitzer Aufklärung über alles holen konnte, was sich in der Vergangenheit und in der Gegenwart zugetragen hatte: Enzyklopädien, die dem Lufttelegraph gleich antworteten, wenn man auf den richtigen

Buchstaben drückte, Lehrbücher in Geschichte, Philosophie und Naturwissenschaften, Reisen in alle Länder der Welt mit dazugehörigen Karten, ja sogar alle ›Bädekers Handbücher‹, so daß der Besitzer dasitzen und den kürzesten und billigsten Weg nach dem und dem Ort ausrechnen, das Hotel bestimmen und wissen konnte, wieviel an Trinkgeldern er zu geben hatte. Da aber alle diese Werke den Samen der Vergänglichkeit in sich trugen, hatte Borg ein besonderes Regal mit einem Beobachtungskorps von Fachzeitungen angefüllt, von denen er sofort Mitteilung über jeglichen, selbst den geringsten Fortschritt, über jede, selbst die unbedeutendste Entdeckung erhielt. Und schließlich stellte er eine Sammlung von Schlüsseln zu dem Wissen der Gegenwart auf: biographische Notizen, Verlagskataloge und Buchhändlerzeitungen, so daß er, obwohl in seinem Zimmer eingesperrt, genau wußte, wie hoch oder wie niedrig das Barometer innerhalb aller der Wissenschaften stand, die ihn betrafen.

Als er die Wand mit dem Bücherregal betrachtete, hatte er eine Empfindung, als sei das Zimmer erst jetzt von lebenden Wesen bewohnt. Diese Bücher machten den Eindruck, Individuen zu sein, denn da waren nicht zwei Arbeiten, deren Äußeres gleichartig war: die eine kam als Bädeker in Scharlachrot und Gold, so wie jemand, der am Montagmorgen die Sorgen von sich abschüttelt und vor dem Ganzen davonreist; andere feierlich und schwarz gekleidet, in einer ganzen Prozession wie die *Encyclopaedia Brittanica*, oder die muntern, leichten Sommerröcke all der Heftschriften, die lachsrote *Revue des deux modes*, die zitrongelbe *Contemporaine*, die gallengrüne *Fortnightly* und die grasgrüne ›Morgenländische‹. Und von den Rücken grüßten große Namen wie von Bekannten, die er bei sich drinnen im Zimmer hatte, und hier hatte er das Beste von ihnen, viel mehr, als sie einem Reisenden bieten konnten, der zu Besuch zu ihnen kam und ihnen ihr Mittagsschläfchen oder ihre Frühstückszeit verdarb.

Als erst der Schreibtisch und das Bücherregal in Ordnung gebracht waren, fühlte er sich wiederhergestellt von der störenden Einwirkung der Reise; er gewann seine Seelenkraft wieder, nachdem sein Werkzeug zugänglich geworden war, diese Instrumente und Bücher, die in seinem Dasein festgewachsen waren wie neue Sinne, stärkere und feinere Organe, als die Natur sie ihm als natürliches Erbe gegeben hatte.

Der zufällige Anfall von Furcht, den die Abschließung von der Außenwelt, Einsamkeit und Einsperrung zusammen mit Feinden – denn als solche betrachtete er die Bewohner der Schären – hervorgerufen hatte, machte der Ruhe Platz, die die Installierung mit sich brachte, und er begann nun als wohlausgerüsteter General, nachdem das Hauptquartier aufgeschlagen war, den Plan zu dem bevorstehenden Feldzug zu entwerfen.

3.

Der Wind war in der Nacht nach Nordost herumgegangen und hatte das Eis aus dem Alandsmeer in das Fahrwasser bei der Schäre hineingetrieben, als der Fischereiinspektor mit der Jolle hinausfuhr, um die vorbereitenden Untersuchungen bezüglich der Beschaffenheit des Meeresbodens, der Tiefe des Wassers, der Flora und Fauna des Meeres anzustellen.

Der Lotse, den er als Rudergast mitgenommen, hatte es bald satt, Aufklärungen mitzuteilen, als er sah, daß der Inspektor mit Hilfe von Seekarte, Lot und verschiedenen andern Instrumenten selbst Dinge herausfand, an die die Lotsen niemals gedacht hatten. Wo die Gründe lagen, wußten sie, und auf welchem Grund sie die Strömlingsnetze aussetzen sollten, ebenfalls. Aber damit gab sich der Inspektor nicht zufrieden, zog sein Schleppnetz über verschiedene Tiefen und fischte kleines Gewürm und Pflanzenschleim herauf, wovon der Strömling seiner Ansicht nach lebte; er lotete, nahm Proben von dem Lehm, Sand, Schlamm, von der Erde und dem Kies des Meerbodens hinauf, die er sortierte und numerierte und in kleine Gläser mit Aufschriften legte.

Und schließlich holte er ein großes Fernrohr heraus, das einem Sprachrohr glich, und lugte in das Wasser hinab. Das war nun etwas, was sich der Lotse niemals hatte träumen lassen, daß man das Fernrohr im Wasser gebrauchen könne, weswegen er bat, auch einmal das Auge an das Glas legen und einen Blick in das Verborgene tun zu dürfen.

Der Inspektor, der auf der einen Seite nicht Zauberer spielen wollte, aber auch nicht wünschte, durch übereilte Äußerungen zu große Hoffnungen in bezug auf das Ergebnis seiner Untersuchungen wachzurufen, beschränkte sich darauf, dem Wunsche des Lotsen zu willfahren und einige populäre Erklärungen über die lebenden Bilder hinzuzufügen, die sich vor ihm in der Tiefe aufrollten.

»Können Sie den Blasentang auf dem Grund sehen?« begann der Inspektor seine Vorlesung.

»Sehen Sie, daß er erst graugelb ist, daß er weiter unten leberbraun und schließlich am Boden rot wird? Dieser Farbenwechsel wird durch das abnehmende Licht hervorgebracht!«

Er entfernte sich einige Ruderschläge vom Grunde, beständig in Lee der Insel, um das Eis zu meiden.

»Was sehen Sie nun?« fragte er den auf dem Bauche liegenden Mann.

»Ach, Herrjemine! Ne, wer hätt' das gedacht, das sind Strömlinge! Und sie stehen so dicht, so dicht wie 'n Spiel Karten!«

»Können Sie jetzt sehen, daß der Strömling nicht immer auf seichtem Wasser geht, und verstehen Sie jetzt, daß man ihn draußen in der Tiefe wird fischen können? Und glauben Sie es jetzt, wenn ich sage, daß der Strömling niemals in den Gründen gefischt werden sollte, wo er nur hingeht, um seinen Rogen abzulegen, der dort besser von der Sonnenwärme getroffen werden kann als in dem tiefen Wasser?«

Der Inspektor ruderte weiter, bis er das Wasser blaugrün werden sah infolge der lehmigen Beschaffenheit des Bodens.

»Nun, was sehen Sie jetzt?« wiederholte er, auf den Riemen ruhend.

»Ich glaub, weiß Gott, da sind Schlangen auf dem Meeresboden! Das sind ja lauter Schlangenschwänze, die aus dem Schlamm 'rausgucken – und da sitzen die Köpfe.«

»Das sind Aale, mein Junge!« belehrte der Inspektor.

Der Lotse sah ein wenig ungläubig aus, denn noch nie hatte er von Aalen in der See reden hören; aber der Inspektor wollte seine besten Karten nicht zu früh ausspielen und auch seine Kräfte nicht mit langatmigen Erklärungen über ziemlich unklare Sachen vergeuden. Deswegen verließ er die Riemen, nahm wieder sein Fernrohr und lehnte sich über die Reling hinaus, um Beobachtungen zu machen.

Er schien mit ungewöhnlichem Eifer etwas zu suchen, nach etwas zu forschen, das dort in den und den Gründen gefunden werden sollte.

Auf die Weise ruderten sie ein paar Stunden umher. Zuweilen benutzte der Inspektor seinen Grundkratzer, zugleich mit dem Lot, und nach jeder Probe lehnte er sich mit dem Fernrohr vornüber. Seine bleichen Gesichtszüge wurden schlaff vor Anstrengung, und die Augen sanken tiefer in den Kopf hinein. Die Hand, die das Fernrohr hielt, zitterte, und der Arm fühlte sich steif an wie ein Zaunpfahl. Der kalte, feuchte Wind, der durch den Ölrock des Lotsen drang, schien der schmächtigen Gestalt, die nur mit einem halbzugeknöpften Sommerüberzieher bekleidet war, nichts anzuhaben. Seine Augen betauten sich infolge des Seewindes und der

Anstrengung, scharf in das halb undurchdringliche Element hinabzusehen, in diese drei Vierteile der Erdoberfläche, von deren Leben das letzte Viertel im allgemeinen so wenig weiß und so viel errät.

Durch seinen Seekieker, den er nicht erfunden, aber teilweise nachgebildet hatte nach Beschreibungen von Brückenbauern und Arbeitern bei Unterwassersprengungen, sah er hinab in die niedere Welt, aus der sich die große Überseeschöpfung entwickelt hatte. Der Tangwald, der eben die Grenzen von unorganischem Leben zu organischem überschritten hatte, schwankte in der kalten Grundströmung und glich gekästem Eiweiß, das sich nach dem Wogen der See gebildet hatte und an die pflanzenartigen Bildungen des Wassers erinnerte, wenn es an der Fensterscheibe gefriert; breitete sich dort unten aus wie große Parks mit goldenem Laub, unter dem sich die Bewohner des Meeresbodens auf dem Bauche vorwärtsschleppten; suchte die Dunkelheit und die Kälte, um die Scham darüber zu verbergen, daß er nicht weitergelangt war auf der Wanderung der Sonne und dem Licht entgegen. Am tiefsten unten im Lehm ruht die Flunder, halb eingegraben in den Schlamm, träge, unbeweglich, ohne Erfindungsfähigkeit, eine Luftblase sich entwickeln zu lassen, um sich dadurch emporheben zu können, einen Glückszufall abwartend, der ihr die Beute gerade vor der Nase hinführen kann, aber ohne Trieb, das Glück zu suchen – dieser stumpfsinnige Fisch, der sich aus lauter Faulheit so gezerrt und gedreht hat, daß ihm die Augen schließlich auf der rechten Seite des Kopfes sitzen.

Der Tangkrebs hat vorne ein Paar Riemen ausgebracht, ist aber am Hinterteil überlastet und erinnert an die ersten Versuche, Boote zu bauen. Er zeigt zwischen dem Laubwerk des Tanges seinen architektonischen Steinkopf mit dem Knebelbart des Kroaten und hebt sich einen Augenblick vom Boden, um gleich darauf wieder in den Schleim hinabzusinken.

Der Seehase mit seinen sieben Rücken geht mit dem Kiel in die Höhe; er gleicht einer gewaltigen Nase, die nur nach Nahrung und Weibchen schnüffelt, und erhellt einen Augenblick das Wasser mit seinem rosenfarbenen Bauch, indem er da unten in der Dunkelheit eine schwache Morgenröte um sich verbreitet, begibt sich aber bald wieder zur Ruhe, seine Saugscheibe fest auf einem Stein, um den Verlauf der Millionen von Jahren abzuwarten, die den Nachzüglern auf der endlosen Bahn der Entwicklung Erlösung bringen sollen.

Der schreckliche Seeteufel, die verkörperte Wut, der den Ausdruck der Bissigkeit in dem bärtigen Gesicht trägt, und dessen Schwimmglieder zu Krallen geworden sind, mehr um seine Opfer zu peinigen als zum Angriff und zur Verteidigung, liegt genußsüchtig auf der Seite und streichelt zärtlich seinen Körper mit dem schleimigen Schwanz.

Aber höher oben, in dem helleren und wärmeren Wasser, geht der schöne, tiefsinnige Barsch, in der Ostsee vielleicht der eigentümlichste Fisch. Er ist wohlgebaut und gesetzt, aber noch ein wenig plump wie ein Fährboot, und hat die eigene blaugrüne Farbe der Ostsee und ihre nordische Gesinnung: ein klein wenig Philosoph und ein klein wenig Seeräuber, ein geselliger, oberflächlicher Einsiedler, der gern Tiefen aufsucht und sie zuweilen erreicht, oft aber träge und exzentrisch, kann stundenlang dastehen und die Steine am Strande anstarren, bis ihm etwas anderes einfällt und er dahinschießt wie ein Pfeil; er ist ein Tyrann gegen sein eignes Geschlecht, wird aber bald zahm, kehrt gern an denselben Ort zurück und bietet sieben Eingeweidewürmern Unterschlupf.

Und endlich der Adler des Meeres, der König der Ostseefische, der schlankgebaute, kuttergetakelte Hecht, der die Sonne liebt und, auf Grund seiner Stärke, die hellen Farben nicht zu scheuen braucht; der mit der Nase im Wasserspiegel steht und mit der Sonne in den Augen schläft, von der blühenden Wiese und dem Birkenwäldchen träumend, wohin er niemals kommen kann, von der blauen Kuppel, die sich über seiner nassen Welt wölbt, und wo er ersticken würde, obwohl die Vögel dort so leicht schwimmen mit ihren behaarten Brustfinnen.

Das Boot war zwischen die Eisschollen geraten, und über die Tangparks auf dem Grunde zogen die dunklen Schatten der Eisstücke wie leichte Wolken. Der Inspektor, der mehrere Stunden gesucht, aber nicht gefunden hatte, was er wollte, hob jetzt das Fernrohr aus dem Wasser heraus, trocknete es ab und legte es hin. Dann sank er auf die achterste Ducht nieder, hielt die Hand vor die Augen, als wolle er ihnen Ruhe vergönnen von allen Eindrücken, und schien einige Minuten in Schlaf gesunken zu sein; endlich gab er dem Lotsen ein Zeichen, weiterzurudern. Der Inspektor, der den ganzen Vormittag seine Aufmerksamkeit auf die Tiefe gerichtet hatte, schien erst jetzt Auge für das großartige Gemälde zu bekommen, das sich vor ihm auf der Meeresfläche entrollte. Vor dem Boot und eine Strecke weiter breitete sich die See ultramarin aus, bis das Treibeis kam und eine vollständig arktische Landschaft bildete. Inseln, Buchten und Sunde wurden wiedergegeben, wie auf einer Karte, und wo das Eis auf die Riffe hinaufgeschoben war, hatten sich Klippenfelsen gebildet, indem ein Eisblock den andern niedergedrückt hatte und der nachfolgende auf den vorhergehenden geklettert war. Auf den kleinen Werdern hatte sich das Eis ebenfalls zusammengepackt, Wölbungen gebaut, Grotten gebildet. Türme, Kirchenruinen, Kasematten, Bastionen errichtet, und das Zauberartige dieser Formationen lag darin, daß sie aussahen, als seien sie von einer mächtigen Menschenhand hervorgebracht; es waren nämlich nicht die gewöhnlichen, unbewußten, zufälligen Formen der Natur, sie erinnerten im Gegenteil an die menschliche Erfindsamkeit in entschwundenen historischen Perioden. Hier hatten sich die Blöcke aufgestapelt wie Zyklopenmauern und sich terrassenförmig geordnet wie der assyrisch-griechische Tempel; dort hatte die Welle durch fortgesetzte Schläge eine römische Tonnenwölbung ausgehauen, einen Rundbogen hervorgeätzt, der zu einem arabischen Hufeisenbogen geworden war, in dem Sonnenstrahlen und Wellenspritzer Tropfsteinformationen und Bienenzellen hervorgebracht hatten; hier hatte der Wellenschlag eine römische Wasserleitung ausgenagt, dort standen die Grundmauern zu einem Schloß aus dem Mittelalter mit Spuren von herabgestürzten Spitzbogen und Verzierungen jener Zeit.

Dieses Schwanken zwischen Gedankenverbindungen von arktischer Landschaft und historischer Architektur versetzte den Beschauer in einen eigentümlich träumenden Zustand, aus dem er durch das geräuschvolle Leben gerissen wurde, das die streichenden Scharen von Seevögeln auf den treibenden Eisinseln und auf dem klaren, blauen Wasser führten.

Die Eidervögel schwammen zu Hunderten umher und ruhten sich hier aus, während sie darauf warteten, daß oben in Norrland offenes Wasser werden würde; die unbedeutenden rostbraunen Weibchen lagen umringt von den prachtvollen Männchen, die hoch auf dem Wasser trieben, die schneeweißen Rücken gehoben, zu einem kurzen Flug, währenddessen sie ihre pechschwarze Brust zeigten. Die Lummen waren in geringerer Zahl gekommen und präsentierten ihre grauen Pelzbäuche und Schlangenhälse, sowie, wenn sie die Flügel ausbreiteten, die schachspielgetäfelten Flügelspiegel; hier sah man die Legionen der lebhaften Eisenten, in Schwarz und Weiß gekleidet, schwimmend, tauchend, flatternd; die kleinen Flüge von Seeschwalben und Seepapageien, das Streifkorps der schwermütigen, kohlschwarzen Samtenten, die grell abstechen von den glänzenderen Scharen der Sägetaucher mit Federbüschen im Nacken; und über diesem ganzen tauchenden, flatternden Vogelheer, das ein Amphibienleben führte, schwebten die Möwen, die die Luft zu ihrem Element erwählt hatten und das Wasser nur als Fischplatz und Badeort benutzten.

In diese emsige Arbeitswelt hineingesteckt, saß eine einsame Krähe halbverborgen auf der Schäre mit ihrer verdächtigen Farbe, ihren Diebesgebärden, ihrem Verbrechertyp, und war mit ihrem ganzen wasserscheuen, schmutzigen Äußern Gegenstand des Hasses der Strebsamen, wohlbekannt als Nestplünderer und Eiersauger.

Und von dieser ganzen beschwingten Welt, deren Kehlen die atmosphärische Luft über den Häuptern der Stummen dort unten im Wasser in Bewegung setzen konnten, vernahm man einen Zusammenklang von Lauten: von den ersten schwachen Versuchen des Reptils, durch Fauchen Zorn zu äußern, bis zu der Musik aus des Menschen harmonischem Tonwerkzeug. Hier zischte der Eidervogel wie eine Natter, wenn die Wildgans ihn in den Nacken beißen und unter Wasser hinabdrücken wollte, hier quakte der Sägetaucher wie ein Frosch, die Seeschwalben schrien, die Möwen kreischten mit Kinderstimmen, die Eidervögel knurrten wie Kater in der Ranzzeit, aber alle übertönend, am höchsten und schönsten, klang die wunderbare Musik der Eisvögel, denn Gesang war es noch nicht. Es war ein unreiner Dreiklang in Dur, der tönte wie das Horn eines Hirten, und wie die eine einfiel, stimmte sie mit den drei Tönen der andern in einem vollständigen Akkord zusammen, ein Kanon für Waldhorn ohne Anfang und Ende, Erinnerungen aus der Kindheit der Menschheit, aus den ersten Zeiten des Hirten und Jägers.

Nicht mit der Traumphantasie des Dichters, mit seinen dunklen und daher unruherweckenden Gefühlen und unklaren Empfindungen genoß der Beschauer das große Schauspiel; mit dem ruhigen Blick des Forschers, des wachen Denkers überschaute er den Zusammenhang in diesem scheinbaren Wirrwarr, und nur dank seiner Massensammlung von Gedächtnismaterial konnte er alle diese Dinge miteinander in Verbindung setzen. Und wenn er die Ursache zu dem unermeßlichen Eindruck suchte, die namentlich diese Natur auf ihn ausübte, und die Antwort fand, so fühlte er die ganze Freude, die der Entwickeltste in der Kette der Schöpfung erfahren muß, wenn der Schleier sich über dem Verborgenen hebt, die ganze Seligkeit, die die Geschöpfe begleitet hat auf der unendlichen Wanderung der Klarheit entgegen, und die vielleicht die Treibkraft gewesen ist vorwärts von Traum zu Wissen, – eine Seligkeit, die der eines supponierten, selbstbewußten Schöpfers gleichen muß, der gewußt hat, was er tat.

Diese Landschaft führte ihn zurück zur Urzeit, da die Erde unter Wasser stand und die höchsten Berggipfel sich über der Oberfläche zu erheben begannen; die Schären besaßen ja noch den Charakter der Urformation mit dem unverdeckten Grundgebirge.

Aber unten im Wasser, während sich gleichzeitig die Algen der Abkühlungsperiode schon eingefunden hatten, schwammen Fische der Primärzeit, und unter ihnen der älteste Sproß, der Hering, auf den Schären aber wuchsen noch Farrenkräuter und Bärlapp der Steinkohlenzeit. Weiter hinein, dem Festlande zu, zuerst auf den großen Werdern, konnte man den Föhren und den Reptilien der Sekundärzeit begegnen, und noch tiefer im Innern den Laubbäumen und Säugetieren der Tertiärzeit. Aber hier draußen in der Urformation schien die launenhafte Natur die Ablagerungszeiten übersprungen, die Seehunde und die Ottern in die Urzeit hineingeworfen zu haben und, wie zu dieser Morgenstunde, die Eiszeit gleich in die Quartärperiode hineingestopft zu haben, so wie fruchtbaren Boden auf das Urgebirge, und der Inspektor selbst saß da als Vertreter der historischen Zeit, unbeirrt durch das scheinbare Chaos, diese lebenden Bilder von der Schöpfung genießend, und den Genuß erhöhend, indem er sich im großen und ganzen als der Hervorragendste in ihrer Kette fühlte.

Das Geheimnis der Zauberkraft dieser Landschaft war, daß sie und nur sie eine historische Schöpfungsgeschichte mit Auslassungen und Verkürzungen wiedergab, mittels deren man in wenigen Stunden die Entwicklungsstadien der Erde durchmachen und zu seinem eigenen Selbst gelangen konnte, wo man sich mit einer Wiederholung von Empfindungen, die den Gedanken auf den Ursprung zurückführten, erfrischen, sich ausruhen durfte in entschwundenen Stadien, wo man die ermüdende Spannung erschlaffen lassen konnte, indem man höheren Graden auf der Kulturskala zustrebte, gleichsam zurückfallen konnte in einen gesunden Schlaf und sich eins fühlen mit der Natur. Solche Augenblicke benutzte er als Ersatz für die religiösen Genüsse, die nicht mehr für ihn existierten und in denen der Gedanke an den Himmel nur eine andere Form für den Trieb vorwärts und das Unsterblichkeitsgefühl eine verkleidete Äußerung der Ahnung von der Unvergänglichkeit der Materie ist.

Wie beruhigend war es nicht, sich heimisch zu fühlen hier auf der Erde, die ihm in den Jahren seiner Kindheit als ein Jammertal geschildert worden war, das man nur durchwandern mußte, um zu dem Unbekannten hinzugelangen; wie trostreich war es nicht, Kenntnis von dem erlangt zu haben, was früher unbekannt war, einen Einblick gewonnen zu haben in Gottes bisher geheime Ratschläge, sie durchschaut zu haben, diese Pläne Gottes, wie alles das genannt wurde, was für undurchdringlich gehalten wurde, weil man es bisher nicht hatte verstehen können. Jetzt war man zur Klarheit über den Ursprung und Zweck des Menschen gelangt, aber statt zu ermüden und sich dabei zu beruhigen, wie es die eine Kulturnation nach der andern getan hatte, wenn sie sich zunichte gedacht, faßte das jetzt lebende Geschlecht seinen Entschluß, es hatte sich damit abgefunden, das entwickeltste Tier zu sein, und versucht, auf vernünftige Weise die Gedanken an den Himmel hier unten zu verwirklichen, und daher war die Jetztzeit das größeste und beste von allen Zeitaltern und hatte die Menschen weitergebracht, als frühere Jahrhunderte es hatten tun können.

Nach dieser Andachtsstunde mit den Gedanken an seinen Ursprung und seine Bestimmung ließ der Inspektor das Gedächtnis seine Entwicklungsgeschichte so weit rückwärts durchlaufen, wie er ihre Spur verfolgen konnte, um sich gleichsam zu seinem eigenen Selbst hindurchzutasten und um aus den zurückgelegten Stadien sein wahrscheinliches Schicksal herauslesen zu können.

Er sah seinen Vater, den verstorbenen Pioniermajor mit dem unbestimmten Typ aus dem Anfang des neunzehnten Jahrhunderts, einem Gemisch von Abfällen aus früheren Perioden, aufs Geratewohl aufgesammelt nach der großen Eruption am Ende des vorhergehenden Jahrhunderts. Ohne Glauben an etwas, weil er gesehen hatte, wie alles verging, alles wieder aufgenommen wurde, alle Staatsformen versucht, bei ihrem Erscheinen mit Jubel begrüßt, nach ein paar Jahren kassiert worden waren, um abermals als neue aufgestellt und wieder als Universalentdeckungen begrüßt zu werden, hatte er schließlich bei dem Bestehenden haltgemacht, als dem einzig Vernünftigen, sei es nun die Frucht eines leitenden Willens, was unwahrscheinlich war, oder ein glücklicher Zufall, was ziemlich sicher, aber gefährlich zu sagen war. Durch Universitätsstudien war der Vater in den Pantheismus der Junghegelianer hineingeraten, durch den die Sache auf die Spitze getrieben wurde, ein System, das das Individuum zu dem einzig Wirklichen machte, während Gott der Inbegriff des Persönlichen in der Menschheit wurde. Diese lebendige Vorstellung von der intimen Verbindung des Menschen mit der Natur, indem er selbst als das höchste Glied in der Weltentwicklungskette dastand, schuf ein Elitekorps von Persönlichkeiten, die im stillen die wiederholten Versuche der politischen Schwärmer verachteten, sich außerhalb der leitenden Naturgesetze zu stellen und zu versuchen, auf künstlichem Wege eine neue Weltordnung mit Hilfe philosophischer Systeme und Reichstagsbeschlüsse zusammenzuflicken. Unbemerkt gingen sie ihren eigenen stillen Weg, gleich unverwendbar für hoch und niedrig. Nach oben zu sahen sie Mittelmäßigkeiten durch natürliche Auswahl sich um den mittelmäßigen Monarchen scharen, nach unten zu stießen sie auf Unwissenheit, Leichtgläubigkeit, Verblendung, und mitten zwischen diesen beiden Extremen, bei der Bürgerklasse, begegneten sie so entschiedenen Handelsinteressen, daß sie, die selbst keine Geschäftsleute waren, nicht mit ihnen zusammenarbeiten konnten. Da sie tüchtige, kluge und verläßliche Männer waren, wurden sie zuweilen befördert, da sie sich aber keiner bestimmten Partei anzuschließen vermochten und keine Lust hatten, eine eigene, nutzlose Opposition zu errichten, da sie nicht zahlreich genug waren, um eine Herde zu bilden, und sie zugleich als ausgeprägte Individualisten keinem Leithammel folgen wollten, verhielten sie sich ziemlich stumm, trugen ihr Mißvergnügen unter Großkreuzen und Sternen verborgen, lächelten wie Auguren, wenn sie einander im Rat oder in der Ständeversammlung begegneten, und ließen die Welt ihren schiefen Gang gehen.

Der Vater gehörte einem freilich nicht uralten Adelsgeschlecht an, das durch bürgerliche Verdienste, unter andern durch Förderung des Bergbaues, nicht aber durch zweifelhaften kriegerischen Ruhm, errungen durch Hilfe von Naturereignissen oder Fehlgriffen des Feindes, mit einem adligen Wappen und einigen ziemlich mäßigen Privilegien belohnt worden war, wie zum Beispiel mit der Erlaubnis, Adelsuniform zu tragen und ohne Lohn an einem Viertelteil der schweren Regierungsarbeiten teilzunehmen. Er rechnete sich also zum Verdienstadel, und das Bewußtsein, von talentvollen Ahnen entsprungen zu sein, wirkte anspornend auf den zurzeit lebenden Vertreter der Familie. Das rechtmäßige, durch Begabung und Arbeit der Vorfahren erworbene Vermögen setzte ihn auch instand, sich in seinem Fach auszubilden. Er wurde ein hervorragender Topograph, nahm teil an dem Bau des Götakanals und an den ersten Eisenbahnanlagen. Dies Arbeiten mit einem ganzen Königreich, das er sich gewöhnte – auf der Landkarte – von oben herab zu beschauen, in einem Augenblick zu übersehen, brachte ihn allmählich dazu, die Dinge groß zu betrachten. Mit einem Lineal eröffnete er neue Verbindungswege, die den Charakter der ganzen Landschaft verändern, alte Städte vernichten, neue erschaffen, Warenpreise verändern und neue Erwerbsquellen heraufbeschwören würden. Die Karte sollte verändert, die alten Wasserwege vergessen und die schwarzen, geraden Linien, die die neuen Landwege bezeichneten, die herrschenden werden. Die Höhenzüge sollten ebenso fruchtbar werden wie die Täler, und der Kampf ums Recht auf die Flüsse sollte aufhören, die Grenzen zwischen Ländern und Reichen sollten nicht mehr gespürt werden.

Dieses Tummeln mit den Geschicken von Ländern und Bevölkerungen hatte ein starkes Gefühl von Macht im Gefolge, und der Vater konnte es nicht vermeiden, allmählich von der mit der Macht im Bunde stehenden Neigung, sich selbst zu überschätzen, ergriffen zu werden. Alles begann, sich ihm in der Vogelperspektive abzuspiegeln: die Länder wurden zu Landkarten, die Menschen zu Zinnsoldaten; wenn der Topograph im Laufe einiger Wochen Höhen nivellierte, die Jahrtausende nicht zu senken vermocht hatten, fühlte er etwas von der Macht des Schöpfers in sich; ließ er Tunnel sprengen, Sandmeiler in die See hinausschaffen oder Moore austrocknen, so entging er nicht dem Gefühl, die Neubildung der Erdkugel übernommen zu haben, indem er die durch Gesetze festgestellten geologischen Formationen umstürzte, und hierdurch wuchs sein Persönlichkeitgefühl unglaublich.

Hier hinzu kam noch seine Stellung als Offizier an der Spitze eines großen Korps von Untergebenen, die seine Mitteilungen nur in Form von Befehlen empfingen und die so als diensttuende Muskeln für sein wollendes, großes Gehirn betrachtet wurden.

Mit dem Mut und der Energie des Militärs, der Gründlichkeit des Gelehrten, der Besonnenheit des Denkers, der Ruhe des ökonomisch Unabhängigen und der Würde und Selbstachtung des redlichen Mannes gab er einen Typ ersten Ranges ab, in dem Schönheit und Klugheit einen Bund geschlossen hatten, aus dem eine würdige, harmonische Persönlichkeit hervorging.

In diesem Vater erhielt der Sohn, da die Mutter früh gestorben war, sowohl einen Lehrer als auch ein Vorbild. Um den Sohn vor den bittern Stunden der Enttäuschungen zu bewahren, und die ganze gewöhnliche Erziehungsmethode mißbilligend, die mit Märchenbüchern und schreckeinjagenden Erzählungen die Kinder zu Kindern statt zu Männern erzog, öffnete er sofort den Vorhang zu dem Tempel des Lebens und weihte den Jungen in seine Lehren ein. Er lehrte ihn die innere Verbindung zwischen dem Menschen und der übrigen Schöpfung, wie allerdings der Mensch am höchsten auf seinem Planeten stand, doch aber fortfuhr im Mittelpunkt zu stehen, bis zu einem gewissen Grade imstande, die Wirkungen der Naturkräfte zu begrenzen und doch von ihnen gelenkt, also ein vernünftiger Naturkultus, wenn unter Natur alles Existierende verstanden wird und mit Kultus eine Anerkennung, daß man von den herrschenden Naturgesetzen abhängig ist. Dadurch nahm er den Größenwahn des Christentums fort, die Furcht vor dem Unbekannten, vor dem Tode und vor Gott, und bildete einen klugen und auf seine Handlungen achtenden Mann, eine für seine Taten verantwortliche Persönlichkeit. Den Regulator für die niederen Triebe des Menschen fand er im Großhirn, dem Organ, das durch seine größere Vollkommenheit den Menschen von dem Tier unterscheidet. Die Urteilskraft, auf allseitiges Wissen begründet, sollte die niederen Triebe lenken und wenn nötig unterdrücken, um den Typ auf der Höhe zu erhalten. Ernährung und Fortpflanzung waren die niedrigsten Triebe, weil sie Menschen und Pflanzen gemein waren; die Gefühle, wie die niederen Gedankenrudimente der Tiere genannt wurden, mußten, da sie auf Blutgefäße, Rückenmark und andere von den niederen Organen beschränkt waren, bei einem Menschen des höheren Typs zweifellos dem Großhirn untergeordnet werden, und die Individuen, die ihre niederen Triebe nicht regeln konnten, sondern mit dem Rückenmark dachten, gehörten den niedrigsten Formen an. Deswegen warnte der Alte vor dem Glauben an jugendliche Begeisterung, die ebenso leicht zum Verbrechen wie zur Tugend führen konnte. Dies schloß jedoch nicht große, der menschlichen Gesellschaft nützliche Leidenschaften aus, die nichts mit den Gefühlen zu schaffen hatten, sondern mächtige Äußerungen des Willens zum Guten waren. Alles, was die Jugend leisten konnte, war vollständig wertlos, da es ihr in der Regel an Ursprünglichkeit gebrach und es nur die reinen Gedanken der älteren Vorgänger waren, die von der nachfolgenden Jugend aufgenommen wurden und die diese mit großen Gebärden als ihre eigenen herausgeben wollte. Originalität konnte nämlich nur entstehen, wenn das Gehirn reif war, so wie wirkliche Verpflanzung mit dazugehöriger Erziehung des Nachwuchses nur stattfinden konnte, wenn der Mann mannbar war und die Fähigkeit besaß, Mittel zu der Erziehung des Kindes zu beschaffen.

Und ein sicheres Zeichen für die mangelhafte Urteilsfähigkeit des unreifen Gehirns war der ständige »Größenwahn«, in dem Jugend und Frauen lebten. Man pflegte zu sagen, die Jugend habe die Zeit vor sich, aber diese Behauptung war höchst hinfällig, da das Mannesalter ein geringeres Sterblichkeitsprozent aufwies als die Jugend, und die wenig witzige Antwort, daß, wenn die Jugend ein Fehler ist, dieser mit den Jahren vergehe, so stieß das nicht die Regel um, daß die Jugend ein Gebrechen ist, ein Mangel, folglich ein Fehler, dessen Vorhandensein eingeräumt wird durch die Äußerung, daß er vergehen könne, denn was nicht existierte, konnte natürlich auch nicht verschwinden. Alle Angriffe der Jugend auf das Bestehende waren hysterische Äußerungen von des Schwachen Mangel an Fähigkeit, Druck zu ertragen, und zeugten von ebensowenig Klugheit wie die der Wespe, die einem sichern Untergang entgegengeht, wenn sie den Menschen angreift. Als guten Beweis für der Jugend Mangel an Urteilskraft und die Folgen davon hob er das Buch Robinson Crusoe hervor, das mit der offenbaren Absicht geschrieben sei, den Naturzustand und das Einsiedlerleben herabzusetzen, und doch mehr als ein Jahrhundert lang von der Jugend mißverstanden worden war als Lobgesang auf das Leben der Wilden, das gerade in dem Buch als Strafe für den dummen Jungen hingestellt wird, der wie ein Wilder die Gaben der Kultur mißbraucht hatte. Und dieser kleine Zug zeigt wiederum die niedere ontologische Form, die der Jüngling vertrat. Sie offenbarte sich in seiner Sympathie für Indianer und andere in der Entwicklung Zurückgebliebene, so wie die Gefühle, die einmal abgeschlossen werden sollen gleich der Schilddrüse, die bei dem Menschen außer Gebrauch gekommen ist, aber trotzdem noch auf ihrem alten Platz sitzt.

Da der Sohn diese bitteren Wahrheiten nicht mit Vernunftgründen widerlegen konnte, sondern äußerte, daß seine Gefühle, ja seine heiligsten Gefühle sich gegen diese trockene Lehre empörten, erklärte der Vater ihn für eine Wespe, die noch nicht anders als nur mit dem Nervengewebe denke. Und er warnte ihn vor den Ausschweifungen der Phantasie oder den Schlußfolgerungen auf unzureichender Grundlage, aus Mangel an großem Material, nicht zu verwechseln mit wissenschaftlichem Schnellschluß, der aus scheinbar wenig Prämissen (die wenig scheinen, weil man die Bindeglieder vergißt) neue Ergebnisse ziehen könne, in denen zwei ältere Auffassungen gleichsam durch eine chemische Vereinigung ineinander aufgehen und einen neuen Gedanken bilden. Die Ontogenie hatte ja bewiesen, wie die Menschenfrucht alle Stadien von der Amöbe durch den Frosch zum Menschenaffen durchlebte; wie konnte da die Jugend bezweifeln, daß der Menschengeist beim Kinde die Entwicklung des Menschen durch das Tier und den Wilden durchmachen mußte, und weiter vorwärts, solange der Körper wuchs, und daß folglich der Mann viel höher stand als der Jüngling. Namentlich warnte er davor, die Reflexion durch den niedrigsten der Triebe, den Geschlechtstrieb, trüben zu lassen, der infolge seiner Stärke so lange die gesunde Vernunft verblendet hatte, daß aufgeklärte Männer noch unter dem Aberglauben litten, daß der Frauentyp ebenso hoch stehe wie der männliche, ja nach Ansicht einiger noch höher, obwohl die Frau nur eine intermediäre Form zwischen Mann und Kind sei, was hinreichend aus der Lehre von der Leibesfrucht hervorging, infolge deren der Mann in einem Stadium Frau war, die Frau dahingegen niemals Mann. Den Jungen vor der Übermacht der Geschlechtsimpulse zu warnen, war dasselbe wie einen Schatten auf die Frau zu werfen, und der Sohn begann denn auch bald, wie der Vater es nannte, Nervenschlüsse zu ziehen, die darauf hinausgingen, daß der Oberstleutnant Frauenhasser war. Und wie konnte er auch anders, wenn er beständig von dem Vater Erzählungen darüber hörte, wie bald der eine, bald der andere durch Frauenzimmergeschichten seine Zukunft ruiniert hatte, wie große Begabungen ihre Talente durch Zeugung vergeudet. Glück und Wirksamkeit einer Gattin geopfert hatten, die treulos war, und Kindern, die jung gestorben. Die Fortpflanzung war Sache der kleinen Geister, die großen sollten in ihren Werken fortleben usw.

Unter einer solchen Leitung wuchs der Sohn auf. Er war bei der Geburt ungewöhnlich klein und schmächtig, aber sehr wohlgebildet; er hatte feinentwickelte Sinne, eine schnelle und sichere Auffassung, einen scharfen Verstand und einen Adel in der Denkweise, der sich durch Nachsicht und Zugänglichkeit den Menschen gegenüber äußerte. Er verstand früh, seine Lebensweise zu ordnen, unterdrückte die Pflanzen- und Tiertriebe, und nachdem er ein großes Material von Beobachtungen und Wissen gesammelt hatte, begann er, es zu bearbeiten. Sein Gehirn zeigte sich bald im Besitz der Fruchtbarkeitsfähigkeit: mit Hilfe von etwas Bekanntem das Unbekannte zu finden, er suchte, aus allen Gedanken neue hervorbringen zu können, mit einem Wort: er war im Besitz von Originalität. Er war ein angehender Neolog und besaß die Fähigkeit, die Verbindung in dem Untergeordneten zu durchschauen, nicht nur die unsichtbare Kraft hinter den Erscheinungen zu entdecken, sondern auch die verborgenen Beweggründe zu den Handlungen der Leute. Deswegen wurde er von den Kameraden in der Schule mit mißtrauischen Blicken betrachtet, und die Lehrer spürten bei ihm eine stumme Kritik über das, was sie als unumstößliche Tatsache hinstellten.

Seine Ankunft auf der Universität traf zusammen mit den großen Volksbewegungen, die in Anlaß der bevorstehenden Reichsreform stattfanden. Borg sah sehr wohl das Hinfällige in einer Vierständevertretung ein, da der Staat aus mindestens zwanzig Ständen bestand mit verschiedenen Interessen und verschiedenen Fähigkeiten, so verwickelte Probleme wie das der Volksregierung beurteilen zu können. Er wollte andererseits nicht teilnehmen an einer Rückkehr zu der Organisation der Horde oder des Stammes, bei der alle gleichviel oder gleichwenig zu sagen hatten; er sah sofort ein, daß diese Vereinfachung des Regierungssystems, wo »die Menge es machen sollte«, keine den Forderungen der Zeit angepaßte Reform war, namentlich da er kurz zuvor das allgemeine Wahlrecht in Frankreich einen Kaiser und eine Scheinvertretung durch Advokaten, Kaufleute und Militärs hatte hervorbringen sehen, eine Vertretung, von der die Landleute, die Gelehrten und die Männer der Wissenschaft ausgeschlossen waren, und wo also nur drei vom Kaiser willkürlich gewählte Stände vertreten waren. Er hatte dahingegen ausgerechnet, das Beste müßte sein: eine entwickelte Ständevertretung mit verhältnismäßigem Vertretungsrecht, genau abgewogen nach den Klasseninteressen und mit Rücksichtnahmen auf die höchsten Interessen oder das höhere Anrecht der Klugen auf das Übergewicht, weil diese in größerem Maßstab den Fortschritt stützten als die weniger Begabten. Dies hatten ja schon die Verfasser des Kammersystems geahnt, als sie die Notwendigkeit einsahen, die Fragen im Ausschuß zu behandeln und die Entscheidung gewisser Sachen besonderen Ausschüssen, ja Kommissionen mit Fachleuten zu überlassen. Um nun die Volksversammlung vollständig zu machen, so daß alle Interessen wahrgenommen, alle Gesichtspunkte angewendet und alle Aufschlüsse über den Zustand des Reiches zugänglich gemacht wurden, sollte jede Volksklasse, von der höchsten bis zu der niedrigsten, Abgeordnete wählen, teils im Verhältnis ihrer Größe, teils im Verhältnis zu ihrer Bedeutung für das Wohl des ganzen Landes. Nachdem er den Hofetat gestrichen hatte, der mitsamt dem Monarchen dem Auswärtigen Amt unterstehen sollte, baute er einen beratenden, nicht aber gesetzgebenden Fachreichstag auf folgende Weise auf: Erste Klasse: Grundbesitzer, einschließlich der Pächter, Zinsbauern, Inspektoren, Verwalter usw. Zweite Klasse: Bergwerksbesitzer, Besitzer von anderen Werken sowie

Fabrikanten und Arbeiter. Dritte Klasse: Handelsleute, Seeleute, Hotelwirte, Packträger, Frachtfuhrleute sowie Post-, Eisenbahn-, Telegraphen- und Lotsenpersonal. Vierte Klasse: Zivil- und Militärbeamte, Geistliche und Kirchendiener, Kellner und dergleichen. Fünfte Klasse: Gelehrte, Lehrer, Literaten und Künstler. Sechste Klasse: Ärzte, Apotheker, Angestellte des Armenwesens. Siebente Klasse: Hausbesitzer, Kapitalisten, Zinsheber.

Nach welchem Verhältnis von jeder Klasse gewählt werden sollte, war eine Frage, die nicht ohne weiteres gelöst werden konnte; in der Beziehung mußten tüchtige und in der Staatskunst erfahrene Männer sich vorwärtstasten, weswegen auch die Repräsentationsordnung nur vorläufig sein durfte. Über dieser beratenden Versammlung sollte ein aus staatswissenschaftlichen, ausschließlich zu diesem schwierigen Berufe ausgebildeten Fachleuten bestehender Rat stehen, so daß dies schwerste von allen Ämtern nicht wie bisher von Pfuschern oder selbstbestallten Amateuren ausgeübt wurde. Dem Amtsantritt der Staatsmänner sollte eine genaue Untersuchung ihres bisherigen Lebens, ihrer privaten, ökonomischen und sozialen Verhältnisse vorangehen. Dies sollte die Jugend zur Selbstzucht, zu einem aufmerksamen überwachen ihres Tuns und Lassens anspornen und einen Stamm ausgezeichneter Männer bilden, jedoch ohne daß auf der andern Seite ein sogenannter tadelloser Wandel oder negative Tugenden ohne Begabung wie bisher ein Nichtpfad zur Beförderung werden konnten. Dies sollte der neue Adel werden, der Nachfolger des alten Beamten-, Militär- und Hofadels, und dadurch, daß er sich selbst bildete durch eine natürliche Auswahl der Besten, gab er eine Garantie dafür, daß das Land auf die beste Weise regiert wurde. Der Reichstag wurde dadurch, daß er nur stimmen konnte, eine Meinung, nicht ein entscheidender Faktor, ein großes Untersuchungsmaterial, nicht aber ein Massenheer, das bestochen oder gezwungen wurde, Stimmengewalt zu üben.

Der junge Mann war jedoch schon zu klug, um diese Anschauungen auszusprechen, und in einer Zeit, wo Edelmann gleichbedeutend mit entartet, verlebt und überflüssig war und die Massen so blind vorwärtsstürmten, daß die Industriearbeiter ihren angehenden Klassenfreunden, den Bauern, hauptsächlich in die Hände arbeiteten, konnte ein kluger Mann nur lächeln und warten. Und er wartete, bis er es erlebte, daß die Vierständevertretung von der Einzelstandvertretung abgelöst und das Reich fortan nur durch die Bauern allein vertreten wurde. Dies historische

Ereignis hatte indessen einen sehr großen Einfluß auf die Gedankenrichtung und die ganze Entwicklung des Jünglings gehabt. Er kam dadurch zu der Erkenntnis, in welch entsetzlicher Unordnung der Gedankenmechanismus sich bei der Mehrzahl befand, und als er das Ständeprotokoll las und die Argumente der einflußreichsten und glänzendsten Redner beachtete, sah er, wie das, was er die Ganglienargumentation nannte: das Hervorrufen von Blutgefäßkontraktionen und Herzenskongestionen, den größten Einfluß auf die öffentliche Meinung ausübte. Es schien ihm indessen, als handele es sich keineswegs um das Vaterland und den Fortschritt, sondern nur um den Triumph für den Antragsteller, wenn er seinen Willen durchsetzte mit Hilfe von Fehlschlüssen, den gröbsten Vergehen gegen die Logik, die unheimlichste Entstellung von Tatsachen. Bei diesen Beobachtungen ward bei ihm ein ernster Verdacht rege, daß alles nur einem Kampf um die Macht galt, um den Genuß, der darin bestand, die Gehirne anderer in Einklang zu bringen, seine Gedankensamen in anderer Hirnrinde hineinzusäen, wo sie parasitenhaft wachsen konnten wie Misteln, während sich der Mutterstamm stolz in den Gedanken hüllte, daß die Schmarotzerpflanzen dort oben im Gipfel doch nur Parasiten waren. Dies war die Unterlage für seinen Ehrgeiz, und um den zu befriedigen, verschaffte er sich Wissen und Erfahrung durch Studien, Reisen und Verkehr mit kenntnisreichen und angesehenen Männern. Und mitten in diesem stets beweglichen Chaos von widerstrebenden Kräften und Interessen suchte er bei sich selbst den Ankerplatz für sein Dasein, den Mittelpunkt des Kreises, den die Wirklichkeit um ihn schlug. Statt wie die schwachen Christen einen Stützpunkt außerhalb ihrer selbst in Gott zu fingieren, nahm er das in seinem eigenen Selbst tatsächlich Vorhandene und suchte seine Persönlichkeit zu einem vollständigen Typ eines Menschen auszubilden, dessen Wandel niemandes Recht kränken wollte, überzeugt davon, daß die Früchte eines wohlgepflegten Baumes andern nur zum Nutzen und zur Befriedigung gereichen würden. All das Verworrene, Verkehrte, das er in den Bestrebungen derer sah, die behaupteten, für andere zu leben, in Wirklichkeit aber nur von anderen lebten, von der Dankbarkeit anderer, der Ansicht anderer, der Anerkennung anderer, mied er und verfolgte den geraden Weg vorwärts, überzeugt, daß ein einziges großes und starkes Individuum unfreiwillig mehr nutzen würde als diese Massen von Gedankenlosen, deren Anzahl in umgekehrtem Verhältnis zu dem Nutzen stand, den sie schufen.

Dies vor Augen, erzwang er eine Norm für seine Lebensweise, die zu einem hohen Grade von Sittlichkeit führte, da er, statt die Abrechnung einem ungewissen Jenseits zu überlassen, seinen Wandel so führte, daß er nichts unentschieden ließ, nicht die Schuld auf einen unschuldig leidenden Christus hinüberwälzte, sondern im Bewußtsein seiner Selbstverantwortung nichts beging, was ihn dazu bringen konnte, das Bedürfnis nach einem Sündenbock zu empfinden.

Hierdurch lernte er, sich auf sich selbst zu verlassen, niemals Rat zu suchen, stets die wahrscheinlichen Folgen einer Handlung zu erwägen. Aber das hinderte nicht, daß er an Nervosität litt, so wie seine ganze Generation, die im Jahrhundert des Kampfes und der Elektrizität geboren und erzogen war, in dem die Lebenswirksamkeit erhöhte Hastigkeit erhielt. Und wie konnte sie anders, sie, die Millionen von alten Gehirnzellen, von aufgestapelten, veralteten Eindrücken zerstören mußte und die jeden Augenblick, wenn sie sich eine Ansicht bilden wollte, abgetane Grundsätze, die sich als Voraussetzungen vordrängen wollten, wegschrapen mußte. Es war eine ganz neue Ansiedlerarbeit, die diese Störungen im Nervensystem hervorrief, die man ausschließlich dem Alkoholismus und den sexuellen Ausschreitungen der Vorfahren hat zuschreiben wollen, deren krankhafte Kennzeichen aber die Äußerung einer erhöhten Lebenskraft waren, begleitet von einer außerordentlichen Empfindsamkeit, wie die des Krebses, wenn er die Schale wechselt, oder die des Vogels, wenn er mausert. Es war die Neubildung eines Geschlechts, oder wenigstens eines Sondermenschen, der den Alten krankhaft oder ungesund erschien, weil er in der Entwicklung begriffen war, etwas, was einzuräumen ihnen höchst widerwärtig war, da sie selber die Norm sein und gesund genannt werden wollten, obwohl sie sich im Auflösungsprozeß befanden.

Diese Nervenempfindsamkeit bei dem heranwachsenden Jüngling wurde erhöht durch Enthaltsamkeit in bezug auf Essen und Trinken und durch strenge Disziplinierung des Geschlechtslebens. Er fand es erniedrigend, sich mittels gärender Getränke in den zügellosen Zustand des Wahnsinnigen und des Wilden zu versetzen, und seine Seele war zu vornehm, um eine Augenblicksverbindung mit einer Prostituierten zu wollen. Aber damit im Gefolge stand auch die zunehmende Scharfheit der Sinne und eine Empfänglichkeit für unangenehme Eindrücke, die zuweilen Unlust hervorrief, wo andere mit wahren Sinnen Genuß gehabt haben würden.

So konnte er mehrere Stunden verstimmt sein, wenn sein Morgenkaffee nicht stark genug gewesen war; ein schlecht gemalter Billardball und ein schmutziges Queue veranlaßten ihn, das Lokal zu verlassen und ein anderes aufzusuchen; ein schlecht abgetrocknetes Glas erregte Ekel bei ihm, und er spürte den Geruch von Menschen an einer Zeitung, die ein anderer gelesen hatte; er konnte auf der Politur fremder Möbel Spuren von Menschenfett sehen und öffnete stets das Fenster, wenn ein Dienstmädchen im Zimmer gewesen war und reingemacht hatte. Aber wenn er auf Reisen war und die Not ihn dazu zwang, konnte er gleichsam alle Leitungen von dem Sinnenwerkzeug zur Auffassung schließen und sich gegen alle unangenehmen Gefühle hart machen.

Nachdem er auf der Universität seine Studien in Naturwissenschaft beendet hatte, diesem am wenigst demütigenden von allen Fächern, da die Anschauungen hier eine geringere Rolle spielten als das Einsammeln von Material, erhielt er eine Anstellung als Assistent an der Akademie der Wissenschaften.

Er hatte sich um diese Stellung bemüht, um an einem Ort alle Reiche der Natur gesammelt und geordnet überschauen zu können und, wenn möglich, sich dort von der großen Konsequenz zu überzeugen, falls sie existierte, oder von dem universellen Wirrwarr, das dort wahrscheinlich herrschte. Aber seine Absichten wurden bald entdeckt, namentlich da er nicht lange der Gefahr aus dem Wege gehen konnte, sich einen Vorschlag, die Vögel nach einem ganz andern System als dem gültigen umzuordnen, entlocken zu lassen. Die Vorgesetzten, die natürlich nicht dazu herabsinken wollten, Materialsammler für einen jungen Mann zu werden, und es ja nicht gerne sahen, daß sie mitsamt ihren Arbeiten veraltet wurden, faßten einen instinktiven Unwillen gegen den, der sie durchschaute. Die erste Gegenwehr gegen den Eindringling bestand darin, daß er bei Kleinarbeiten untergeordneten Ranges angestellt wurde, bei Arbeiten, die zugleich seinem Schönheitssinn widerlich waren. So mußte er sechs Monate lang den Spiritus in der Fischsammlung erneuern. Zuerst erbrach er sich infolge des ekelhaften Geruches, der ihm entgegenschlug, als er aber diese Unannehmlichkeit überwunden hatte, warf er sich mit einer wahren Wut auf das Studium der Fische, und da er schnell arbeitete, hatte er sich am Ende des Jahres gründlich vertraut gemacht mit dem großen Material, nachdem er den ganzen Winter hindurch in einer kalten, schmutzigen, halbdunkeln Küche gestanden, schlechten Spiritus eingeatmet, an den Händen gefroren und sich einen fast unheilbaren Blasenkatarrh zugezogen hatte.

Dann wurde er dabei angestellt, Etiketten für die Algen zu schreiben. Da er indessen an der Universität keinen Unterricht im Schönschreiben erhalten hatte und von der Natur mit einer schwachen, unsichern Hand ausgestattet war, wurden die Zettel kassiert, wodurch ein Schein von Untauglichkeit auf ihn geworfen wurde. Er konnte ja nicht einmal schreiben! Aber im Laufe von zwei Monaten, während welcher er Unterricht in einem Schreibkursus genommen und am Abend zu Hause saß und mit Schreibbuch und Vorschriften arbeitete, erwarb er sich eine schöne, leserliche Handschrift, und gleichzeitig erwarb er eine vollständigere Kenntnis der Algen, als er sie bisher besessen hatte. Die Vorgesetzten, die glaubten, daß er die untergeordnete Arbeit verschmähen würde, sahen bald, von welcher Art er war und wie er es verstand, alles zu seinem Vorteil zu wenden, indem er seine Kenntnisse erweiterte, während er geschmeidig den Schlägen auswich und die Regenschauer abschüttelte.

Aber seine größere Schreibfertigkeit ward ein Quell zu neuen Demütigungen, denn jetzt stellte man ihn dabei an, Dokumente und dienstliche Briefschaften abzuschreiben, indem man glaubte, daß er dadurch allmählich zu der elenden Rolle eines Abschreibers herabsinken werde. Er übernahm jedoch die Arbeit, ohne zu klagen, und während er dadurch fremde Sprachen lernte, hatte er Gelegenheit, einen Einblick in alle Geheimnisse der großen Männer zu tun, die sie in seiner Hand wertlos glaubten. So gelang es ihm, die wissenschaftlichen Streitereien jener Zeit im Briefwechsel behandelt zu sehen, er entdeckte die Wege zu den geheimen Zusammenkünften der gelehrten Gesellschaften, lernte die unterirdischen Gänge kennen, die zu Auszeichnungen führen, und die Gelegenheit, die Forschungen fruchtbringend zu machen. So war es unantastbar, und jedesmal, wenn man glaubte, ihn niedergeschlagen zu haben, erhob er sofort den Kopf wieder.

In seiner doppelten Eigenschaft als Edelmann und Selbstdenker kam er dazu, isoliert zu stehen. Sein Name klang nicht wissenschaftlich genug, und es wurde von denen, die sich Berzelius' zerlumpter Hosen erinnerten, als Mangel an Wissenschaftlichkeit betrachtet, daß er sich fein und modern kleidete; dazu kam noch, daß seine geduldige, scheinbare Unterwerfung als Unterlegenheit aufgefaßt wurde und daß man alle seine naturwissenschaftlichen Forschungen als poetische Ergüsse ansah. Da man bereute, ihn hinter die Kulissen hatte kommen zu lassen, und ihn wieder unschädlich machen wollte, kam man auf den Einfall, ihn bei einer neuen Arbeit anzustellen, die von jedem Neuling verschmäht worden war und deswegen der Probierstein oder Stein des Anstoßes genannt wurde. Es hatte sich nämlich auf dem Boden ein Haufen von Steinarten und Mineralien angesammelt, teils durch Schenkungen und Testamentierung, teils von Weltumseglungen und Expeditionen; und da die meisten damals, als die Geologie noch in den Windeln lag, als Dubletten beiseite gelegt waren, mußten sie jetzt, wo sich die Verhältnisse auf diesem Gebiet mit der Entwicklung der Wissenschaft verändert hatten, durchsucht und geordnet werden. Sie hatten in einer Bodenkammer oben unter den Dachpfannen Platz gefunden und lagen in einem großen Haufen, vermischt mit Staub und Spinngeweben. Borg, der jetzt gebückt unter den glühenden Dachsteinen stehen und den Staub einatmen mußte, war nahe daran, das Gewehr in den Graben zu werfen, als er aber am Tage nach Beginn der Arbeit auf ein Mineral stieß, das, wie er vermutete, bisher nicht bekannt war, ging er eifrig an die Arbeit und begann zu sortieren. Hierbei gelangte er jedoch zu Ergebnissen, die seinen bereits schwachen Glauben an den Systembau erschütterten, und sah vorläufig ein, daß nicht die Steine von der Natur geordnet waren, sondern daß das Gehirn die Erscheinungen ordnete.

Alles konnte übrigens geordnet werden, wenn man sich nur eine Einteilungsgrundlage schaffte; daß die vernünftigste Grundlage hier nicht gefunden war, sah er bald ein, und da die Basis selbst nur eine unentschiedene Hypothese war, wie z. B. daß das Urgebirge durch Schmelzung von Feuer entstanden sein sollte, im Gegensatz zu den abgelagerten Bergarten, von denen man bestimmt annahm, daß sie vom Wasser abgesetzt waren, und da zugleich das Urgebirge in Schichten geteilt ist wie die jüngeren sedimentären Formationen, fand er das Ganze gemacht, zusammengemutmaßt, und das System auf dieser Mutmaßung begründet. Inzwischen hatte er das Stück Mineral, das er gefunden, analysiert, und da es sich herausstellte, daß es bisher unbekannt war, übergab er es dem Professor, der es an die Akademie in Berlin schickte, wo er das neue Mineral nach sich benennen ließ. Borg erhielt weder einen Dank noch eine Erwähnung, sondern nur einige spöttische Worte von seinem Vorgesetzten. Empört hierüber, sandte er das nächste Mineral unbekannter Art, das er fand, selbst an Lyell; seine Abhandlung wurde in der *Geological Society* vorgelesen, in welcher Gesellschaft er als Mitglied aufgenommen wurde. Kameraden und Vorgesetzte taten so, als seien sie in völliger Unkenntnis über seinen Erfolg, der seinen Professor gewissermaßen schikanierte, da er das unbekannte Mineral für eine Dublette gehalten hatte. Und nun wuchs der Unwille gegen ihn zu Haß an, um schließlich in Verfolgung überzugehen. Aber er wich aus, machte sich unsichtbar und arbeitete. Da diese zusammengescharrten Mineralien aus allen Ländern Europas geholt waren und Borg es verstand, jeder Entdeckung einen Anstrich von praktischem Nutzen für die Bergwissenschaft jedes einzelnen Landes zu geben, gelang es ihm, im Laufe von ein paar Jahren in die meisten der wissenschaftlichen Gesellschaften Europas aufgenommen zu werden. Außerdem war er Inhaber des italienischen Kronenordens, des französischen *Instruction publique*, des österreichischen Leopoldsordens und des russischen St. Annenordens zweiter Klasse. Aber nichts machte Eindruck auf seine Umgebung, deren Spott nur wuchs mit jeder Auszeichnung, die doch auf wirklichen Verdiensten beruhte. Da man die Tatsache nicht ableugnen konnte, suchte man ihren Wert zu verringern oder gab sich das Aussehen, ahnungslos in bezug auf das Geschehene zu sein, was jedoch nicht verhinderte, daß man seine Spuren zu eigener Jagd benutzte.

Als er schließlich nach sieben Jahren qualvollen Dienstes seinen Vater beerbte, der zu jener Zeit starb, und dann seinen Abschied nahm, um als Privatmann ins Ausland zu reisen, erzählte man, er habe seinen Beruf verfehlt und sei verabschiedet worden, es sei schade, sagte man, daß nichts aus ihm habe werden können. Deswegen verließ er mit einer grenzenlosen Verachtung vor den Menschen das Vaterland, um seine Studien in fremden Ländern fortzusetzen. Und rings umher in den Hotels und Pensionaten Europas traf er viele Arten von Menschen, leitete Verbindungen ein, die bald durch eine gezwungene Trennung abgebrochen wurden. Aber überall sah er, wie die Menschen der gleichen Periode die gleichen Ansichten über die gleichen Dinge äußerten, Mehrzahlansichten als ihre eigenen aufstellten, mit Phrasen auftraten statt mit Gedanken. Dabei entdeckte er, daß es nur die Gedanken einiger weniger hervorragender Geister waren, die von den Massen ausposaunt wurden. So fand er heraus, daß alle Geologen Agassiz' und Lyells Anschauungen von 1820 und 1840 äußerten; alle religiösen Freidenker plapperten Lenau und Strauß nach; alle rührigen Politiker lebten von Mill und Buckle, und alle, die über neuere Literatur sprachen, schlachteten Taine aus. Auf diese Weise waren nur einige wenige Hauptbatterien im Besitz von Stromerregern, die durch die Leitungen des Talents alle diese Glocken zum Läuten brachten. Von hier aus gelangte er bald auf das Gebiet der Psychologie, besuchte Spiritisten, Hypnotiseure, Gedankenleser, sah hinter diesen Schwindelbewegungen allerlei neue Entdeckungen, die sicher die tierische, gedankenlose Lebensweise der Menschheit veränderten, vielleicht beitragen konnten zu der Rechtleitung der Gedankenapparate und zur Belehrung darüber, daß das ganze Kampfleben, das über Anschauungen geführt wurde, nur ein Kampf um die Macht war, die Gehirne anderer in Bewegung zu setzen, den Haufen zu zwingen, so zu denken wie man selbst. So war er auch Zeuge von wissenschaftlichen Streitigkeiten gewesen, bei denen der Sieg der falschen Anschauung zugefallen war, nur weil der Sieger hinreichend Ansehen und Mehrheit besessen hatte. Er hatte politische und religiöse Fehden gesehen, die durch eine Gesetzgebung abgeschlossen waren, die aller gesunden Vernunft und Gerechtigkeit hohnlachte, indem sie autorisierte Irrtümer grundlegte, die dann von der nachfolgenden Generation als sonnenklare Wahrheiten geerbt wurden.

Nein, es handelte sich wohl nur darum, seinen Willen durchzusetzen, und die Triebkraft hinter dem Kampf um Anschauungen war das Interesse und die Leidenschaft. Das Interesse war nichts weiter als der Trieb, der Trieb nach Essen und Liebe, und um den zu befriedigen, war ein gewisses Quantum Macht erforderlich. Und was nicht Macht erstrebte, war ein schwaches Individuum, dessen Lebenswille verdünnt war, und deswegen hörte man stets den Schwachen auf das Recht pochen, auf das Recht der Schwachen, obwohl nur eine mathematische Gerechtigkeit existierte, eine arithmetische Wahrheit, zu deren Ausrechnung ein starker Gedankenapparat erforderlich war, der sich von den Verirrungen der Interessen und Leidenschaften zu befreien vermochte. Wenn er sein Inneres erforschte und sich mit einer großen Anzahl anderer verglich, fand er, daß er durch strenge Selbstzucht sein Urteil in hohem Grade emanzipiert hatte und daß er im Besitz eines besonders entwickelten Triebes war, die abstrakte Gerechtigkeit zu suchen, die Wahrheit, die in dem wirklichen Verhältnis, dem Kern der Sache besteht, weswegen er sich auch Wahrheitsfreund nannte in dem besten Sinne dieses Wortes, ohne daß er deswegen umherzugehen und alles zu sagen brauchte, was er dachte, oder, wenn die Notwendigkeit es gebot, eine zudringliche Frage nicht mit einer Unwahrheit beantworten konnte.

Um der Organisation des Menschentiers näher auf die Spur zu kommen, machte er besondere Studien über die Seelenfähigkeiten aller der niedrigeren Tiere und tastete sich durch dies Mittelglied weiter bis zu dem Menschen.

Darauf legte er eine Buchhalterei an über alle die Individuen, die er getroffen hatte, von Verwandten, Haushälterinnen und Dienstmädchen bis zu Schulkameraden, Studentenkameraden, Verkehrskreis und Vorgesetzten, kurz über jeden, der innerhalb seines Beobachtungskreises gekommen war. Und dies Hauptbuch vervollkommnete er, indem er sich Personalien, Einsegnungsatteste, Erklärungen von den Bekannten der Betreffenden verschaffte, worauf er ihr Horoskop stellte und ihr Lebensproblem ausfindig zu machen suchte. Dies war ein unglaublich großes Arbeitsmaterial, und als er Ordnung in den Wirrwarr gebracht hatte, sah er, daß man die Menschen so wie die Tiere und Pflanzen in große Klassen, Abteilungen und Familien einteilen konnte, alles nach der Einteilungsgrundlage. Da er aber mehrere Einteilungssysteme benutzte, kam er der Wahrheit näher und erlangte eine reichhaltigere Beleuchtung seines Beobachtungsobjektes.

So machte er ein Schema über Menschen, in drei Unterabteilungen geteilt: die Bewußten, die Selbstbetrüger und die Unbewußten. Die Bewußten oder Eingeweihten standen am höchsten; sie hatten den Betrug durchschaut, glaubten an nichts und an niemand und wurden im allgemeinen Skeptiker genannt; sie wurden von den Selbstbetrügern gefürchtet und gehaßt, kannten einander sofort, wenn sie sich begegneten, und trennten sich gewöhnlich mit der Bezeichnung Schurke auf den Lippen und mit gegenseitigen Beschuldigungen schlechter Beweggründe. Zu den Selbstbetrügern rechnete er alle religiös Gläubigen, hypnotische Medien, Propheten, Parteiführer, Politiker, Wohltätigkeitsmenschen und den ganzen Schwarm von schwachen Ehrgeizigen, die sich den Anschein gaben, als lebten sie für andere. Zu den Unbewußten rechnete er Kinder, die meisten Verbrecher, die meisten Frauen und eine Unzahl Toren, die noch auf einem halb säugetierischen Standpunkt lebten, ohne Fähigkeit, das Subjekt von dem Objekt zu unterscheiden.

Nach einer anderen Einteilungsweise, der ontogenetischen, der Entwicklung vom Embryo zum erwachsenen Manne, brachte er Kinder, Jugendliche, Frauen und Männer in das System hinein.

Ferner suchte er immer bei Landsleuten nach ererbten Rassezeichen, trennte Nordschweden von Südschweden, konnte den Norweger in dem Wärmländer spüren und den Finnen bei einer Menge Norrländer, hielt ein wachsames Auge auf eingewanderte Deutsche, Wallonen, Semiten und Zigeuner, was ihm oft den Schlüssel zu manch einem Zug in einem unverständlichen Charakter verlieh.

Außerdem hatte er noch eine andere Einteilung der Charaktere nach den Hauptzügen derselben. So brachte er die Prasser, Trinker und die Geizhälse in der untersten Gruppe an, dann kamen die Sexualisten oder die Geschlechtsschwelger, während die Gefühlsmenschen und die Intellektuellen oder die Denkenden am höchsten standen.

Diese Wissenschaft entwickelte er in hohem Grade und erlangte nach Verlauf einiger Zeit die Fähigkeit, einen Menschen zu beurteilen. Und um die Richtigkeit seiner Beobachtungen zu kontrollieren, benutzte er sich selbst als psychologisches Präparat, brachte sich Wunden bei, stellte Experimente mit sich an, legte Fisteln und Kunstgeschwüre an, unterwarf sich unnatürlicher, oft widerlicher Kost, während er dabei genau den persönlichen Beobachtungsfehler im Auge behielt und es vermied, sich selbst und seinen Wandel als Norm für andere anzulegen.

Nachdem er schließlich seiner Reisen ins Ausland überdrüssig geworden war, und da sich sein Körper nach seinem richtigen Lebenskreis sehnte, kehrte er heim, um sich eine Betätigung zu suchen. Es war ihm gleichgültig, womit er sich beschäftigte; so bewarb er sich denn um die Anstellung als Fischereiinspektor, und da man nicht wünschte, ihn in allzu großer Nähe zu haben, wurde er als erster Beamter in den Stockholmer Schären angestellt.

Hier erwachte er von dem Rückblick auf sein Leben, durch den er sich neu zu gebären pflegte, indem er es in aller Eile abermals durchlebte und sich dadurch gleichsam zu seinem Standpunkt hindurchtastete, um, nachdem er seine Hilfsquellen berechnet hatte, sich klar zu werden über seinen Kurs vorwärts, sein wahrscheinliches Endziel und die Aussichten, seine Pläne durchzuführen.

Der Lotse, der währenddessen das Boot innerhalb der Schäre in Lee von den Eisschollen gerudert hatte und schon mit sich darüber im reinen war, daß der gelehrte Mann, der wie eine Bildsäule mit nach innen gewendetem, ausdruckslosem Blick dasaß, nicht ganz richtig sei, benutzte jetzt die Gelegenheit zu fragen, ob sie nach Hause fahren wollten, wozu der Inspektor nickend seine Zustimmung gab.

Noch einmal ließ er den Blick hinschweifen über das prachtvolle Schauspiel da draußen, wo die Eisstücke dahinjagten, zerrissen, zusammengepackt wurden, einander klemmten, sich übereinander auftürmten, auf die Kante gestellt wurden, ihre wagerechte Lage in Massen von Verschiebungen verwandelten, in Bergbildungen mit Höhen und Tälern. Es war ihm, als sähe er die Erde geboren werden, wie damals, als die erste erstarrte Kruste auf dem glühenden Meer durchbrochen wurde, vorwärts gepeitscht, auf die Kante gestellt, zu Urgebirgen, zu Schären und Werdern aufgetürmt wurde, die nur Packeis waren, mächtige Eisberge, nur aus einem andern Material als das Wasser. Und über dieser wiederholten Schöpfungsgeschichte zitterte das ungeteilte, weiße Licht des Eises neben dem urblauen der Luft und des Wassers, die erste Brechung der Finsternis, und hier schwebte der Gott der Schöpfungsgeschichte, der Licht von Finsternis schied, hervor wie ein lebendig gemachter Erklärungsgrund für den forschenden Gedanken des Beschauers. Und noch einmal klangen der beschwingten Reptilien erste Versuche von musikalisch geordneten Lauten über den Wasserkreis, diese Begrenzung seines eigenen Ichs, das der Mittelpunkt bleiben würde, welchen Platz er auch einnahm. - - -

Da trieb das Boot in den Hafen hinein, und aus den Schornsteinen rauchte es zum Mittagessen.

4.

An einem Sonntagvormittag saß der Inspektor an seinem offnen Fenster. Der Vorsommer hatte seinen Einzug gehalten, mit lichtblauer Farbe auf dem Wasser und einem schwachgrünen Ton in den Klippenschluchten über den unbedeutenden Überresten von Flechtenarten und Moos.

Der Vogelzug war gen Norden gegangen, und nur einige vereinzelte Eidergänse schwammen paarweise in den Buchten umher. Die große Einsamkeit ergriff ihn heute, als er draußen auf der Ostsee einige Fahrzeuge unter den lebhaften Farben fremder Flaggen gen Süden steuern sah, zufällig oder folgerichtig alle lichtstärker als dies armselige Blau und fahle Gelb, das so leicht schmutzig wird. Er sah die aufreizende Trikolore auf einer Brigg, die Bretter aus Norrland führte, kürzlich mit Wein und Apfelsinen hierher gekommen war und nun den Kurs nach den hellgelben, völkerreichen Küsten nahm; der verweichlichte Danebrog auf einem Butterschoner lag im Kielwasser des weißen Flaggentuches eines mächtigen deutschen Postdampfers, mit Trauerrändern und dem Reichszeichen gleich einem Pik-As über etwas Rotem; die englische Blutfahne, das spanische Marquisenleinen, den Bettzwillich des amerikanischen Königs Baumwoll; sie stellten ebensoviele Grüße von fremden Nationen dar, denen er sich enger verbunden fühlte als den Fremden, die er Landsleute nannte, da er das Recht besaß, auf seinem Feierkleide alle diese Farben zu tragen, nicht aber die seines eigenen Landes. Und heute hatte er ein Gefühl, daß diese Erinnerungen an seine Weltbürgerschaft ihn mehr stärkten als sonst, denn in der letzten Zeit war er von offen ausgebrochenen Feindseligkeiten umgeben gewesen. Er hatte kürzlich angefangen, die Durchführung eines seit mehreren Jahren geltenden, bisher jedoch nicht befolgten Gesetzes über eine bestimmte Maschengröße für die Netze zu erzwingen, war hierbei jedoch auf einen Widerstand gestoßen, der zur Folge hatte, daß er, als ihm schließlich offener Trotz gezeigt wurde, den Amtsvorsteher herzurufen und die Netze mit Beschlag belegen lassen mußte. Ehe er diesen Schritt unternahm, hatte er freilich den Fischern gründlich bewiesen, wie das Eingreifen des Staates nur aus Fürsorge für das eigene Wohl der Bevölkerung veranlaßt worden war, hatte hervorgehoben, wie gerade diejenigen, die ein Gehöft nicht teilen wollten, weil sie lieber einen Sohn als Erhalter des Geschlechts in Wohlstand sahen, durch ihre unvernünftige Fischerei einen Zustand hervorriefen, durch den ihre Kinder dem Armenwesen anheimfallen mußten. Aber es half alles nichts. Alle Verhaltungsmaßregeln wurden als feindliche Erfindung eines Haufens beschäftigungsloser Beamter angesehen, die mit dem Gelde der Bevölkerung bezahlt wurden, um sie zu peinigen. Vergebens wandte der Inspektor ein, daß die Bauern im Reichstag das Gesetz durch ihre Abstimmung durchgeführt hatten, in welcher Veranlassung die Fischer nun ihren Haß gleichmäßig zwischen der Regierung und den Bauern teilten.

Da war es ihm klar geworden, daß diese fischende Bevölkerung wirklich ein Überbleibsel des Urzustandes der menschlichen Gesellschaft vertrat: sorglos, unbedacht, ohne des Bauern Denken an den morgenden Tag oder das nächste Jahr. Es war der Wilde, der zwei Tage lang auf Jagd ging und acht Tage schlief. Und so wie der Wilde war diese Bevölkerung im Besitz gewisser negativer Fähigkeiten, zu entbehren und zu dulden, ohne die positive Kraft, ihre Lage durch Erfindungen zu verbessern, und mit einem entschiedenen, instinktiven Unwillen gegen alles Neue, wodurch sie ihr Unvermögen, sich zu einem höheren Kulturstadium zu erheben, verrieten. Alle diese Fischer waren der Bodensatz der ursprünglichen Volksstämme des Landes, die, als der Kampf um die fruchtbaren Flußtäler und die Ufer der Seen stattfand, keinen festen Fuß gewinnen konnten, sondern fliehen mußten oder nach den Klippen hinausgedrängt wurden, wo der fruchtbare Boden aufhörte und das unsichere Meer nur seinen zufälligen Spielgewinn lieferte. Und als Spieler waren sie ebenso unzuverlässig wie das Glück, nahmen es nicht genau in bezug auf die Mittel, die sie benutzten, sondern nahmen kleine Vorschüsse auf den großen Fang, den ein glücklicher Schiffbruch ihnen bringen mußte. Deswegen hatten sie sich gleich empört gegen den Neuangekommenen, und in ihrer Verblendung hatten sie nicht einsehen können, daß er aus Ehrgeiz kam, um zu versuchen, ihre Stellung zu verbessern und sie von unnötiger Arbeit zu befreien. So hatte er einen selbstkontrollierenden Windmesser für den Oberlotsen konstruiert, der ihm meteorologische Berichte erstatten sollte. Der Apparat war aus einem alten Bohrer und einigen zerschnittenen Sardinenbüchsen gemacht; er war jedoch nicht angenommen, sondern oben auf den Boden beiseite gestellt worden. Er hatte in Krankheitsfällen Hilfe leisten wollen, war aber abgewiesen; er hatte die Frauen lehren wollen, den Rauch in der Küche zu verhindern, indem er eine Heringstonne als Rauchkappe auf dem Schornstein anbrachte, aber sie hatten über ihn gelacht und jammerten nach wie vor über den unleidlichen Rauch. Er hatte einem der Fischer, der sich vergeblich bemüht hatte, Kartoffeln zu pflanzen, lehren wollen, Seesand mit Hilfe von Tang und Fischabfällen zu düngen, wie er es die Bevölkerung von gewissen Küstengegenden Englands hatte tun sehen, ohne jedoch Gehör dafür zu gewinnen. Und als er sah, wie die Überbleibsel des großen Strömlingsfanges im Frühling dalagen und verfaulten infolge von Mangel an Salz, wollte er die Fischer das Notmittel der Färinger lehren: den Hausbedarf mit Tangasche einzusalzen, eine Methode, die diese Inselbewohner beim Käsemachen anwenden.

Das Ergebnis aller seiner Bestrebungen, nützliches Wissen zu verbreiten, lief darauf hinaus, daß er den Spitznamen »Doktor Allwissend« erhielt, für nicht recht klug gehalten wurde, Anlaß zum Gelächter bei jedem Kaffeeklatsch und allen Trinkgelagen war, und daß die Kinder heulten, wenn sie ihm begegneten.

Das Mißverhältnis zwischen dem, was er war und wofür man ihn hielt, wirkte anfangs nur komisch, allmählich aber, als offenbare Feindseligkeit anstelle des bisherigen kühlen Verhältnisses trat, fühlte er eine ungünstige Einwirkung auf sein seelisches Befinden. Es war, als liege eine mit entgegengesetzten elektrischen Strömen gesättigte Gewitterwolke über ihm und reize sein Nervenfluidum, als wolle sie dasselbe durch eine Neutralisierung zerstören. Er hatte ein Gefühl, als wenn die Gedanken der Menge, die auf ihn konzentriert waren, möglicherweise die Fähigkeit besäßen, ihn nach und nach niederzuziehen, sein Selbstbewußtsein zu schwächen, so daß die Zeit kommen konnte, wo er nicht an sich selbst und seine geistige Überlegenheit glaubte, sondern daß schließlich ihre Ansicht, daß er der Tropf sei und sie die Gesunden, sein Gehirn ergreifen und ihn zwingen würde, ihrer Meinung Folge zu leisten.

Während ihn diese Gedanken erfüllten, war ein neuer Gegenstand innerhalb der fünfundvierzig Grade des Horizonts aufgetaucht, die er von seinem Fenster aus mit dem Blick bestreichen konnte. Eines der Kanonenboote der Flotte lief mit halber Kraft ein in den Schutz der Schäre, barg die Segel und ging vor Anker. Durch das Fernrohr sah er die Matrosen sich in einem scheinbaren Wirrwarr bewegen, jedoch ohne sich zusammenzudrängen; jeder Mann eilte auf seinen Platz, an sein Tauende, an sein Fall, als die Bootsmannspfeife ertönte. Die schlank gebauten Breitseiten des Fahrzeuges, der gespannte Bug, wo die eisernen Platten auseinanderspringen zu wollen schienen, aber dennoch ihre zusammengepreßten Kräfte in einer vorwärtsgehenden Richtung vereinten und gleichsam im Bugspriet ausströmten, die energischen Röhrenformen des Dampfrohrs und des Schornsteins, die Widerstandstellung der Masten, Stagen und Wanten gegenüber, die kreisrunde Mündung der Kanone, alles zeugte von einer Sammlung wohlgeordneter Kräfte, die einander durch Gegensatz und Zusammenwirkung zügelten und ihn in eine harmonische Stimmung versetzten. Es war ihm, als entströmten Kraft und Ordnung dem keilförmigen eisernen Rumpf, in dem Zweckmäßigkeit, Begrenzung und Mäßigung zu einem schönen Ganzen vereint waren, das durch Reflexion einen tieferen Genuß hervorrief, als ihn ein schönes Kunstwerk dem oberflächlichen Beobachter auf dem Wege des Gefühls zu verschaffen pflegt.

Aber bei Nachdenken kam noch etwas anderes zu ihm herein aus dieser kleinen schwimmenden, wasserumflossenen Gesellschaft. Er fühlte sich gestärkt, als habe er eine Stütze in diesem Bilde von Macht, das von der Volksvertretung und der Regierung mit Autorität ausgestattet und mit Anwendung aller Hilfsmittel der Kultur und der Wissenschaft die höher Entwickelten gegen das Vordringen der Barbarei von unten her beschützte. Er sah mit Befriedigung ein paar von den Intelligentesten mittels einer Bootsmannspfeife diese Hunderte von Halbwilden lenken, die nicht über das zu räsonieren wagten, was sie nicht verstanden. Er hatte sich niemals verleiten lassen, den modernen, persönlichen Beobachtungsfehler zu begehen, daß die niederen Klassen durch ihre untergeordnete Stellung und die gröberen Nahrungsmittel leiden. Er wußte nämlich sehr wohl, daß sie sich an dem Platz befanden, der für sie paßte, und daß sie ebensowenig darunter litten wie es die Fische quälte, daß sie keine Amphibien geworden waren. Und was die gröberen Speisen betrifft, so wußte er aus Erfahrung, da er zuweilen einige von den Fischern zu Tische eingeladen hatte, wie sie das verschmähten, was nicht ausschließlich dazu bestimmt war, den Bauch zu füllen, ja sogar das gewöhnliche Schwarzbrot dem feinen Weizengebäck vorzogen. Er hatte niemals an all das Gerede von Hunger geglaubt, wenn es sich nicht um einen Ort handelte, der von einem großen Unglück betroffen war, und selbst dort nur ausnahmsweise, denn man hatte ja das Armenwesen, das so oft von Faulpelzen und minderwertigen Personen mißbraucht wurde, die sich unter Vorschützung von Krankheiten, die sie gar nicht hatten, Unterhalt erzwangen. Er hatte niemals den Kleinen geschmeichelt, niemals das Knie vor den Unbedeutenden zu beugen gebraucht, obwohl er selbst von oben ausgestoßen worden war, von einer Gesellschaftsschicht, die während einer allgemeinen Verfallperiode sich mit gestohlenem Ruhm emporgeschwindelt hatte und die jetzt bedrückend auf dem lag, was emporsprießen wollte. Und er ließ sich auch jetzt nicht verleiten, dies lose Bild der oberen Schichten zu überschätzen, das ihm in Gestalt eines Kriegsschiffs auf gewisse Weise Bewunderung einflößte, das aber auf der andern Seite nur ein Überbleibsel von dem Staatssystem war, das mit Hilfe von komprimiertem Gas und Bessemerzylindern Gewalt gegen das Geistesleben ausübte.

Da wurde unten bei den Wirtsleuten mit der Tür geschlagen, und die Zungen wurden in Bewegung gesetzt durch den eintretenden Oman, dessen Fischnetze konfisziert worden waren. Die Branntweingläser klirrten, und der Lärm stieg gleichzeitig mit dem jetzt aufgefrischten Rausch des gestrigen Tages.

»Idioten und Volksverderber, die sich einbilden, mehr zu verstehen als vernünftige Fischer! Das sind diese Herren, die zweitausend Kronen dafür bekommen, daß sie auf dem Sofa liegen und Bücher lesen – Bengels, die nicht trocken unter der Nase sind und uns Alten belehren wollen – solche Diebe und Zigarettenhelden, die mit Schweineschwänzen unter der Nase gehen, solche ...!«

Und dann folgte eine Sturzsee, die sich mit Vestmans tatsächlichen Aufklärungen vermischte, die er an Bord des »Jakob Bagge« über die Abstammung des Inspektors aufgeschnappt hatte, über das unregelmäßige Geschlechtsleben des Vaters, die niedere Herkunft der Mutter, Andeutungen auf die Entlassung des Inspektors aus seiner früheren Stellung usw.

Der Lauschende versuchte wie gewöhnlich, sich taub und gleichgültig zu machen, aber die Worte trafen, besudelten ihn, verletzten ihn gegen seinen Willen. Alte Zweifel an der Rechtschaffenheit des Vaters, Zweifel an dem eigenen Wert, Angst, sich nicht gegen diesen Schlammregen verteidigen zu können, einen Kampf nicht vermeiden zu können, in dem er auf Grund seines Feingefühls in der Wahl der Kampfmittel unterliegen würde, begannen in ihm rege zu werden.

Jetzt wurde an Bord des Kriegsschiffes mit der Glocke geläutet, dann rollte ein Trommelwirbel, und aus Hunderten von Kehlen führte der Sommerwind die Töne eines geistlichen Liedes, ernst, rhythmisch geordnet, über das Wasser hinaus, während gleichzeitig der Lärm und die Drohungen von unten her knurrend aufstiegen wie aus den Kräften einer Menagerie und sich in den Fermaten des geistlichen Liedes bis zu Geheul steigerten, denn jetzt war Uneinigkeit zwischen den Parteien entstanden bei dem Vorschlag, sich mit Gewalt wieder in den Besitz der Netze zu setzen.

Der Inspektor, der Kirchen als eine Art archäologischer Sammlungen oder interessanter Pagoden aus längst entschwundener Zeit betrachtete, entsann sich jetzt plötzlich einer Äußerung, die ein junger Pfarrer eines Nachts während einer Diskussion über den christlichen Kultus getan hatte:

»Ich glaube nicht an Christi Göttlichkeit und all dergleichen, aber glaubt mir, das Gesindel muß in Furcht gehalten werden!«

»Das Gesindel muß in Furcht gehalten werden!« wiederholte er für sich, verlor aber sofort den Gedankenfaden, da unten eine Prügelei ausbrach. Stühle wurden umgeworfen, Stiefelabsätze donnerten gegen die Möbel, und Gebrüll wie von Vieh vermischte sich mit reptilartigem Fauchen, und über dies alles schimpfte eine Frauenstimme, die viele hundert Worte in der Minute hervorbrachte.

Da ertönte die Pfeife des Dampfers, der Anker wurde gelichtet, die Segel gehißt, und der Schornstein sandte eine rußschwarze Wolke zu dem blauen Frühlingshimmel empor. Mit einem Gefühl von Entbehren und Unruhe sah Borg den Dampfer und die schöne Kanone gen Süden entschwinden. Es war ihm, als habe er eine Stütze verloren, als schlüge der Haß wie ein Sack um ihn zusammen. Er wollte entfliehen, gleichviel wohin.

Jetzt schrie ein Kind, ob aus Furcht oder aus Schmerz, konnte er nicht hören, denn während des Tumults hatte er sich die Treppe hinuntergeschlichen, war in den Hafen hinabgekommen und hatte sein Boot losgemacht, mit dem er, so schnell er nur konnte, von Land abstieß.

Die Schäre, die er verließ, war die östlichste in einer ganzen kleinen Inselgruppe, die bisher seiner Aufmerksamkeit entgangen war, die er aber jetzt in seinem Bedürfnis nach Einsamkeit aufsuchen wollte. Als Hasser starker körperlicher Bewegungen, die er teils überflüssig fand, da man ja Verkehrsmittel und Maschinen hatte, teils schädlich für sein Nerven- und sein Gedankenleben hielt, da das feine Werkzeug, das das Gehirn umschloß, ebensowenig Erschütterungen vertrug wie das Haus, in dem die Präzisionsinstrumente des Astronomen aufbewahrt werden, hatte er nie rudern gelernt; aber sein Taktsinn machte ihn schnell zu einem tüchtigen Ruderer, und sein physikalisches Wissen lehrte ihn, diese uralte Erfindung zu verbessern, so daß er, indem er die Ruderbank hob, Armkräfte sparte.

Als er nun die Schäre sich hinter dem Boote entfernen sah, begann er freier zu atmen, und als er kurz darauf an dem kleinen Werder anlangte, ergriff ihn ein unbeschreibliches Gefühl von Glück. Es war eine helle, langgestreckte Miniaturinsel, deren Strandklippen aus grauem Gneis einen kleinen Hafen bildeten, in den er mit dem Boot eingelaufen war. Das Wasser war hier so klar wie verdichtete, fließende Luft, und die weichen Farben des Tangs schimmerten unten auf dem Grunde, als seien sie in eine Glasmasse eingeschlossen. Die Steine des Strandes lagen gewaschen, getrocknet, abgeschliffen und boten eine Abwechslung in Farben dar, die niemals ermüdete, da keine von ihnen die gleiche war, und dazwischen guckten kleine Haufen von Samtgras und Riedgras hervor. Mit einem leisen, gleichmäßigen Steigen hob sich der Abhang, und in den Vertiefungen, im Moos verborgen, lagen die Eier der Möwen, zu dreien, kaffeebraun mit schwarzen Punkten, während die Besitzerinnen über dem Kopf des unwillkommenen Gastes schrien und lärmten. Borg ging weiter und stieß, höhersteigend, auf einen Steinhaufen, ein Seezeichen, von Wildenten, Möwen und Seeschwalben weiß gemalt. Hier wuchsen einige Wacholderbüsche, wie Teppiche ausgebreitet, und darunter hatte sich eine Menge von den weißen, feinen Sternblumen ein trauliches Plätzchen improvisiert, eine Vereinigung der Berggegenden Mitteleuropas und der Schatten der nordischen Wälder.

Nicht ein Busch oder ein Baum ragte über den halbkahlen Felshängen empor, und dieser vollständige Mangel an Schatten und Schlupfwinkeln versetzte den Besucher in eine lichte und fröhliche Gemütsstimmung. Alles lag offen überschaulich und sonnenbestrahlt auf dieser Klippe, und das Wasser, das ihn von dem kürzlich verlassenen Heim bei den Wilden trennte, schien ihn mit einer unübersteigbaren Mauer von reiner Durchsichtigkeit zu umgeben. Die halb arktische, halb alpenähnliche Landschaft mit ihren Urzeitbildungen erfrischte ihn und spendete ihm Ruhe. Und nachdem er ausgeruht hatte, ging er wieder in das Boot und ruderte weiter. Er kam an drei blankgeschliffenen Klippenblöcken vorüber, die drei Versteinerten Wellen glichen, kahl, ohne Spur von organischem Leben, und die nur wissenschaftlich geologisches Interesse bezüglich ihres Entstehens hervorriefen. Dann bog er um eine flachgedrückte Klippe aus rotem Gneis, auf deren Leeseite eine hundertjährige Eberesche stand, einsam, moosbewachsen, knorrig; in dem ausgehöhlten Stamm hatte eine Bachstelze in Ermangelung von etwas Besserem ihr Nest gebaut. Der kleine kokette Vogel ließ sich zwischen den Sandsteinen nieder und wollte dem Feind einbilden, daß in dem Baum keine Spur von Nest oder grauweißen Eiern zu finden sei.

Die Eberesche stand auf einem kleinen Stück Rasen, einige Quadratellen groß, und war ein Bild der Einsamkeit; aber stark geworden war sie in Ermangelung von Nebenbuhlern, sie konnte besser Sturm, Salz und Kälte ertragen als den Kampf um die Erdbrocken mit ihresgleichen. Der Inspektor fühlte sich angezogen von der einsamen Alten und sehnte sich einen Augenblick danach, eine Hütte an ihrem Stamm zu bauen, aber der Eindruck verschwand doch so schnell wieder, wie er gekommen war, und er zog weiter.

Jetzt tauchte eine dunkle Klippe hinter der Landspitze des äußersten Werders auf. Sie trug die kohlschwarze Farbe der vulkanischen Bergart Diorit, und als er sich ihr näherte, fühlte er sich beklommen. Die schwarze, kristallisierte Masse schien von dem Meeresboden ausgespien, und nachdem sie einige Festigkeit erlangt hatte, in einen schrecklichen Kampf mit dem Wasser oder dem Licht geraten zu sein, denn sie war in acht Teile geborsten. Fast senkrecht standen die schwarzen, glitzernden Wände an dem kleinen Hafen entlang, und als die Jolle unter ihnen anlegte, war es ihm, als sei er tief unten in einer Kohlengrube oder in einer rußigen Schmiede. Die Umgebungen belasteten und bedrückten ihn; er begann an einem der Abhänge hinaufzuklettern und stieß ganz oben auf ein Seezeichen mit einer weißgemalten Tonne auf der Spitze der Stange. Diese Spur von Menschenhand hier draußen, wo keine Menschen zu sehen waren, diese Mischung von Galgen, Schiffbruch und Steinkohle, dieser rohe Kontrast zwischen den zusammengesetzten farblosen Farben Schwarz und Weiß, die Mischung von unfruchtbarer gewaltsamer Natur ohne organisches Leben, da sich auf der ganzen Felsklippe auch nicht eine Spur von Moos fand, und dann diese Tischlerarbeit ohne das Zwischenglied der Vegetation oder Übergänge aus Urnatur zu menschlicher Handarbeit wirkte aufregend, unruheerweckend, brutal. Und in der großen Sonntagsstille hörte er unter seinen Füßen, wo herabgestürzte Steinblöcke eine Brücke über einen Spalt geschlagen hatten, wie die lange Dünung unter die helle Schäre hineingesogen wurde, die Luft vor sich zusammenpreßte, so daß sie stark klatschte und sich mit einem fauchenden, hohlen Seufzer zurückzog.

Er blieb eine Weile stehen und schwelgte in der Beklommenheit selbst, ließ sich zurückführen zu älteren Eindrücken, die immer Unlust in ihm erweckten, spürte Steinkohlengeruch, sah Fabriken, schwarze, unzufriedene Menschen, hörte Dampfmaschinen, Stadtlärm, Menschenstimmen, die Worte herausschleuderten, die sich einen Weg durch sein Ohr in das Gehirn hineinfressen, dort Samen ausstreuen und das Unkraut seine eigene Aussaat ersticken und seinen mit so vieler Mühe urbar gemachten Acker in eine natürliche Wiese gleich denen der andern verwandeln wollten.

Als er ins Boot hinabkam und dem dunklen Anblick den Rücken wandte, genoß er wieder die unendliche Reinheit des Wassers, das leere Blau, das gleich einer unbeschriebenen Tafel vor ihm lag, beruhigend, weil es keine Erinnerungen wachrufen, keine Eingebungen oder starke Gemütsbewegungen hervorrufen konnte; und als er sich jetzt einer etwas größeren Insel näherte, begrüßte er sie als eine neue Bekanntschaft, die von etwas anderm reden und Stimmungen verwischen würde, die er kürzlich durchlebt hatte. Neue Schären und Werder flössen an ihm vorüber, jedes von ihnen mit seiner Überraschung, mit seiner eigenartigen Physiognomie, in der Regel nur mit einem so haarfeinen Unterschied, daß ein scharfes und geübtes Auge dazu gehörte, um ihn zu entdecken. Und diese kleinen Felsenufer, die, wenn man an ihnen vorübersegelte, einem so kahl vorkamen, so ermüdend einförmig, boten bei näherer Besichtigung das abwechselndste Schauspiel, so wie die Variationen derselben Münze ihre Geheimnisse nur dem Numismatiker verraten können.

Er landete jetzt bei einem etwas größeren Werder, dessen unregelmäßig zerrissenes Aussehen ihn an sich lockte, zumal er Kronen laubreicher Bäume über dem Felsufer aufragen sah. Und als er auf die nördliche Landzunge hinaufkletterte, deren schwarzer Sockel von den Wellen blankpoliert war, sah er, wie der Werder durch Anschluß von mindestens vier andern, die scheinbar unter Beeinflussung verschiedener Windrichtungen zusammengetrieben waren, und durch Aufhäufung verschiedener geologischer Arten ein ganzes Konglomerat von Landschaftsbildern geschaffen hatte, die aus allen möglichen Zonen herbeigeholt waren.

Der nördliche Teil bestand aus einem Kegel aus Hornblendeschiefer, der unten am Strande in ungeheure Blöcke gespalten, die von der Felswand herabgestürzt waren, und zwischen diesen schwarzen Steinmassen guckte sonderbarerweise eine unglaubliche Menge von schwärzen Johannisbeerbüschen hervor, dunkel in Farbe und Ton zusammenstimmend mit den funkelnd schwarzen Steinen, zu denen sie durch eine geheime Sympathie hingezogen zu sein schienen. Es war so überraschend, diese kultivierten Flüchtlinge des Gartens hier draußen in der Wildnis zu finden, daß sie wie ein Scherz der Natur erschienen, ein Scherz, der möglicherweise einem angeschossenen Birkhuhn in den Mund gelegt war, das einstmals hier hinausgeflüchtet war, um zu sterben, und das Samenkorn zu der aufsprossenden Kultur mit sich geführt hatte. Höher hinauf im Steinbruch stand ein Hain von Laubbäumen mit hellgrünen, aber vom Winde beschnittenen Wipfeln und mit weißen Stämmen, als seien sie von einer fürsorglichen Menschenhand mit Kalk bestrichen. Borg versuchte, aus der Entfernung die Baumart zu erraten, aber sie war so ungleich allen andern, die er auf diesem Breitengrad gesehen hatte, daß seine Gedanken zwischen Akazien, Buchen und den im südlichen Europa so allgemeinen japanischen Firnisbäumen schwankte. Schließlich traute er seinen eigenen Augen nicht, als er das wohlbekannte Rascheln der gewöhnlichen Pappel vernahm und kurz darauf, indem er einer Natter auswich, die wie ein Wasserstrahl zwischen zwei Steinen hinablief, näher kam und sah, daß sein Gehör ihn nicht betrogen hatte. Es war die wohlgewachsene, nette Pappel des Haines und des Waldrains, die steiniger Boden und Nordwind, Treibeis und Salz zu einer unerkennlichen Abart gebildet und umgeformt hatten. Sie war im Kampf gegen Unwetter und Kälte nach oben zu ergraut, hatte die Krone verloren und bestand daher nur aus erfrorenen Schüssen, die unaufhörlich hervorbrachen, sich unermüdlich erneuend, während die Ziegen die Rinde abgeknappert und den Saft hatten herauslaufen lassen. Es war eine ewige Jugend in diesen zarten, hellgrünen Schüssen an dem zweiglosen, ergrauenden Stamm, ein Altern ohne Mannesalter, eine Abnormität, die erfrischend wirkte, weil sie neu war und nicht nach dem Banalen schmeckte.

Nachdem er zwischen den scharfen Steinen hinaufgeklettert war und den höchsten Punkt erreicht hatte, war es, als habe er in zehn Minuten eine Bergbesteigung zurückgelegt. Die Laubholzregion lag unter ihm, und auf dem Plateau des Berges zeigte sich schon die Alpenflora mit der Gebirgsart des Wacholderbusches neben der echten nordischen Multebeere in dem weißen Moos der feuchten Felsschluchten und dazwischen die kleine zivilisierte Kornelkirsche, vielleicht die einzige ursprüngliche Schärenpflanze. Jetzt stieg er langsam an dem südlichen Berghang hinab zwischen Preißelbeeren und Mehlbeerengestrüpp, zwischen Honig- und Riedgras und schaukelndem Moos, bis er plötzlich an einem Abgrund stand, wo die Insel gespalten war und zwischen den schwarzen Klippenwänden einen Kanal gebildet hatte.

Die naseweisen Alken fuhren mit wildem Geschrei auf, während er auf einer von der Natur gebildeten Steinbrücke über den kleinen Kanal ging, einen neuen Berghang von hellerer Formation enterte und sich bald in einer neuen Abteilung der wunderbaren Insel befand.

Der helle, elegante Eurit, in dem sich schwach rosenroter Feldspat zusammen mit blaugrauem Quarz abgelagert hatte, und wo sich der Glimmer nur als flimmernder Schein von mikroskopischem Reiffrost zeigte, verlieh der ganzen Landschaft einen munteren Ton, und bis in die Unendlichkeit gespalten, wie sie war, bot sie bei jedem Schritt Sofas und Lehnstühle dar. Eine starke Schicht körniger, weißer Kalkmasse ging wie ein Gürtel gerade durch die Klippenmasse, und der fruchtbare Kies, der von hier, durch Regen und Frost zerbröckelt, herabgeglitten war, hatte sich zwischen den nicht recht hohen Bergwänden angesammelt. Am Fuße derselben breitete sich jetzt ein Talkessel aus, der einen so bezaubernden Anblick gewährte, daß er stutzend stehen blieb und sich auf einen Stein setzte, um das überraschende, schöne Schauspiel zu genießen.

Vor ihm rollte sich zwischen den senkrechten Bergwänden, die sich allmählich in der Wiese verloren, eine Rasenfläche auf, durchwirkt von bunten Blumen, erlesener und üppiger als die des Festlandes. Das blutrote Geranium war von dem Berg herabgestiegen und hatte hier unten Feuchtigkeit und Wärme gesucht; die honigweiße Leberklette aus der nassen Strandwiese hatte sich ein Stelldichein gegeben mit der blauen Anemone des Waldes, und die südländischen Orchideen, vielleicht aus dem Weinlande Gotland hergeführt, waren hierher geflüchtet; das hyazinthenähnliche Holunderknabenkraut, die prachtvolle Helmordus, die stattliche Waldlilie, eine Art verschönerten Maiglöckchens hatten sich hier in treibkräftigem Kalk und feuchter Seeluft, im Schutz schirmender Wände ein Warmbeet zwischen dem üppigsten, grünen Gras aufgesucht.

Und weit weg, im Hintergrunde, war die Bergwand verhüllt von Birken und Erlen, die sich schämig erhoben und nicht wagten, den Kopf in den Wind hineinzustecken; und hier und da standen vereinzelte Schneeballsträuche mit ihren weißen Schneebällen, die auf die weinlaubähnlichen Blätter herabhingen, und dem Berghang zugekehrt, gleichsam als Spalier daran gezogen, wuchs der grellgrüne Kreuzdorn mit seinen blanken Blättern, die schwach an das oft besungene Orangenlaub erinnerten, aber saftiger waren, mehr Dornen, eine feinere Zeichnung und einen etwas empfindlicheren Bau hatten.

Es war ein Park, eine Binnenlandsnatur, die hier draußen schwamm! Aber erst, als er durch einen Spalt oder eine Senkung im Berge den blauen, wagerechten Küstenrand sah, fühlte er sich betroffen durch den Gegensatz von dem Wunderbaren in diesem Anblick.

Nachdem er eine Weile dagesessen und dem frühlingsfreudigen Gesang eines Buchfinken gelauscht hatte, der unterbrochen wurde von dem Geschwätz und Geschrei der Lummen und Drosseln, und die Einsamkeit anfing, ihn einschläfernd zu umfangen, und als die Vögel einen Augenblick verstummt waren und nur die schwache Seebrise in den Birkenwipfeln säuselte, ohne weiter hinabzugelangen, vernahm er plötzlich ein Husten. Er fuhr in die Höhe, sah sich um, konnte aber keine Spur von Menschen entdecken.

Dieser leidende, hohle Laut aus einer Menschenbrust inmitten der stummen Natur erweckte ihn plötzlich und führte eine ganze Wolke von unangenehmen Empfindungen mit sich. War es ein einsamer Wanderer, der hier Ruhe suchte, so wie er selbst, oder ein Eierräuber? Auf alle Fälle wollte er sich von der Unruhe befreien und wissen, wer der Ruhestörer war. Er kletterte deswegen auf einer natürlichen Treppe empor über die Bergwand und entdeckte nun die dritte Abteilung der polypenähnlichen Insel. Über eine niedrige steinerne Mauer, die offenbar errichtet war, um die Blumenwiese gegen weidendes Vieh zu schützen, gelangte er in eine Nadelholzregion auf Gneisgrund, trampelte unter den Zweigen zwischen allerlei Farnen herum, die Zwergpalmen glichen, aber frischere, grünere Blätter hatten, und an deren Fuß errötende Walderdbeeren hervorlugten.

Aus der Talenge herausgekommen, sah er eine schilfbewachsene Bucht, wo einige vergessene Angelruten in den Schlamm gerammt standen. Er blieb stehen, um zu lauschen; nun hörte er eine Stimme, die auf der andern Seite der Felskante sprach. Sie klang so hoch und weich wie eine Kinderstimme, sank dann jedoch ein wenig herab, so daß er glaubte, sie entstamme einem Jüngling, der sich auf einer Segelfahrt hier herausgewagt hatte. Aber die Worte fielen so passiv, so anziehend, gewinnend, einladend, und er staunte darüber, einen Jungen sich so abgerundet ausdrücken zu hören.

Der Wortvorat war nicht groß, es waren die gewöhnlichen Redensarten aus der gebildeten Umgangssprache, ohne irgendwelchen konkreten, farbenreichen Ausdruck, und wo etwas Bestimmtes angegeben wurde, war dies nicht korrekt. Die Stimme sprach von dem Grün der Bäume, ohne den Namen der Bäume anzugeben, nannte die Lummen, Möwen, den Buchfink einen Vogel, den Gneis Granit und Schilf Röhricht.

Es konnte ja freilich ein Jüngling sein, der mit einer solchen Sicherheit, einer solchen Forderung, gehört zu werden, so lange sprach, ohne sich von der leise brummenden Stimme eines alten Mannes unterbrechen zu lassen, die hin und wieder eine Einwendung oder eine Aufklärung brummte. Jetzt lachte die jugendliche Stimme, ein nach der Unterhaltung zu urteilen unmotiviertes Lachen, ein Lachen, um die schöne Stimme hören zu lassen oder die weißen Zähne zu zeigen, ein Lachen ohne ergötzliche Veranlassung, eine Reihe klingender Töne ohne andern Zweck, als eifersüchtig die Aufmerksamkeit von etwas Wirklichem abzulenken, das sich eindrängen wollte: ein warnendes Signal, ein Lockton! Es war zweifellos ein junges weibliches Wesen!

Unwiderstehlich angezogen, erstieg er auch die letzte Höhe, nachdem er ein wenig an seinem Halstuch und seinem Hut gerichtet hatte, und gewahrte nun da unten ein Bild, das sich mit allen seinen Einzelheiten unauslöschlich in seine Erinnerung einätzte. Auf einem kleinen Stückchen

Wiese, unter einer Gruppe alter Ebereschen, saßen um ein weißes Tischtuch, auf dem eine Butterkruke aus Kolmaarder Marmor mitten in einer Anrichtung aus einem mitgebrachten Speisekorb stand, eine ältere, feingekleidete Dame mit schönem grauen Haar, und neben ihr ein Schärenbursche in Hemdsärmeln und mit einem Stück Butterbrot in der Hand. Vor dem letzteren stand ein junges Mädchen mit einem gefüllten Bierglas, das sie knicksend und, die verebbende Dünung des eben ersterbenden Lachens auf den Lippen, dem verlegenen Ruderknecht reichte.

Borg war sofort gefesselt von dem Aussehen des jungen Mädchens, und obwohl seine Überlegung ihm gleichzeitig zuflüsterte, daß sie mit dem Knecht kokettierte, fühlte er sich unwiderstehlich angezogen von dem dunklen, olivenfarbenen Teint, den schwarzen Augen und dem stattlichen Wuchs. Es war ja freilich nicht die erste Frau, die so augenblicklich Eindruck auf ihn machte, aber sie gehörte der Gruppe von weiblichen Wesen an, die nie verfehlten, ihn anzuziehen. Nicht der Einsamkeit und dem Mangel an andern Frauen konnte er diese schnelle Wahl zuschreiben, denn es war ganz dasselbe Gefühl wie damals, als er nach einem Halstuch mit einer besonderen Farbe suchte und, nachdem er in schlechter Laune von Laden zu Laden gegangen war, ohne das Lustgefühl zu empfinden, das das Gesuchte ihm verursacht hätte, schließlich vor einem Ladenfenster haltmachte, wo das richtige Tuch lag, und sich im selben Augenblick, als ihm seine Gedanken sagten: das ist es! von einem Druck befreit fühlte.

Nachdem er einen Augenblick geschwankt hatte, ob er hingehen und sich selbst vorstellen oder umkehren sollte, machte er eine Bewegung, die ihn verriet. Das junge Mädchen, das ihn zuerst bemerkte, ließ im selben Nu den Arm sinken und betrachtete den so unerwartet Auftretenden mit dem Blick eines erschrockenen Kindes, der dem Friedensstörer sofort Mut machte, vorzutreten und die Gesellschaft mit einer Erklärung zu beruhigen.

Und den Hut in der Hand, ging er dann auf die Gruppe zu und grüßte.

5.

Eine halbe Stunde später saß der Inspektor in dem Segelboot der kleinen Gesellschaft, seine eigene Jolle im Schlepptau, und hatte schon seine

Stellung als Begleiter der beiden Damen angetreten, die aus Gesundheitsrücksichten eine Sommerwohnung auf Fiskeskär gemietet hatten und folglich seine Nachbarn sein würden. Die Unterhaltung schlängelte sich angenehm zwischen den drei neuen Bekannten, mit dem etwas überstürzten Eifer, der bei ersten Begegnungen, durch den Wunsch, sich von der vorteilhaftesten Seite zu zeigen, hervorgerufen wird. Am wenigsten Mühe gab sich in dieser Beziehung die alte Dame, die sich Borg als die Mutter der jungen Schönheit vorgestellt hatte. Sie schien nämlich ein Stadium vollendeter Harmonie und Resignation erreicht zu haben, hatte alle scharfen Ecken abgeschliffen, lebte in der Erinnerung und betrachtete deswegen mit halber Gleichgültigkeit das, was sich um sie her bewegte; nichts von außen her erwartend, vorbereitet auf alles, was das Leben an Gutem und Schlechtem bringen konnte, wirkte sie anziehend durch ihr gleichmäßiges sanftes Wesen.

Zwischen dem jungen Mann und dem jungen Mädchen war schon ein Kontakt eingetreten; sie schien zu genießen, indem sie empfing, und er, der so lange darauf gewartet hatte, geben zu können, fühlte seine Kräfte wachsen, als der so lange aufgestaute Überschuß einen Ablauf erhielt. Er teilte denn auch im Laufe einer halben Stunde mit verschwenderischer Hand alles aus, was er an Auskünften gesammelt hatte, soweit sie Interesse für sie haben konnten, die unbekannt waren mit den Verhältnissen, in denen sie eine Zeitlang leben sollten. Er schilderte ihnen alle Vorteile und Mängel der Schäre und malte das Leben dort so lockend, wie es sich ihm in diesem Augenblick abspiegelte – jetzt, wo er nicht mehr allein war. Und das junge Mädchen, das die Schäre noch nicht gesehen hatte, empfing ihre ersten bestimmten Eindrücke von derselben durch seine Schilderungen; sie sah in Gedanken das rote Haus, in dem sie mit ihrer Mutter wohnen sollte, so nett und einladend, wie er wünschte, daß sie es sehen sollte, um sich dort zu gefallen und wohlzufühlen. Und während er sprach, war es ihm, als empfange er etwas Gutes und Stärkendes zurück, als höre er neue Gedanken, neue Gesichtspunkte von diesen Lippen tönen, die halb geöffnet waren, nicht als verschlängen sie, was er bot, sondern als sprächen sie selbst; und wenn diese beiden großen, treuherzigen Augen so bewundernd und staunend zu ihm aufsahen, glaubte er, daß alles, was er sagte, wahr sei, und fühlte mit steigender Selbstachtung neue Kräfte erwachen und alte an Stärke und Ausdauer zunehmen. Und als das Boot gegen den Strand stieß, fühlte er sich wirklich dankbar, wie nach empfangenen Wohltaten in schweren Zeiten, so daß er unwillkürlich einen herzlichen Dank aussprach, während er den Damen aus dem Boot half und ihre Reisetaschen an Land trug.

Das junge Mädchen beantwortete die Artigkeit mit einem »Keine Ursache«, aber auf eine Weise, als ob sie aus ihrem Reichtum ihm etwas geschenkt habe, das nur etwas Unbedeutendes war im Verhältnis zu dem, was sie noch besaß.

Als der Inspektor die Damen nach ihrer neuen Wohnung begleitet hatte, die sich als Ömans Haus erwies, brach die junge Dame, die noch unter dem Einfluß von Borgs verlockender Schilderung stand, in einen Strom von Bewunderung aus. Das verfallene Haus hatte etwas außerordentlich Malerisches in seinem Äußern, denn da war nicht eine gerade Linie vorhanden. Sturm, Salzwasser, Frost, Regen hatten jeden rechtlinigen Umriß gebrochen, und nachdem sich die Mauerbekleidung von dem Schornstein gelöst hatte, glich dieser einem großen Tuffstein. Und noch angenehmer wurde die Überraschung durch das trauliche, altmodisch behagliche Innere. Die beiden Zimmer lagen jedes auf einer Seite des Vorplatzes mit der Küche dazwischen. Die beste Stube oder der Saal war ein geräumiges Zimmer mit dunkelbrauner Tapete, der Rauch und Alter einen sanft wohltuenden Ton verliehen hatten, zu dem alle Farben paßten. Die niedrige Decke, die keinen größeren Tummelplatz für Phantasien frei ließ, zeigte die Balken, die das Bodengeschoß trugen. Zwei kleine Fenster mit angelaufenen alten Scheiben, von der Größe einer Viertelelle, gewährten Aussicht auf das Meer und den Hafen, und die große Lichtmasse von außen wurde angenehm gedämpft durch weiße Tüllgardinen, die Außenstehende hinderten, in die Stube hineinzusehen, ohne das Tageslicht auszuschließen, und die als leichte Sommerwolken über Balsaminen und Geranien in alten englischen Fayencetöpfen mit Königin Viktoria und Lord Nelson in Gelb und Grün herabhingen. Die Möbel bestanden aus einem großen, weißen Klapptisch, einem gustavianischen Bett mit mehreren Schichten schwellender Eiderdaunkissen, einem weißgestrichenen, hölzernen Sofa, einer Schlaguhr von Morafabrikat, einer Kommode aus Birkenholz mit einem Toilettenspiegel aus Erlenwurzel, umgeben von einem Brautschleier, und angefüllt mit einer Menge von Porzellangegenständen. Auf der Kommode stand ein ausgestopfter Papagei unter einer Glasglocke, und an der Wand hingen bunte Lithographien von alttestamentlichen Bildern, unter denen ein paar über dem Bette in weniger passender Absicht aufgehängt zu sein schienen, da das eine Simson und Delila in ziemlich unbekleidetem Zustand, das andere Joseph und Potiphars Frau darstellte. In einer Ecke nahm eine offene Feuerstätte einen ziemlich bedeutenden Platz ein und würde ungemütlich gewirkt haben, wenn nicht der schwarze Schlund mit einer weißen Zuggardine verhüllt gewesen wäre.

Da war Traulichkeit, Idyll und Reinlichkeit.

Die zweite Stube war ebenso wie die erste, enthielt aber zwei Betten und einen Waschtisch und war mit Leistenteppichen ausgelegt, die mit buntem Farbenspiel ein Album von Erinnerungen aus Großvaters Jacke, Großmutters Mantel, Mutters Baumwollkleid und Vaters Uniform aus der Lotsenzeit bildeten. Hier sah man die roten Strumpfbänder der Töchter, gelbe Galons aus der Soldatenzeit der Söhne, blaue Schwimmhosen der Sommerfrischler, Düffel und Englischleder, Baumwollstoff und Beiderwand, Wolle und Jute, aus allen möglichen Moden und Garderoben, von armen wie von reichen Leuten.

Und da drinnen stand ein weißer Schrank mit Malereien auf den Türfeldern: merkwürdige kleine Landschaften, umrahmt von Efeuranken in unechter Bronzefarbe, da waren kornblumenblaue Meeresbuchten, Schilfgruppen und Segelboote, Bäume unbekannter Art aus dem Paradiesgarten oder der Steinkohlenperiode, erregte See mit Wellen so gleichmäßig wie die Pflugfurchen auf einem Kartoffelfelde, ein Leuchtfeuer wie ein Pfeiler auf einem Felsen aus Treppenstein. Alles so naiv wie die Auffassung eines Kindes von der reichen Natur unendlicher Mannigfaltigkeit an Formen und Farben, die nur das ausgebildete Auge sehen kann.

Aber all dies Altmodische, Einfache war gerade der Hauptbestandteil der Kur für das müde Gehirn, das Ruhe in dem Vergangenen suchen sollte. Das ausgeleierte Uhrwerk sollte eine Weile stilliegen und die Feder ihre Spannung entbehren lassen, um wieder Kraft zu gewinnen. Der Verkehr mit den niederen Klassen, der nicht zum Wettstreit in dem Kampf um die Macht anspornte, sondern selbst jeden Tag, jede Stunde die Höherstehenden an ihren teuer erkauften Standpunkt erinnerte, würde die Ansponrung vermindern und die Machtbegierigen einlullen in dem Gedanken, daß es doch schon zurückgelegte Stadien gab.

Borg hatte durch seine Beschreibungen die Fremden in dem Grade empfänglich für dies alles gemacht, daß sie ihrer Zufriedenheit mit der neuen Wohnung gar nicht genug Ausdruck verleihen konnten und so davon in Anspruch genommen waren, die Zimmer zu untersuchen, daß sie nicht bemerkten, als sich ihr Begleiter entfernte, um nicht zu stören.

Der Inspektor saß, am Sonntagnachmittag an seinem Fenster und beobachtete, wie die beiden Damen unten in ihrer Wohnung einräumten. Wenn er mit dem Blick ihren weichen und unregelmäßigen Bewegungen folgte, war es ihm, als höre er Musik. Dieselben Modulationen, die eine Reihe zusammenklingender Töne auf dem Trommelfell hervorrufen und auf das Nervensystem verpflanzen, dieselben weichen Vibrationen wurden jetzt durch das Auge geboren und klangen durch die weißen Saiten, die vom Schädel über den Resonnanzboden des Brustkastens gespannt sind, und verpflanzten die Schwingungen durch die Unterlage der ganzen Seele. Ein Gefühl von Wohlsein durchströmte ihn, als er die Wellenlinien dieser Frauenhände während des Auspackens der Reisetaschen sah, aus denen Kleinigkeiten auf Tische und Stühle gelegt wurden, und das dem groben Auge unmerkbare, aber so elastische Heben und Senken der Schultern. Und wenn das junge Mädchen durch das Zimmer ging, entstanden dennoch keine geraden Linien, keine Ecken und Kanten, wenn sie sich umdrehte, keine Winkel, wenn sie sich bückte.

Er war so gänzlich in Anspruch genommen von diesem Beobachten, daß er einen Lärm draußen auf dem Boden, das Knarren von Treppenstufen und das Öffnen von Türen lange nicht beachtete. Er war vertieft in den Anblick der jungen Dame, deren Äußeres ihm so vollendet erschien, freilich mit Ausnahme eines Punktes, an den er sein Auge zu gewöhnen suchte, um ihn nicht zu sehen. Ihr Kinn war nämlich einige Linien zu groß und deutete einen Unterkiefer an, der zu stark war für jemand, der aufgehört hatte, rohes Fleisch zu packen und zu zerreißen; und betrachtete er das Profil, so konnte er in Gedanken eine Hexenphysiognomie zeichnen, wenn einstmals die Zähne der alten Frau sich lösten, die Lippen einfielen und einen stumpfen Winkel bildeten, während die Nase über das vortretende Kinn herabsank. Aber er suchte diese Ähnlichkeit mit dem Raubtier zu überwinden, er verfolgte das Gesicht mit seinem Blick, zeichnete es in der Phantasie um und zwang das Auge, es als Ganzes zu sehen.

Da hörte er Fußtritte und Rufe unten auf dem Hügel, und in wilder Verwirrung erschien Ömans Frau mit einer Schar von Weibern, die im Triumph das zurückeroberte Fischnetz nach den Garnpfählen hinabtrugen.

Er fühlte sofort seine Autorität verletzt, stülpte den Hut auf und ging zu dem Kontrolleur herunter, um seine Hilfe anzurufen, die zu leisten dieser infolge seiner Beamtenstellung verpflichtet war.

Der Zöllner saß am Kaffeetisch und hatte wie gewöhnlich, wenn Vestman auf Fischfang aus war, den Arm um die Taille der Schwägerin geschlungen. Als der Inspektor ins Zimmer trat, ließ er sie los und zeigte, aus Furcht verraten zu werden, größeres Entgegenkommen, als er sonst an den Tag gelegt haben würde. Nachdem er seine Mütze mit dem goldenen Streif aufgesetzt hatte, ging er hinaus, und um sich so recht als der Gerechte zu zeigen, stürmte er auf den Weiberhaufen zu und ergriff das Netz.

»Ihr verdammtes Weibspack, wißt ihr nicht, daß Zuchthaus darauf steht, wenn man Schloß und Siegel des Staates erbricht!«

Die Weiber antworteten im Chor mit einem Strom von Schimpfworten, gleichmäßig auf den Inspektor und den Kontrolleur verteilt; sie scherten sich den Teufel um Schloß und Siegel des Staates, und die beiden Herren wären von einer solchen Beschaffenheit, daß sie selbst zu jeder Zeit ins Zuchthaus kommen könnten.

Jetzt wurde indessen der Kontrolleur allen Ernstes wütend und rief einem Zolldiener zu, er solle den Amtsvorsteher holen.

Bei dem Wort »Amtsvorsteher« strömte Volk zusammen, aus Hütten und Schlupfwinkeln hervorkriechend wie Ameisen, wenn man in einem Haufen wühlt.

Die Bevölkerung schien sofort bereit, Partei für die Weiber zu nehmen, und es fielen drohende Worte. Aber der Inspektor hielt jetzt die Zeit zum persönlichen Eingreifen für gekommen, wenn er nicht unter den Schutz eines Untergeordneten geraten wollte. Er ging deswegen auf den Volkshaufen zu und fragte, was sie wünschten.

Als er keine Antwort erhielt, wandte er sich an die Weiber und sprach in einem höflichen aber bestimmten Ton zu ihnen:

»Da ich euch früher bereits darüber aufgeklärt habe, daß der Reichstag, eure von euch selbst gewählten Vertreter, beschlossen hat, daß die Fischerei zu eurem und eurer Nachkommen Besten geschützt werden soll durch das Verbot, Gerätschaften zu benutzen, die die Fischerei ruinieren, ohne euch irgendwelchen Vorteil einzubringen, und da ihr drei Jahre Frist gehabt habt, um die alten Netze aufzubrauchen, euch aber trotzdem neue angeschafft habt, die im Widerspruch mit dem Gesetz stehen, so habe ich im Namen des Staates die gesetzwidrigen Geräte konfiszieren müssen. Trotz des geltenden Verbots habt ihr jetzt Schloß und Siegel des Staates erbrochen, was Zuchthausstrafe über euch bringen kann. Ich will aber dessenungeachtet Gnade für Recht ergehen lassen, wenn ihr euch fügt und mir gehorcht. Ich frage euch deswegen zum letztenmal: Wollt ihr das Netz gutwillig ausliefern?«

Die Antwort der Weiber war ein erneuter Spektakel und eine Flut von Schimpfworten.

»Nun ja!« endete der Inspektor. »Da ich kein Polizist bin und ihr die Vielen seid, muß ich den Kontrolleur beauftragen, nach dem Amtsvorsteher und seinen Gehilfen zu schicken und gleichzeitig einen Verhaftungsbefehl gegen Ömans Frau ausstellen zu lassen.«

Als er die letzten Worte ausgesprochen hatte, fühlte er zwei warme, weiche Hände seine Rechte umfassen, zwei große kindliche Augen in die seinen sehen, und er hörte eine, Stimme mit dem Tonfall einer Mutter, die um Gnade für ihr Kind fleht.

»Um Gottes willen, seien Sie barmherzig gegen eine unglückliche, arme Frau und tun Sie ihr kein Leid an!« flehte das junge Mädchen, das beim Anfang des Auftrittes aus dem Hause herausgekommen war.

Der Inspektor wollte sich frei machen und sich von den großen Augen abwenden, denen er nicht widerstehen konnte, aber da fühlte er seine Hand fester und fester umschlossen und gegen einen weichen Busen gepreßt, hörte Worte mit einem schmelzenden Tonfall, so daß er schließlich völlig überwunden der Schönen zuflüsterte: »Lassen Sie mich los, dann will ich die Sache fallen lassen!«

Sie gab nun seine Hand frei, und der Inspektor, der in weniger als einem Augenblick seinen Plan gemacht hatte, nahm den Kontrolleur beim Arm und führte ihn nach dem Zollgebäude hinauf, als wolle er ihm einige Befehle geben. An der Tür angelangt, sagte er kurz und bestimmt mit einem Ton, als habe er einen neuen Entschluß gefaßt:

»Ich werde selbst schriftlich mit dem Hardesvogt verhandeln. Haben Sie Dank für Ihre Hilfe.«

Und dann ging er auf sein Zimmer hinauf.

Als er allein geblieben war und seine Gedanken gesammelt hatte, mußte er einräumen, daß seine letzte Handlung die Äußerung niedriger Beweggründe war, indem seine geschlechtlichen Impulse in so hohem Maße bestimmend gewesen waren, daß er sich hatte verleiten lassen, eine gesetzwidrige Handlung zu begehen. Denn es konnte ja keine Rede sein von Mitleid mit diesen verhältnismäßig wohlgestellten Leuten, die Häuser und Fischgründe, Boote und Gerätschaften zu einem Wert von vielen hundert Kronen besaßen und außerdem Steuern von erspartem Kapital bezahlten und von Häusern, die sie vermieteten. Die falsche Vorstellung, daß es eine Frau war, die ihn besiegt hatte, ließ er jedoch nicht Einpaß gewinnen, denn er war sich völlig klar darüber, daß er seiner eigenen Leidenschaft erlegen war, dem Wunsche, etwas bei dieser Frau zu erreichen. Aber der Volksmenge gegenüber war es vorbei mit seiner Autorität, sein Ansehen war erschüttert, und es würde in Zukunft kein Fischerweib, keinen Jungen mehr geben, die sich ihm nicht überlegen glaubten. Das konnte ihm freilich gleichgültig sein, da er kein weiteres Gewicht darauf legte, ob er Macht über diese Menschen besaß oder nicht. Schlimmer erschien es ihm, daß dies Mädchen, welches er, das fühlte er, an sich knüpfen mußte, um glücklich zu werden, vom ersten Augenblick an die Auffassung haben würde, daß sie die Stärkere war, wodurch das Gleichgewichtsverhältnis in einer künftigen Verbindung erschüttert werden würde.

Er hatte wohl früher mancherlei Verliebtheiten und Verbindungen mit Frauen gehabt, aber das Bewußtsein von der Überlegenheit des Mannes über die Mittelform zwischen Mann und Kind, die Frau genannt wurde, hatte er nie lange verbergen können, und daher waren seine Verbindungen nur von kurzer Dauer gewesen. Er wollte von einer Frau geliebt werden, die zu ihm als zu dem Stärkeren aufsehen sollte, er wollte angebetet werden, nicht anbeten, er wollte der Stamm sein, in den der schwache Schoß hineingepfropft werden sollte. Aber er war in einer Periode voll geistiger Krankheiten geboren, in der das weibliche Geschlecht von epidemischem Größenwahnsinn verheert wurde, hervorgerufen durch entartete, kranke Männer und durch politische Unbedeutendheiten, die bei den Abstimmungen der Massen bedurften. Daher war er der Einsame geblieben. Wohl wußte er, daß in der Liebe der Mann der Gebende sein mußte, daß er sich nasführen lassen mußte und daß die einzige Art, wie man sich einer Frau nähern konnte, auf allen Vieren war. Er hatte hin und wieder gekrochen, und solange er kroch, war alles gut gegangen, aber wenn er sich dann schließlich aufrichtete, war die Geschichte vorbei und stets mit einer Menge von Vorwürfen, daß er falsch gewesen, daß er Unterwerfung geheuchelt, daß er nie geliebt habe und so weiter.

Außerdem hatte er, der im Besitz der höchsten intellektuellen Genüsse war und sich als Ausnahmemensch fühlte, kein großes Verlangen nach den niedern Affekten gehabt hatte, nie danach getrachtet, die Grundlage für einen Parasiten zu werden, hatte nie gewünscht, einmal Konkurrenten zu erzeugen, und sein kräftiges Ich hatte sich dagegen aufgelehnt, nur das Mittel für eine Frau zur Fortpflanzung ihres Stammes zu werden, eine Rolle, die er fast alle seine Altersgenossen hatte spielen sehen.

Aber nun stand er trotzdem wieder dem Dilemma gegenüber: eine Frau zu assimilieren, indem er sich assimilieren ließ. Sich zu verstellen oder sein Äußeres ausdrücken zu lassen, was er nicht fühlte, das konnte er nicht; aber er besaß eine bedeutende Fähigkeit, sich seinem Verkehr anzupassen, sich in das Gedanken- und Gefühlsleben anderer hineinzuversetzen, denn bei andern fand er nie etwas anderes als zurückgelegte Stadien, die er selbst durchgemacht hatte, und brauchte infolge davon nur zu Erinnerungen und Erfahrungen seine Zuflucht zu nehmen und seine eigene vorwärtsschreitende Bewegung zu vermindern. Er hatte das Zusammensein mit Frauen stets wie eine Ruhe und Zerstreuung genossen, so wie der Verkehr mit Kindern verjüngt und zerstreut, wenn er nicht zu langwierig wird oder in Anstrengung ausartet.

Nun hatte er den Beschluß, diese Frau zu besitzen, wachsen gefühlt, aber obwohl er Forscher war und wußte, daß der Mensch ein Säugetier ist, so war er sich doch völlig klar darüber, daß die menschliche Liebe so wie alles andere sich entwickelt und Bestandteile höherer seelischer Art in sich aufgenommen hatte, ohne die sinnliche Grundlage zu verlassen. Er wußte genau, wieviel ungesunde Verhimmelung, eingeschmuggelt durch die Reaktion des Christentums gegen das rein Tierische, wegreduziert werden mußte, und er glaubte nicht an Prüderie, ebensowenig wie er einräumte, daß das Ehebett das einzige Ziel für eine eheliche Vereinigung sei. Er erstrebte eine innige, körperliche und seelische Vereinigung, in der er als die stärkere Säure die passive Vase neutralisieren wollte, nicht um, wie in der Chemie, einen neuen indifferenten Stoff zu bilden, sondern im Gegenteil, um einen Überschuß von freier Säure zu schaffen, die der Vereinigung stets ihren Charakter verleihen und bereitliegen sollte, um jeden Befreiungsversuch von der Grundlage zu neutralisieren, denn die menschliche Liebe war nicht eine chemische Verbindung, sondern eine physische, organische und glich der ersteren nur in gewissen Beziehungen. So erwartete er keinen Zuwachs für sein Ich, keinen Zuschuß zu seiner Stärke, nur eine Erhöhung seiner Lebenslust, und statt eine Stütze zu suchen, erbot er sich selbst als Stütze, um seine eigene Stärke zu fühlen und den Genuß zu haben, seine Kraft auszumessen, von seiner Seele in reichstem Maße zu geben, ohne deswegen schwächer zu werden.

Während er in diese Gedanken vertieft dasaß, ließ er den Blick zum Fenster hinausgleiten, und er begegnete sogleich derjenigen, die er suchte, denn das junge Mädchen stand draußen in der Haustür und nahm Händedrücke von Männern und Frauen in Empfang, streichelte Kindern die Köpfe und schien überwältigt von den Gefühlen, die so viele und so öffentliche Sympathie hervorrief.

Welche eigentümliche Sympathie für Verbrecher, dachte der Inspektor, welche Liebe zu den geistig Armen! Und wie gut verstanden sie ihre gegenseitigen Triebe, die sie prahlend Gefühle nannten und die sie für weit besser hielten als klare, ausgetragene Gedanken.

Die ganze Szene war ein solches Gewebe von Absurdität, daß sie nicht erklärt werden konnte, sie spiegelte das Chaotische ab, das die ersten schwachen Versuche zum Erwägen bei diesen Gehirnen und Rückenmarken erzeugte.

Da stand sie, die ihn verlockt hatte, eine Gesetzesübertretung zu begehen, wie ein Engel und nahm Anbetung entgegen. Selbst wenn nun auch die Gesetzesübertretung vom Gesichtspunkt des Volkes aus eine schöne, edle Handlung war, so gebührte doch wohl ihm der Dank dafür, daß er Gnade für Recht ergehen ließ. Aber das fand der Haufe nicht, der wußte, daß der Grund zu seiner Handlung nicht Wohlwollen für die Verbrecher war, sondern vielmehr zärtliche Gefühle für ein junges Mädchen, Galanterie oder die Hoffnung, sie zu gewinnen. Ja, aber der Grund zu ihrem Auftreten konnte ja in diesem Fall der Wunsch gewesen sein, die Sympathie der Menge zu gewinnen, sich beliebt zu machen, Händedrücke einzuheimsen; und der Haufe spielte hier dieselbe Rolle wie das Publikum im Ballsaal, wie die Spaziergänger auf der belebten Promenade. Und sie hatte, vielleicht unschuldig, vielleicht mit Berechnung, wahrscheinlich ein wenig von beidem, ihn durch körperliche Berührung verlockt, eine schlechte Handlung zu begehen, und dafür wurde sie jetzt angebetet. Aber er mußte sie gewinnen und deswegen alle Erwägungen über dies Verhältnis über Bord werfen, und er sah sofort ein, daß er durch dies Medium seine Anschauungen und Pläne in den Haufen hinabverpflanzen, durch diese Leitung mit den Massen in Berührung kommen, ihnen seine Wohltaten aufzwingen, sie zu seinen Vasallen machen konnte. Nachher konnte er dann dasitzen und wie eine Gottheit über ihre Torheit lachen, wenn sie sich einbildeten, selbst ihr eigenes Glück geschaffen zu haben, obwohl sie doch von seinen Gedanken, seinen Plänen erfüllt waren und die Treber von seinem Bräu aßen, dessen starken Malztrunk sie nie genießen sollten. Denn was kümmerte es ihn, wieweit diese öden Schären einem halbverhungerten, überflüssigen Volksstamm Nahrung gewährten oder nicht; welch Mitleid konnte er wohl mit seinen natürlichen Feinden haben, die die unbewegliche Masse vertraten, die erstickend auf seinem Leben gelastet, sein Wachstum gehindert hatte, die selbst jeder Spur von Mitleid untereinander ermangelte und die mit dem Haß des wilden Tieres ihre Wohltäter verfolgte, deren Rache nur in neuen Wohltaten bestand.

Es sollte sein großer Genuß werden, unbemerkt, als Narr betrachtet, dazusitzen und das Schicksal dieser Menschen zu lenken, während sie glaubten, daß sie ihn unterjocht, ihm die Hände gebunden hatten. Er wollte sie mit Blindheit schlagen, den Toren das Gesicht verdrehen, so daß sie sich einbildeten, daß sie ihm überlegen waren und er ihr Diener sei.

Während diese Gedanken geboren wurden und zu einem starken Beschluß heranwuchsen, pochte es an die Tür, und auf Borgs »Herein« erschien der Kontrolleur, um eine Einladung der Damen zu einer Tasse Tee zu überbringen.

Der Inspektor dankte und versprach zu kommen.

Nachdem er Toilette gemacht und darüber nachgedacht hatte, was er sagen und nicht sagen sollte, ging er hinab.

Im Beischlag begegnete er Fräulein Maria, die mit übertriebener Wärme seine Hände ergriff, sie drückte und gerührt sagte:

»Haben Sie Dank für das, was Sie für eine arme Frau taten! Das war edel! Das war groß!«

»Nein, mein gnädiges Fräulein, es war nichts von beiden«, entgegnete der Inspektor sofort, »denn es war von meiner Seite eine schlechte Handlung, die ich bereue, und nur die Artigkeit gegen Sie hat sie mir eingegeben.«

»Sie machen sich selbst schlecht, aus lauter Höflichkeit«, erwiderte das Fräulein, da die Mutter im selben Augenblick herzukam.

»Ach, Sie sind ein guter Mensch!« sagte diese mit der unerschütterlichsten Überzeugung und lud den Inspektor in die beste Stube, wo der Tee angerichtet war.

Ohne sich weiter auf grundlose Fragen einzulassen, trat er ein. Und nun sah er mit einem Blick, wie die einfache Einrichtung der Fischerstube mit dem Abfall eines abgenutzten städtischen Luxus gekreuzt war. Da waren vergilbte Alabastervasen auf die Kommode gekommen, Photographien in das Fenster zwischen die Blumen, ein gepolsterter Lehnstuhl mit Kretonne und Messingnägeln in die Ecke bei der Feuerstätte, und einige Bücher auf einen Sofatisch um eine Moderateurlampe.

Es war sehr nett angeordnet, aber mit einer ängstlichen, mathematischen Genauigkeit, alles symmetrisch, aber trotzdem ein wenig schief und krumm, wo das Gegenteil beabsichtigt worden war. Das Teeservice aus altem sächsischen Porzellan mit Goldrändern und kirschrotem Namenszug war hier und da gesprungen und am Kannendeckel gekittet. Nachdem er das Bild des verstorbenen Familienvaters betrachtet hatte, entdeckte er leicht – ohne fragen zu brauchen –, daß der Selige Beamter gewesen war, und er verstand, daß die Damen der Klasse »*pauvres honteux*« angehörten.

Die Unterhaltung berührte zuerst all das Äußere, auf das das Auge fallen konnte, ging darauf zu dem Ereignis des Tages über und kam dabei zu der Bevölkerung. Der Inspektor hörte sogleich heraus, daß sich die Damen für die Angelegenheiten anderer interessierten und in einer krankhaften Unruhe für das Wohl der niederen Klassen lebten. Da er gemerkt hatte, daß die Damen durch seine Aufrichtigkeit ein wenig beleidigt worden waren, und da es nicht seine Absicht war, sie zu verletzen, indem er seine eigenen Anschauungen hervorhob, drehte er sogleich bei und ließ sich mit dem Strom treiben. Zuweilen leistete sein innerer Mensch Widerstand, und da wollte er eine kleine Gegenbemerkung oder Aufklärung wagen, aber dann war es, als ob sich ein Paar weiche Hände auf seinen Mund legten, als schlängen sich ein Paar runde Arme um seinen Hals, so daß das Wort erstickt wurde. Und im übrigen waren die Anschauungen hier so felsenfest, alles war so abgemacht, alle Fragen so durchgearbeitet, und die Damen lächelten nur freundlich, mild nachsichtig, wenn sie bei ihm einen Zweifel über ihre Grundsätze lasen, die so anerkannt waren, daß sie der Beweise nicht bedurften. Aber dann glitt die Unterhaltung auf den moralischen und geistigen Zustand der Bevölkerung über, und hier war der Inspektor auf der Höhe der Situation. Er schilderte mit Wärme die Roheit, die Trunkenheit und die Prügelei am Vormittage, beklagte den großen Mangel an Aufklärung und erzählte schließlich Auftritte, die auf das vollständigste Heidentum hindeuteten. Er erwähnte, wie die Fischer auf Steinen Opfer darbrachten, Büchsen mit Blei von den Kirchenfenstern luden, von Thors Böcken sprachen, wenn es donnerte, und von Odins wilder Jagd, wenn die Wildgänse im Frühling gezogen kamen, wie die Bevölkerung tiefer drinnen auf den

Inseln die Elstern ungestört ihren Kücken den Garaus machen ließ, weil sie es nicht wagte, die Elsternnester herunterzureißen aus Angst vor Rache.

»Ja«, warf die Kammerrätin ein, – so ließ sie sich auf einer Reisetasche nennen, die noch unter einem der Tische stand, – »ja, das ist nicht ihr Fehler, hätten sie nicht einen so langen Weg zur Kirche, so würde es ganz anders aussehen.«

So weit waren die Gedanken des Inspektors nicht gekommen, aber plötzlich ging es ihm auf, welche Großmacht er zum Bundesgenossen bekommen konnte, und indem er den Gedankensamen entwickelte, der heute morgen beim Anblick des Gottesdienstes an Bord des Kanonenbootes in ihm gekeimt war, rief er mit wahrer Begeisterung aus:

»Nun, man kann ja aber ein Missionshaus zu sehr billigem Preis bekommen. Was meinen Sie, wenn ich an den Vorstand der Mission schriebe?«

Die Damen ergriffen den Gedanken mit großem Eifer; sie wollten selbst an die Innere Mission und an einige Vereine schreiben, machten den Vorschlag, einen Basar zu veranstalten, kamen aber wieder davon ab, da es hier draußen kein tanzendes Publikum gab.

Der Inspektor räumte indessen alle Schwierigkeiten aus dem Wege, erbot sich, das Geld vorzuschießen und das Gebäude zu bestellen, das man fix und fertig aus einer Fabrik beziehen konnte, wenn die Damen nur einen Laienprediger schaffen wollten; man sollte doch, fügte er hinzu, namentlich im Anfang, versuchen, einen Mann von der scharfen Sorte zu bekommen, der die Bevölkerung ordentlich in die Mache zu nehmen und eine erweckende Bewegung ernstester Art ins Leben zu rufen vermochte – etwas Halbes würde hier durchaus nicht am Platze sein.

Die Damen machten einige schwache Einwendungen und empfahlen liebevollere Mittel, aber der Inspektor bewies, daß die Furcht das Grundelement sei, auf das die erste Erziehung aufgebaut werden müsse, später könne man mit Liebe kommen.

Ein großes gemeinsames Interesse hatte diese Seelen zusammengeschweißt, während sie an der großen Liebesesse geglüht wurden, und sie redeten sich allmählich in eine überwältigende Barmherzigkeit mit allem Lebenden hinein, drückten sich die Hände und schieden unter Segnungen und Glückwünschen in Anlaß dessen, daß das Schicksal drei gute Menschen zusammengeführt hatte, die in Einigkeit für das Wohl der Menschheit arbeiten wollten.

Als der Inspektor herauskam, schüttelte er sich, als wolle er sich von Staub befreien; er hatte dasselbe Gefühl, das er einmal gelegentlich eines Besuchs in einer Mühle gehabt hatte: ein gewisses Wohlbehagen, alle Gegenstände mit einem weichen, halbweißen Mehlton überzogen zu sehen, der Eisen, Holz, Leinwand, Glas zu *einem* Akkord zusammenstimmte, dasselbe Gefühl von Wollust wie beim Berühren von Schlössern, Geländern, Säcken, die wie alles mit glattem Mehlstaub überpudert waren; aber gleichzeitig wurde es ihm so schwer zu atmen, er hatte das Bedürfnis zu husten, das Taschentuch zu benutzen.

Und doch war es ein angenehmer Abend gewesen. Diese unmerkliche Wärmestrahlung von der Mutter, die die Gedanken auftaute, dieser Dunstkreis von Innigkeit und Barmherzigkeit bei dem jungen Mädchen, der ihn verjüngte, dieser Kinderglaube an das, was in seiner Jugend das naive Ideal der Zeit war: das, was daniederlag, zu heben, das Verkrüppelte, das Kranke und Schwache zu beschützen, alles etwas, das, wie er wußte, sich in direktem Widerspruch mit dem befand, was zum Glück und Fortschritt der Menschheit diente, und das er instinktiv haßte, da er sah, wie alles Starke, jede Äußerung von Originalität von den stiefmütterlicher behandelten Naturen verfolgt wurde. Und nun sollte er einen Bund mit ihnen eingehen gegen sich selbst, an seinem eigenen Untergang arbeiten, sich zu dem Niveau des Erbfeindes herabsenken, Teilnahme für ihn heucheln, die Kriegskasse des Feindes füllen!

Der Gedanke an die Genüsse, die diese Kraftprobe spenden würde, berauschte ihn, und er ging an den Strand hinab, um in Einsamkeit sich selbst wiederzufinden. Und während er in der stillen, warmen Sommernacht im Sande wanderte, wo er seine Fußspuren von früheren Spaziergängen wiederfand, wo er jeden Stein kannte, wußte, wo die und die Pflanze stand, fühlte er, daß das alles ein ganz anderes Aussehen gewonnen, eine neue Gestalt angenommen hatte, ganz andere Eindrücke hervorrief, als da er am Tage vorher denselben Weg gegangen. Es war eine Veränderung eingetreten, etwas Neues war hinzugekommen. Er konnte nicht mehr das große Einsamkeitsgefühl hervorrufen, in dem er sich gleichsam allein der Natur und der Menschheit gegenüber befand, denn es stand jemand neben ihm, jemand hinter ihm. Die Isolierung war aufgehoben, er war an die banale Wirklichkeit festgelötet, es hatten sich Fäden um seine Seele gesponnen, Rücksichten begannen seine Gedanken zu binden, und die Angst, andere Anschauungen zu nähren, als seine Freunde nährten, schlug ihre Klauen in ihn. Und das Glück auf einer unwahren Grundlage aufzubauen, wagte er nicht, denn nachdem er das Haus bis an den Dachfirst aufgebaut hatte, konnte ja alles auf einmal zusammenstürzen, und dann wurde der Fall größer, der Schmerz tiefer; und doch mußte das geschehen, wenn er sie gewinnen wollte, und das wollte er mit der ganzen felsenbrechenden Kraft des Mannesalters. Sie zu sich emporheben? Wie sollte das zugehen? Er konnte sie nicht aus einer Frau in einen Mann umwandeln, sie nicht von unüberwindbaren Trieben befreien, die ihr Geschlecht in sie niedergelegt hatte; er konnte ihr ja auch nicht seine eigene Erziehung geben, die einen Zeitraum von über dreißig Jahren gewählt hatte, ihr nicht die Entwicklung schenken, die er durchgemacht, die Erfahrungen, die Studien, die er sich erkämpft hatte. Aber dann mußte er sich ja zu ihr herabsenken, und der Gedanke an dies Hinabsteigen quälte ihn als das größtmögliche Übel: sinken, zurückgehen, wieder von vorne anfangen, was übrigens unmöglich war. So blieb ihm denn nur übrig, sich doppelt zu machen, sich zu spalten, eine leichtfaßliche und ihr zugängliche Persönlichkeit zu schaffen, den verblendeten Liebhaber zu spielen, ihre Unterlegenheit bewundern zu lernen, sich in eine Rolle hineinzugewöhnen, so wie sie sie haben wollte, um dann in der Stille sein anderes halbes Leben heimlich für sich selbst zu leben, mit dem einen Auge zu schlafen und das andere offen zu halten.

Ohne es zu bemerken, war er auf die Höhe hinaufgekommen und sah nun die Lichter unten im Fischerdorf schimmern, hörte wilde Schreie, Jubelgegröle über den besiegten Feind, der die Kinder und Kindeskinder der Schreier aus der Armut hatte herausheben, ihre Arbeit verringern, ihnen mehr Genüsse hatte geben wollen. Und im selben Nu erwachte wieder das Begehren in ihm, diese Wilden gezähmt zu sehen, die Thoranbeter die Knie beugen zu sehen vor dem weißen Christus, die Riesen von den lichten Asen besiegt zu sehen. Der Barbar muß das Christentum wie ein Fegefeuer durchmachen, muß Ehrerbietung vor der Macht der andern lernen; die Völkerwanderung mußte ihr Mittelalter haben, ehe sie zu der Renaissance des Denkens und der Revolution des Handelns hindurchgelangen konnte.

Hier auf der höchsten Bergkuppe der Schäre sollte die Kapelle errichtet werden, ihre kleine Turmspitze sollte über den Ausguckturm und die Flaggenstange emporragen und aus weiter Entfernung den Seefahrenden einen Gruß bringen, um sie daran zu erinnern, daß ...

Hier hielt er inne und besann sich. Und ein Lächeln glitt über sein bleiches Gesicht, als er sich herabbeugte und vier Gneisbrocken aufsammelte, die er in einem Rechteck von Osten nach Westen hinlegte, nachdem er dreißig Schritt in der Länge und zwanzig in der Breite ausgemessen hatte.

Welch vorzügliches Landmal für die Seefahrenden, dachte er, als er hinabging, um Ruhe zu suchen.

6.

Der Inspektor hatte sich zwei Tage eingesperrt, um zu arbeiten, und als er am Morgen des dritten Tages ausging, um am Strande zu lustwandeln, begegnete er zufällig der Kammerrätin. Sie sah bekümmert aus und teilte Borg auf seine Frage nach dem Befinden der Tochter mit, daß diese unpäßlich sei.

»Das ist Mangel an Zerstreuung«, sagte er leicht hingeworfen.

»Freilich, aber was soll man hier in der Einsamkeit machen?« entgegnete die bekümmerte Mutter.

»Das gnädige Fräulein muß auf die See hinaus, muß fischen und segeln und sich gehörig herumtummeln«, verordnete er, ohne weiter über das nachzudenken, was er sagte.

»Ach ja, aber meine arme Maria kann doch nicht allein segeln.«

Da hierauf nur eins zu antworten war, sagte er:

»Wenn die Damen mit meiner Gesellschaft fürlieb nehmen wollen, so stehe ich gern zu Diensten.«

Die Mutter meinte, er sei zu gut, nahm aber das Anerbieten an. Sie wollte Maria gleich sagen, daß sie sich fertigmachen solle.

Der Inspektor ging an den Hafen hinab, um das Boot instand zu setzen, unterwegs begann er aber die Beine an sich zu ziehen, als gehe er einen Hügel hinab, wo das Gesetz der Schwerkraft seine Schritte mehr beschleunigte, als er es selber wollte. Es war ihm unangenehm, daß er so plötzlich von einer von außen her wirkenden Kraft in Bewegung gesetzt worden war, ehe er Zeit gewonnen hatte, die Sache zu erwägen, und er wollte trotz seiner Ohnmacht Widerstand leisten. Aber es war zu spät, und er ließ sich mit dem Strom treiben in dem Gefühl, daß er doch wohl imstande sein werde, das Steuer zu lenken und den Kurs zu bestimmen.

Er hatte den Klüwer auf der Jolle geheißt, das Ruder eingehängt und die Fangleine losgemacht, bereit abzusetzen, als das Fräulein und ihre

Mutter an den Strand hinabkamen. Das junge Mädchen trug ein ultramarinfarbenes Kleid mit weißem Besatz und hatte eine schottische wollene Mütze auf dem Kopf, die ihr vorzüglich stand und ihr einen knabenhaften, kecken Ausdruck verlieh, ganz entgegengesetzt dem engelhaften, den sie vor ein paar Tagen gehabt hatte.

Nachdem der Inspektor sie begrüßt und nach ihrem Befinden gefragt hatte, erbot er sich, den Damen an Bord zu helfen. Das junge Mädchen nahm seine ausgestreckte Hand an und war mit einem leichten Sprung im Boot, worauf sie auf der Achterducht am Ruder untergebracht wurde; als dann aber die Hand nach der Mutter ausgestreckt wurde, erklärte diese, sie könne nicht mitkommen, da sie das Mittagessen kochen müsse. Der Inspektor, der hier wiederum überrascht war, empfand von neuem Lust, Widerstand zu leisten gegen diese sanfte Kraft, von der er gegen seinen Willen gelenkt wurde, jedoch hielt ihn die Furcht, unhöflich zu erscheinen, davon zurück, und nachdem er kurz und gut bedauert hatte, die angenehme Gesellschaft der Kammerrätin entbehren zu müssen, stieß er ab, befahl Fräulein Maria, das Ruder herumzulegen, steckte ihr die Großschot in die Hand und heißte das Segel.

»Aber ich kann ja nicht steuern«, schrie das Fräulein, »ich habe nie am Ruder gesessen!«

»Das ist keine Kunst! Tun Sie nur, was ich sage, dann werden Sie es sogleich lernen«, erwiderte der Inspektor und setzte sich vor das junge Mädchen, um ihr beim Manövrieren zu helfen.

Es wehte eine schwache Brise, und das Boot glitt bei dem Winde aus dem Hafen.

Der Inspektor hielt die Klüverschot und unterwies anfangs die schöne Bootsführerin, griff hin und wieder um ihr Handgelenk und drückte die Ruderpinne gegen den Wind, bis sie herausgekommen waren. Fahrt bekommen hatten und den Kurs anlagen, mit dem sie, ohne zu kreuzen, geradeswegs nach den Schären hinauskommen konnten.

Die Verantwortung, die Anstrengung, das Gefühl, das Fahrzeug zu beherrschen, das das Leben zweier Menschen trug, erweckte schlummernde Kräfte in der zarten Frauengestalt, und ihr Blick, der aufmerksam der Stellung der Segel folgte, glühte von Mut und Selbstvertrauen, als sie sah, wie das Boot dem kleinsten Druck der Hand gehorchte. Machte sie einen Fehler, so verbesserte er ihn mit einem freundlichen Wort und flößte ihr Mut ein, als Steuermann fortzufahren, indem er ihre Aufmerksamkeit lobte, Schwierigkeiten aus dem Wege räumte und die ganze Sache als etwas ganz Selbstverständliches erklärte.

Sie strahlte vor Glück, begann von der Vergangenheit zu sprechen, von ihren vierunddreißig Jahren, wie sie geglaubt, den Lebensmut verloren zu haben, wie sie sich wieder jung fühlte, wie sie stets von einem Leben in Tätigkeit geträumt hatte, namentlich von einem männlichen Leben und davon, ihre Kräfte im Dienste der Menschheit, für andere opfern zu können. Sie wisse, daß sie als Frau ein Paria sei ...

Der Inspektor hörte dies alles an wie wohlbekannte Geheimnisse, als Ausdruck eines unsinnigen Bestrebens, das gleich zu machen, was die Natur absichtlich so ungleich wie möglich gemacht hat, um der Menschheit Arbeit zu ersparen; jetzt aber hierauf zu antworten, betrachtete er als unnütz, er hielt dahingegen fest an seiner Rolle als dankbarer Zuhörer, ließ sie ihre krankhaften Vorstellungen, die der frische Wind wegblies, erschöpfen. Und statt das Messer hervorzuholen und die verfilzten Garnfitzen durchzuschneiden, die ihre unklaren Gedanken ihm reichten, wollte er sich ganz einfach den Anschein geben, als sähe er sie nicht, wollte er sie beiseite schieben und die Eindrücke, die er absichtlich hervorrief, über die alte Unordnung wickeln, sie als Spule benutzen, die nur als Unterlage für neues, von seiner gefüllten Spindel gesponnenes Garn dienen sollte.

Er improvisierte in aller Eile einen Plan, wonach sie mit Hilfe des Anschauungsmaterials von lebenden Bildern, das die Schären boten, im Laufe weniger Stunden von Eindrücken erfüllt werden sollte, die scheinbar von außen kamen, und auf diese Weise wollte er das Netz seiner Seele unbemerkt über das ihre werfen und ihre Saiten in Einklang mit seinem Instrument stimmen. Durch eine Bewegung des Kopfes deutete er jetzt an, daß das Boot abfallen solle, und nachdem er die Schoten ein wenig aufgefiert hatte, hielt die Jolle vom Ufer ab und plätscherte dahin über die offene Meeresbucht. Der weite Horizont, das unendliche Lichtmeer, das sich ohne die geringste Unterbrechung ausbreitete, warfen Glanz auf das schöne Gesicht; die kleinen Züge wurden gleichsam vergrößert, halb sichtbare Falten wurden ausgelöscht, der ganze Ausdruck wurde befreit von jeder Spur von alltäglichen Sorgen, von kleinlichen Gedanken; und das Auge, das in einem Nu einen so beträchtlichen Teil des Weltkörpers überschauen konnte, schien groß zu sehen, so daß die kleine Person wuchs und ihre relative Macht fühlte. Wenn die langen Meereswellen das Boot in mächtigen Rhythmen hoben und senkten, sah er, wie das Entzücken sich mit einer leisen Andeutung von verstimmender Furcht vermischte.

Der Inspektor, der bemerkte, daß der großartige Anblick den beabsichtigten Eindruck nicht verfehlt hatte, beschloß jetzt, Text zu der schwachen Musik der Gefühlsdünungen hinzuzufügen, ihre neugeborenen Gedanken auf die große Bahn hinzulenken; er wollte die Schalen von dem schwellenden Samenkorn lösen, damit die Keime hervorkommen konnten.

»Es ist die Wirkung der weitgedehnten Fläche«, improvisierte er, »daß die Erde, die banale, die langweilige, sich wie ein Himmelskörper offenbart. Fühlt man sich nicht schon gleichsam des Himmels teilhaftig, wenn man den Gegensatz auflöst, den falschen Gegensatz zwischen Himmel und Erde, die ja eins sind, gleichwie ein Ganzes und Teile? Fühlen Sie nicht, wie Sie wachsen, wenn Sie den Wind überlisten und ihn zwingen, Sie nach rechts zu tragen, wenn er nach links will; merken Sie nicht, welche Großmacht in Ihnen wohnt, wenn Sie oben auf der Welle reiten, obwohl sie Sie mit einem Gewicht von tausend Pfund in die Tiefe hinabpressen will? Der, von dem man glaubt, daß er die Schwingen der Vögel geschaffen hat und fünfzigtausend Jahre gebrauchte, um einen Flieger zu einem Kriechtier zu machen, besaß weniger Geistesgegenwart als derjenige, der zum ersten Male Segeltuch an eine Stange befestigte und in einem Augenblick die Navigation erfand. Ist es da so wunderbar, daß der Mensch Gott zu seinem Bilde erschaffen hat, von seinem eigenen Scharfsinn auf eine noch größere schließend?«

Das junge Mädchen, das aufmerksam seinem Erguß gelauscht hatte, betrachtete ununterbrochen sein Gesicht, als habe sie ihr eigenes einem Feuer zugewendet, um es zu wärmen; die ungewöhnlichen Worte schienen vollständig in ihre Seele niedergeschlagen zu sein und wie ein Gärungsstoff gewirkt zu haben. Betäubt, eingelullt von dem weichen, überredenden Tonfall empfing sie ohne Nachdenken die neuen Gesichtspunkte, die er ihr beibrachte bezüglich der früher für sie leblosen, einförmigen Landschaft, über den Ursprung und die Bedeutung des Lebens, und ohne einzusehen, daß ihre eigene religiöse Überzeugung begraben wurde, ehe sie noch aufgelöst war, nahm sie das Neue entgegen und stapelte es auf das Alte auf.

»Sie sprechen, wie ich noch nie jemand habe sprechen hören«, sagte sie träumend; »fahren Sie fort!«

Er schwieg und gab durch ein Zeichen dem Boot einen anderen Kurs.

Sie näherten sich der unheimlichen Vulkanbildung Svartbådans. Der glitzernd schwarze Dorit mit dem leichenbleichen Seezeichen, die sogenannte weiße Stute, nahm sich schreiend düster aus im Sonnenschein, der vergeblich bemüht war, das Schwarze und das Weiße zusammenzustimmen.

Über das Antlitz des Mädchens glitt ein Schatten, die Züge schrumpften zusammen, die Augenbrauen legten sich in Falten, als wollten sie sich senken und das bedrückende Bild verbergen. Eine merkbare Bewegung mit dem Steuer deutete an, daß sie von der Schäre abhalten wollte, aber er gab sogleich dem Boot seine frühere Richtung wieder, und mit der zusammengepreßten Kraft des Windes schoß die Jolle hinein in die Schlucht zwischen den schwarzen Klippen, wo die Wellen sie seufzend vorwärtssogen.

Es wurde still im Boot, und der Inspektor wollte nicht versuchen, die finsteren Erinnerungen zu erraten, die bei seiner Begleiterin wachgerufen wurden, sondern beschränkte sich darauf, auf das weißgebleichte Skelett eines Seevogels zu zeigen, das auf dem schwarzen Klippenabhang hingeworfen lag.

Und dann griff der Wind wieder in die Segel, füllte sie und zog das Fahrzeug auf das offene Wasser hinaus.

Sie kamen vorüber an Rönneholm mit seinem einzigen Baum und seinem Wiedehopf und näherten sich Svärdsholm, wo er sie zum erstenmal gesehen hatte. Hier landeten sie, und er führte sie den gleichen Weg, den er selbst an jenem Sonntagvormittag gekommen war, ließ sie dieselben Eindrücke fühlen, die er gehabt, führte sie in die Blumenwiese hinab und zeigte ihr zwischen den wilden Apfelbäumen die Stelle, wo er sie zum erstenmal erblickt hatte.

Sie schlug jetzt in Ausgelassenheit um, denn daß alle diese kleinen Beobachtungen sich in seinem Gedächtnis festgesetzt hatten, konnte ja bedeuten, daß sie es ihm angetan hatte. Sie lachte, als er erwähnte, wie er sie zuerst hatte husten hören, und bat ihn scherzend, auf dieselbe Stelle hinabzugehen und zu sprechen, dann wolle sie erraten, wer da sprach.

Er gehorchte, sprang den Abhang hinunter, stellte sich hinter die Mehlbeerbäume und ahmte das Brüllen eines Stieres nach.

»Aber nein! wie allerliebst er singen kann!« scherzte sie. »Das ist doch sicher ein Hottentottenschauspieler.« Der Inspektor, der Gefallen an Kindlichkeit fand und seit vielen Jahren nicht mit Kindern gespielt hatte, verharrte in der Rolle, und indem er auf die grüne Ebene vortrat, die Kehrseite des Rockes nach außen gewendet und den Kneifer auf dem einen Ohr, führte er einen improvisierten Kriegstanz aus, begleitet von einem Gesang, den er im Zoologischen Garten in Paris bei den Hottentotten gehört hatte.

Das Fräulein schien erstaunt und erfreut zugleich.

»Wissen Sie was?« sagte sie, »so gefallen Sie mir besser, denn jetzt zeigen Sie, daß Sie doch die philosophische Miene einen Augenblick ablegen und ein richtiger Mensch sein können.«

»Ist denn der Hottentott in Ihren Augen mehr Mensch als der Philosoph?« fragte der Inspektor, bereute aber sofort, daß er sie zum Nachdenken erweckt hatte, brach einen Zweig von dem Baum ab und wand einen Kranz, den er ihr reichte, die ein wenig verstimmt geworden war, als es ihr klar wurde, daß sie eine Erzdummheit gesagt und sich verraten hatte.

»Jetzt sollen Sie das Opfertier bekränzen, Fräulein Maria!« sagte der Inspektor. »Ich wollte, ich wäre hundert statt eines und dürfte als Hekatombe für Sie zur Schlachtbank gehen.«

Er sank auf die Knie und empfing den Kranz von der besänftigten Schönheit, worauf er an den Strand hinablief und sie hinter ihm drein.

Unten am Ufersaum blieben sie stehen.

»Wollen wir ›Butterbrot werfen‹?« schlug er vor.

»Gern«, erwiderte sie und suchte nach einem flachen Stein.

Und dann ließen sie die Steine über das Wasser hintanzen, bis sie warm wurden.

»Wollen wir baden?« rief sie plötzlich aus, als habe sie lange über einem Gedanken gebrütet, der unwiderstehlich bestrebt gewesen war, hervorzubrechen.

Der Inspektor wußte nicht, was das bedeuten sollte, ob es ein Scherz sei, oder ob der Vorschlag ernsthaft gemeint war, mit einem gewissen Vorbehalt, zum Beispiel mit der stillschweigenden Voraussetzung, daß man einen Teil der Kleider anbehielt oder daß einer von ihnen beiden sich entfernte.

»Baden Sie nur, dann gehe ich so lange fort«, antwortete er endlich.

»Baden Sie denn nicht?«

»Nein, ich habe keinen Badeanzug hier«, erwiderte der Inspektor, »und außerdem bade ich niemals kalt.«

»Hahaha!« lachte das Mädchen, ein kaltes, unangenehmes höhnisches Lachen, das aus dem Kehlkopf kam.

»Sie fürchten sich wohl vor kaltem Wasser?« höhnte sie, »und können vielleicht nicht schwimmen?«

»Das kalte Wasser ist zu rauh für meine feinen Nerven. Aber wenn Sie ein kaltes Bad nehmen wollen, so gehe ich nach der nördlichen Spitze und nehme ein warmes.«

Fräulein Maria hatte bereits die Schuhe abgestreift und sagte mit einem Blick voller Verachtung und verletzter Eitelkeit:

»Von da aus können Sie mich wohl nicht sehen?«

»Nein, wenn Sie nicht zu weit hinausschwimmen«, entgegnete der Inspektor und entfernte sich.

Als er an den nördlichen Abhang der Insel gekommen war, suchte er sich eine Kluft aus, die durch eine Felswand von fast fünfzig Fuß Höhe gegen den Nordwind geschützt war. Der schwarze Hornblendengneis war von dem Wellenschlag poliert wie Achat und wand sich in schwachen, weichen Biegungen, die Muskeln des menschlichen Körpers glichen und sich wie ein Kissen unter den nackten Fuß schoben. Kein Windhauch drang hier herein, und die Sonne hatte sechs Stunden lang auf die dunkle Klippe gebrannt und eine erwärmte Luft hervorgebracht, deren Temperatur mehrere Grad höher war als die des Körpers, so daß die Steine fast unter den Füßen brannten. Er war unten am Boot gewesen und hatte eine Axt geholt, mit der er jetzt das trockenste Heidekraut und Riedgras abhieb, mittels dessen er ein flammendes Feuer auf der Klippe entzündete, während er sich entkleidete. Nachdem das Feuer ausgebrannt war, säuberte er die Feuerstätte wie einen Backofen, goß mit der Schöpfkelle das kristallklare Seewasser auf die erhitzten Steine und ließ den Dampf seinen nackten Körper umhüllen. Dann setzte er sich in einen der Lehnstühle, die das Meer in die Klippe ausgehauen hatte, deckte sich mit seiner Decke zu, kroch, die geschlossenen Knie unter dem Kinn, zusammen und schien in Schlaf versunken zu sein. Aber er schlief nicht, er benutzte diese Methode nur, um, wie er es nannte, »sich aufzuziehen«, indem er einige Augenblicke das Gehirn ruhen und seine Elastizität wiedergewinnen ließ. Denn der Verkehr mit den unklaren Gedanken anderer strengte ihn an; sein Gedankenmechanismus litt bei der Berührung mit dem anderer, so daß er unruhig, unzuverlässig wurde wie die Kompaßnadel, wenn sie in die Nähe von Eisen kommt. Und jedesmal, wenn er klar über etwas nachdenken oder einen

Entschluß fassen wollte, brachte er seine Seele mit Hilfe eines warmen Bades in harmonische Betäubung, wiegte das Bewußtsein in einen Halbschlummer, indem er an nichts dachte. Während dieses Prozesses schien all das eingesammelte Beobachtungsmaterial zu schmelzen, und die Legierung quoll hervor, wenn er das Feuer unter dem Tiegel wieder löschte und sich zum Bewußtsein erweckte.

Nachdem er eine Weile gesessen und sich von der Sonne hatte durchwärmen lassen, erhob er sich plötzlich und stand da wie wach nach einer durchschlafenen Nacht. Seine Gedanken arbeiteten wieder, und er sah so glücklich aus, als habe er ein Problem gelöst.

Sie ist vierunddreißig Jahre, dachte er. Dies hatte ich unter dem Eindruck ihrer jugendlichen Schönheit vergessen. Hier ist der Grund zu diesem Chaos von zurückgelegten Stadien, diesen Überbleibseln von Rollen, die sie nach und nach im Leben gespielt hat, diese wechselnden Reflexe von Männern, die sie zu gewinnen und nach denen sie sich zu biegen versucht hat. Und jetzt kürzlich hat sie sicher in irgendeiner Liebesgeschichte Bankrott gespielt. Er, der alle diese zerrissenen Lappen von einer Seele zusammengehalten hatte, war seiner Wege gegangen, der Sack war geplatzt, und nun lag das alles da wie der Haufe eines Lumpensammlers.

Sie hatte Probenläppchen von Pfarrhausromantik aus dem Jahre 1850 mit Menschenerrettungsvorstellungen aus dem Anfang des Jahrhunderts vorgezeigt, Glaubenseifer aus den Zeitströmungen der »Taubenstimme« und des »Pietisten«, Zynismus aus der George Sand- und der Androgynperiode. Er war zu klug, um seine Zeit damit zu vergeuden, den Boden zu suchen in diesem Sieb, durch das so vielerlei Arten hindurchgegangen waren, ein Rätsel zu lösen, das nicht vorhanden war. Hier war nichts weiter zu machen, als aus dem Knochenhaufen das herauszusuchen, was zu der Zusammensetzung eines neuen Skeletts paßte, dem er dann hinterher lebendes Fleisch ansetzen, seinen Geist einblasen wollte. Aber dies durfte sie nicht merken, denn dann gestattete sie es nicht. Sie sollte nie entdecken, wie sie von ihm empfing, das würde nur Haß und Widerstand erwecken. Er wollte unter der Erde wachsen wie die Baumwurzel, auf die sie gepfropft werden und vor der Welt sichtbar emporsprossen und die Blüte tragen sollte, die die Leute bewundern würden. Jetzt hörte er die Möwen schreien und schloß daraus, daß sie hinausgeschwommen war. Deswegen kleidete er sich schnell an, und nachdem er seine Sachen zusammengetragen hatte, holte er unten aus dem Boot das mitgebrachte

Frühstück, das er auf dem Moos unter einer niedrigen, pinienartigen Föhre aufdeckte.

Es waren nur einige wenige Gerichte, aber alles war kostbar und auserwählt und auf den Überresten einer Porzellansammlung angerichtet, die anzulegen er einmal begonnen hatte. Die Butter strahlte eigelb in einer Schlangensteinkruke mit Schraubendeckel und stand mit Eis in einem Stück Henry II Fayence. Die Keks lagen auf einer durchbrochenen Schüssel aus Mariaberg und die Sardellen auf einer Untertasse von blaugewürfeltem Nevers. Die Angst vor der überall in die Kunst, die Industrie und das tägliche Leben eindringenden Banalität hatte den Besitzer in das moderne Suchen nach dem Ungewöhnlichen hinausgezwungen; die schreckliche Trivialität der Jetztzeit und der Haß gegen das Originale hatten ihn, wie so viele andere, in das Raffinierte hinausgejagt, um die Persönlichkeit davor zu bewahren, in dem großen Rollsteinstrom flach geschliffen zu werden. Seine fein entwickelten Sinne suchten nicht die gewöhnliche Schönheit in Form und Farbe, die so leicht altert, er wollte in dem, was ihn umgab, Geschichte sehen, Weltereignisse. So erweckte diese Scherbe von Henry II Fayence mit ihrem schneeweißen Pfeifenton mit Rot, Schwarz und Gold gesprenkelt Erinnerungen an die schöne Loirelandschaft mit den Renaissanceschlössern, und diese Goldornamente in Buchbinderstil erinnerten an die Burgfrau Hélène de Genlis und ihren Bibliothekar, der zusammen mit einem Töpfer einen Stil schuf, einen ganz persönlichen, der jedoch nicht umhin konnte, sein Kolorit aus dem Zeitalter der Ritterzeit zu empfangen, wo man Schönheit im Leben ehrte, und wo das Handwerk selbst sich Wissenschaft und Kunst unterordnete, das Vorteilhafte einer Rangordnung des Geistes einsehend.

Als er fertig war und sein Werk besah, war es, als habe er ein Stück Kultur in diese halb arktische Einöde hinaufgetragen: Sardellen aus der Bretagne, Kastanien aus Andalusien, Kaviar von der Wolga, Käse aus den Gruyèrealpen, Wurst aus Thüringen, Keks aus England und Apfelsinen aus Kleinasien. Dazu kam eine korbumflochtene Flasche Chiantiwein aus Toskana, der aus Fußgläsern mit Frederik des Ersten Namenszug in Gold getrunken werden sollte; das alles bildete ein buntes Durcheinander, ohne nach Sammler oder Museum zu schmecken; kleine Farbenklekse hier und da hineingeworfen, Blumen als Souvenirs zwischen den Blättern eines Reisehandbuches gepreßt, nicht aber in einem Herbarium.

Jetzt hörte er die Stimme des Fräuleins von dem Badeplatz her »Hallo« rufen. Er antwortete, und kurz darauf trat sie aus dem Gebüsch hervor, aufrecht, frisch, strahlend von Gesundheit und Lebenslust. Als sie das ausgetafelte Frühstück erblickte, lüftete sie die Mütze und verbeugte sich scherzend, gegen ihren Willen aber imponiert von dem Vornehmen in der Anrichtung.

»Sie sind ein Zauberer«, sagte sie, »gestatten Sie mir, Ihnen mein Kompliment zu machen!«

»Nicht für so wenig«, erwiderte der Inspektor.

»Ja, Sie deuten damit an, daß Sie noch mehr können, aber die Natur zu beherrschen, wovon Sie vorhin sprachen, das werden Sie schon nachlassen«, wandte sie in dem überlegenen, mütterlichen Ton ein.

»Mein gnädiges Fräulein, ich drückte mich nicht so kategorisch aus; ich erinnerte nur daran, daß wir teils gelernt haben, die Naturkräfte zu überwinden, denen wir selbst zum Teil gehorchen müssen – beachten Sie wohl das kleine zum Teil –, und daß es in unserer Macht liegt, sowohl den Charakter einer Landschaft als auch das ganze Seelenleben ihrer Einwohner zu verändern.«

»Wohlan! Zaubern Sie dann aus dieser langweiligen Granitgegend eine italienische Landschaft mit Marmorvillen und Pinien hervor.«

»Ich bin freilich kein Taschenspieler, aber wenn Sie mich herausfordern, so verspreche ich Ihnen, zu Ihrem Geburtstag in drei Wochen dieses frische Stück Natur, dessengleichen Sie vergebens in Europa suchen werden, in eine waldlose, versengte Blumenkohllandschaft nach Ihrem Geschmack verwandelt zu haben.«

»Topp! Die Wette gilt! Also in drei Wochen; und wenn ich verliere …?«

»So gewinne ich was?«

»Das werden wir zu der Zeit sehen!«

»Meinetwegen! Wollen Sie aber so lange mein Amt verwalten?«

»Ihr Amt? Was ist das? Auf dem Sofa liegen und Zigaretten rauchen?«

»Ja, wenn Sie, so wie ich, mein Amt vom Sofa aus verwalten können, dann – sehr gern. Aber das können Sie nicht, und nun sollen Sie hören, weshalb nicht, und was die Absicht mit meinem Aufenthalt hier auf der Schäre ist. Nehmen Sie erst ein Glas Wein zur Wurst!« Er schenkte von dem dunkelroten Chiantiwein in ein Glas und reichte es dem Fräulein, das es in einem Zuge leerte.

»Sie wissen«, begann er, »daß meine offizielle Aufgabe im Fischerdorf darin besteht, die Bevölkerung fischen zu lehren.«

»Das ist wirklich reizend! Sie, der Sie sich rühmen, nie eine Angelstange in der Hand gehabt zu haben!«

»Unterbrechen Sie mich nicht, ich soll sie auch nicht lehren, mit einer Stange zu fischen. Sehen Sie, die Sache ist die, daß diese Nachzügler, die wie alles Gesindel konservativ sind ...«

»Was für eine Sprache ist das!« unterbrach ihn das Fräulein von neuem.

»Reine Sprache! Aus lauter Dummheit und Konservatismus sind diese Ureinwohner auf bestem Wege, ihre Stellung als fischfressende Säugetiere zu untergraben, und deswegen muß der Staat sie unter Vormundschaft stellen. Der Strömling – der die wichtigste Nahrungsquelle dieser Autoktonen bildet, droht zu entschwinden. Dies betrifft freilich auf keine Weise mich, denn ob einige Hundert Fischfresser mehr oder weniger eine überflüssige Völkerhorde vermehren oder vermindern, ist für das große Ganze völlig gleichgültig. Aber jetzt sollen sie leben, weil der Staat es wünscht, und deswegen soll ich sie daran hindern, so viel zu fischen, wie sie es jetzt tun, d.h. zum Lebensunterhalt. Erkennen Sie diese Logik an?«

»Das ist unmenschlich, aber Sie sind ja auch eine Henkernatur.«

»Ich habe deswegen auch auf eigene Hand, ohne weder einen Vasaorden noch einen Dank zu verlangen, eine neue Erwerbsquelle gefunden, die die alte ersetzen soll; denn selbst wenn der Strömling hier eine Reihe von Jahren zusammenströmen sollte, so wird dieser Ernährungszweig dennoch von einem Konkurrenten bedroht, der sich nach hundertjähriger Ruhe noch fürchterlicher erhoben hat denn je zuvor. Haben Sie gehört, daß sich der Hering zum Herbst wieder bei Bohuslén zeigen wird?«

»Nein, ich hatte lange keinen Brief von ihm!«

»So – aber das tut er nun trotzdem. Deswegen müssen wir mit dem Strömling aufhalten und statt dessen Lachs fischen.«

»Lachs? In der Tiefe des Meeres!«

»Ja! Der muß da sein, obwohl ich ihn noch nicht gesehen habe! Sie sollen ihn finden!«

»Aber wenn er nun nicht da ist?«

»Ich sage Ihnen ja, daß er da ist! Sie sollen nur die ersten fangen, dann ist die Lachsfischerei eröffnet.«

»Aber woher wissen Sie denn, daß wirklich Lachs da ist, wenn Sie ihn nicht gesehen haben?« wandte das Fräulein ein.

»Aus einer Menge Untersuchungen, die zu weitläufig sind, um unterhaltungsweise erörtert zu werden, und die teils draußen auf See vorgenommen sind ...«

»Einmal!«

»Ich arbeite ebenso schnell wie zwanzig andere, dank meiner ungewöhnlichen Intelligenz – teils auf meinem Sofa, hauptsächlich aber in den Büchern. Kurz: wollen Sie dabei behilflich sein, die Bevölkerung zu verderben, zuerst mit Lachs und hinterher mit dem Missionshaus, das Sie vergessen zu haben scheinen?«

»Sie sind ein Dämon, ein Teufel«, rief das Fräulein mitten zwischen Scherz und Ernst aus.

Der Inspektor, der nur in einer augenblicklichen Laune zu dem Skeptischen übergegangen war, nun aber fand, daß es dasjenige war, was am meisten Eindruck machte, hielt es für das beste, in der Rolle zu verbleiben.

»Sie glauben sicher nicht an Gott?« fragte das Fräulein mit einer Miene, als wolle sie ihn für ewig verabscheuen, wenn er das einräumte.

»Nein, das tue ich nicht.«

»Und Sie wollen Ansgarius spielen und das Christentum auf der Schäre einführen?«

»Und den Lachs! Ja, ich will ein dämonischer Ansgarius sein. Aber wollen Sie nun nicht doch die Lachsschnüre auslegen und von den Revisoren des Reichstags gesegnet werden?«

»Ja, ich will für diese Bevölkerung arbeiten, an die ich glaube; ich will meine schwachen Kräfte für die Unterdrückten opfern und werde Ihnen beweisen, daß Sie ein blasierter, verlebter Mensch sind, ein Spötter ... Nein, das sind Sie doch nicht, Sie geben sich das Aussehen, schlimmer zu sein, als Sie sind, denn in Wirklichkeit sind Sie ein gutes Kind, das habe ich Sonntag gesehen ...«

Sie sagte dies von dem guten Kinde scheinbar, weil sie sicher darauf rechnete, daß er auf den Köder anbeißen und sich als Kind, gleichgültig ob gut oder schlecht, unter sie stellen würde. Aber er hatte nun schon Geschmack an dem Dämon gewonnen, als dem Überlegeneren, Interessanteren, und hielt deswegen an der dankbareren Aufgabe fest. Freilich wußte er aus Erfahrung, daß die leichteste Art, wie man sich bei einer Frau einschmeicheln kann, ist, sie Mutter spielen zu lassen mit all der daraus folgenden Freiheit zu Vertraulichkeit. Das war aber ein so abgedroschenes Spiel und konnte leicht zu einer unausrottbaren Prahlerei von ihrer Seite führen. Dann viel lieber ihr die Erlöserrolle überlassen, in der nichts absolut Übergeordnetes lag, sondern nur der Gottesmutter vermittelnde Stellung zwischen zwei gleichstarken Mächten.

Aber der Übergang war nicht so leicht zu finden, und in einem Anfall von Überdruß bei dieser ganzen Komödie, die doch notwendig war, wenn er sein Ziel erreichen sollte, und das wollte er, tat er so, als müsse er hingehen und nachsehen, ob das Boot richtig vertäut war, da jetzt der Wind auffrischte.

Als er an den Strand hinabgekommen war, atmete er tief auf wie nach einer Überanstrengung. Er knöpfte die Weste auf, als habe er eine eiserne Jacke getragen, kühlte seinen Kopf und warf einen sehnsuchtsvollen Blick auf das freie Meer. Jetzt würde er viel dafür gegeben haben, allein zu sein, um den Staub abschütteln zu können, der bei der Berührung mit einem niedreren Geist auf seine Seele gefallen war. Er haßte sie in diesem Augenblick, wollte sie los sein, wieder er selbst sein, aber es war zu spät! Das Spinngewebe hatte sich in seinem Gesicht festgesetzt, seidenweich, schleimig, unsichtbar, und war nicht wieder wegzukriegen. Und gleichzeitig – als er sich umwandte und sie sitzen und eine Kastanie mit langen Fingern und scharfen Zähnen schälen sah, wodurch sie an einen Mandrill erinnerte, den er in einer Menagerie gesehen hatte – erfaßte ihn ein unendliches Mitleid, ein Hauch des Weltschmerzes, den der Glücklichere empfindet, wenn er einen Unglücklichen sieht; dann dachte er an ihre Freude, ihn als Hottentotten zu sehen, ergrimmte abermals, tat sich aber Zwang an und näherte sich ihr mit der Selbstbeherrschung eines Weltmanns, indem er sie daran erinnerte, daß sie jetzt nach Hause segeln müßten, da der Wind angefangen habe aufzufrischen. Sie hatte indessen den müden, geistesabwesenden Zug bemerkt, der noch nicht aus seinem Gesicht verschwunden war, und entgegnete mit einer Schärfe, die seine Gefühle für den Augenblick völlig abkühlte:

»Sie sind der Gesellschaft überdrüssig geworden! Lassen Sie uns aufbrechen!«

Als er jedoch nicht mit einer Höflichkeit antwortete, fuhr sie bewegt fort, ob wirklich oder erkünstelt, war schwer zu entscheiden:

»Verzeihen Sie mir, ich bin schlecht! Aber so bin ich geworden, und ich bin undankbar! So, nun wissen Sie es!«

Sie trocknete die Augen und begann mit der geübten Hand einer Hausfrau, die Teller und Schüsseln zusammenzusammeln.

Und jetzt, wo sie sich über Reste und beschmutzte Teller beugte, die Serviette wie eine Schürze um die Taille geknüpft, und das Porzellan an den Strand hinabtrug, um es abzuspülen, eilte er herzu, um sie von der Last zu befreien, getrieben von einem unwiderstehlichen Wunsch, sie nicht in Gestalt einer Dienerin sehen zu müssen. Er fühlte sich unangenehm berührt, sich von ihr aufwarten zu lassen, die er hoch über sich erheben wollte, während sie gleichzeitig zu ihm aufsehen sollte als zu dem, der ihr die Macht über sich gegeben hatte.

Während des Scheinkampfes, der entstand, wer der Diener des andern sein sollte, ließ sie das Porzellan fallen. Es entfuhr ihr ein Schrei, aber nachdem sie das Zerbrochene gemustert hatte, klärte sich ihr Gesicht auf.

»Welch Glück, daß es lauter alte Sachen waren! Gott, wie ich mich erschrocken habe!«

Er erstickte seinen kleinlichen Verdruß über den Verlust, indem er sich sogleich auf ihre Seite stellte als diejenige, die das Unglück betroffen; und froh, einen so lärmenden Abschluß für die widerstrebenden Stimmungen bekommen zu haben, die ihn zerrissen, ließ er die Scherben wie vorhin die flachen Steine über das Wasser tanzen und rundete die zugespitzte Lage ab mit einem scherzenden:

»Jetzt brauchen wir nicht abzuwaschen, Fräulein Maria!«

Worauf er die Hand ausstreckte, um sie in das Boot hinüberzuführen, das schon unter dem Plätschern der aufkommenden See dalag und in die Fangleine einruckte.

7.

An einem sonnenwarmen Sommertag sitzen der Inspektor und seine Jüngerin in dem hölzernen Pavillon, den er auf dem höchsten Kamm der Schäre, hart neben dem neu angelegten steinernen Grund zu dem Missionshause hat errichten lassen. Unten im Hafen liegt ein Schoner, der die verpaßten Baumaterialien löscht, die von dem Werkführer und seinen Arbeitern zusammengefügt werden. Es hat infolgedessen in der letzten Zeit ein ungewöhnliches Leben auf der Schäre geherrscht, und es sind schon kleine Scharmützel zwischen der Fischerbevölkerung und den städtischen Arbeitern vorgefallen, indem diese jene übermütig behandelt haben, was wiederum Anlaß zu einer Reihe von Versöhnungsfesten mit Trunkenheit und neuen Prügeleien, Attentaten auf Sittlichkeit und Eigentumsrecht gegeben hat. Sowohl der Inspektor wie auch die Kammerrätin haben deswegen zeitweise bereut, daß sie sich auf die Zivilisation der Bevölkerung eingelassen haben, da bereits die ersten Schritte so traurige Ergebnisse gezeitigt haben, um so mehr, als der nächtliche Lärm, das Singen und Schreien und die Klagen ihnen, die einzig und allein um Ruhe zu suchen hierher gereist waren, die Arbeit und den Frieden gestört haben. Der Inspektor, der sein ganzes Ansehen eingebüßt hat, nachdem er es eine Zeitlang unterließ, seine Autorität zu behaupten, konnte die Ordnung nicht wiederherstellen. Fräulein Maria hatte dahingegen mehr Glück in dieser Beziehung und verstand es, durch ein schneidiges Auftreten, durch ein gutes Wort hier und da den Sturm zu dämpfen. Da sie ihrer Schönheit und ihrem gewinnenden Wesen dies Ergebnis nicht zuschreiben wollte, bildete sie sich ein, im Besitz größerer Stärke und besseren Verstandes zu sein, als sie wirklich besaß, und hatte sich so in die Vorstellung über ihre ungewöhnlichen Seelenfähigkeiten hineingelebt, daß sie selbst jetzt, wo sie als Schülerin bei ihrem Lehrer saß, seine Lehren wie bekannte Sachen hinnahm, die sie mit mehr spöttischen als scharfsinnigen Bemerkungen eher zu korrigieren schien, als daß sie sich davon leiten ließ.

Die Mutter, die daneben saß und an einer Altardecke für das neue Missionshaus stickte, schien hin und wieder zu staunen über den durchdringenden Verstand der Tochter und ihre großen Kenntnisse, wenn sie den Lehrer mit einer einfältigen Frage zum Verstummen brachte.

»Sehen Sie nun, Fräulein Maria«, trug der Inspektor vor, der beständig in der trügerischen Hoffnung lebte, sie erziehen zu können. »Das ungebildete Auge hat eine Neigung, alles einseitig zu sehen, das unentwickelte Ohr, auf die gleiche Weise zu hören. Sie sehen hier um sich herum lauter Granitgestein, und der Maler wie der Dichter sehen dasselbe. Deswegen schildern und malen sie alles so monoton, deswegen finden sie die Schären so einförmig; betrachten Sie nun aber einmal diese geologisch Karte über die Gegend und werfen Sie dann einen Blick auf die Landschaft. Wir sitzen hier auf dem roten Gneis. Sehen Sie diese Scherbe, die Sie Granit nennen, wie reich abwechselnd ist sie zusammengefügt aus dem schwarzen Glimmerstein, dem weißen Quarz und dem rosenroten Feldspat.«

Er hatte die Probe von dem Steinhaufen genommen, den der Steinhauer aus der Klippe herausgesprengt und zwecks Verwendung bei Legung des Baugrundes gesammelt hatte.

»Und hier haben wir eine andere. Dies ist das, was man Eurit nennt. Sehen Sie, wie die Farben von Lachsrot zu Flintblau wechseln. Und hier haben wir weißen Marmor oder Urkalk.«

»Ist hier auch Marmor?« fragte das Fräulein und wurde plötzlich ganz aufmerksam bei der Erwähnung dieser Luxussteinart.

»Ja, hier ist Marmor, aber der ist auswendig grau, ohne es in Wirklichkeit zu sein. Wenn Sie genauer nachsehen, werden Sie auch finden, daß alle diese Flechtenarten einen unendlichen Farbenreichtum besitzen. Welche Skala von den feinsten Farben, von dem Tuschschwarz der Brandflechte durch das Aschgrau der Steinflechte zu dem Lederbraun der Schildflechte, dem Schmutziggrün der Ringflechte und dem gefleckten Kupfergrün der Lungenflechte sowie dem Eigelb der Wandflechte. Schauen Sie sich die Schären genauer an, die jetzt die Sonne beleuchtet, so werden Sie sehen, daß die Werder verschiedene Farben haben, und daß die Bevölkerung, die eine starke Beobachtungsgabe besitzt, ihnen sogar Namen nach der Farbenskala gegeben hat, die sie gekannt, ohne sich dessen bewußt zu sein. Sehen Sie, daß der Schwarzholm schwärzer ist als die andern, weil er aus der schwarzen Hornblende besteht, daß der Rotholm rot ist, weil er aus rotem Gneis gebildet ist, und daß die Weißschäre ihren Namen von dem reingespülten Eurit erhalten hat. Ist es nicht besser zu sagen weshalb, als zu wissen, daß es nun einmal so ist, und noch geringer ist es, nichts sehen zu können als Grau in Grau, so wie die Maler, die alle Schären mit einer Mischung von Schwarz und Weiß malen. Hören Sie jetzt das Brausen der Wellen, wie die Dichter summarisch diese Symphonie von Lauten nennen. Schließen Sie die Augen einen Moment, dann hören Sie besser, während ich diese Harmonie in einzelne Töne analysiere. Sie hören zuerst ein Brausen, das dem gleicht, das man in einem Maschinenraum vernimmt oder in einer großen Stadt. Das sind die Wassermassen, die gegeneinander schlagen. Dann hören Sie ein Zischen, das dadurch entsteht, daß die kleineren Wellen zu Schaum gequetscht werden; und jetzt ein Schaben, wie das des Messers gegen den Schleifstein: das Reiben der Welle gegen den Sand; ferner ein Rasseln, wie wenn man eine Kieskarre entleert: das ist die See, die die kleinen Steine gegen den Strand hinaufwirft; und hinterher etwas bullernd Dumpfes, wie wenn man mit der hohlen Hand gegen das Ohr schlägt, ein Laut, der entsteht, wenn die Welle die Luft vor sich her in etwas Hohles hineinpreßt; und dann schließlich dies Rummeln wie ein ferner Donner: das kommt von den großen Klippenblöcken, die gegen den Steinboden gerollt werden.«

»Ja, aber das ist ja sich die Natur zerstören!« rief das Fräulein aus.

»Das ist sich mit der Natur vertraut machen! Dies Wissen beruhigt mich, ich werde dadurch befreit von des Dichters halb verborgener Furcht vor dem Unbekannten, was nichts weiter ist als die Überreste aus der Dichterperiode des Wilden, wo man sich das Rätselvolle zu erklären suchte, aber nicht schnell genug eine Lösung finden konnte und deswegen notgedrungen zu Fabeln von Meerfrauen und Riesen griff. Aber jetzt gehen wir zu der Fischerei über, der aufgeholfen werden soll, und lassen vorläufig den Lachs liegen, um uns mit den neuen Strömlingsfangmethoden zu beschäftigen. In zwei Monaten beginnt die eigentliche Fischerei, und wenn ich mich nicht verrechnet habe, wird sie fehlschlagen.«

»Wie können Sie das von Ihrem Sofa aus prophezeien?« fragte das Fräulein mehr spöttisch als neugierig.

»Ich prophezeie das, weil ich – hier von meinem Sofa aus – gesehen habe, wie das Treibeis im Frühling den Boden von Tang und andern Algen, in die die Strömlinge hinaufgehen, um zu laichen, reingekratzt hat; ich sage es voraus mit der wissenschaftlichen Begründung, daß die kleinen Schaltiere – der Name tut nichts zur Sache –, von denen der Strömling lebt, von den Bänken ausgeblieben sind, nachdem der Tang weggekratzt war. Was soll man da tun? Ja, man soll die Fischerei auf tiefem Wasser versuchen! Wenn der Fisch nicht zu mir kommen will, muß ich zum Fisch kommen. Und deswegen müssen wir unser Glück mit Treibnetzen versuchen, die hinter dem Boot herschleppen. Das ist sehr einfach!«

»Das ist großartig!« rief Fräulein Maria aus.

»Es ist eine alte Erfindung«, wandte der Inspektor ein, »und keineswegs die meine! Aber nun wollen wir, als kluge Leute, doch an den Rückzug denken, denn wenn wir Strömling fangen, ihn aber nicht verkaufen, da man wieder angefangen hat, an der Westküste Hering zu fischen, so müssen wir etwas anderes in Bereitschaft haben.«

»Nämlich den Lachs!«

»Ja, den Lachs, der hier sein muß, wenn ich ihn auch nicht gesehen habe.«

»So weit sind wir vorhin auch gekommen, aber nun will ich wissen, wie Sie das wissen können.«

»Ich will alle Weitläufigkeiten vermeiden und in wenigen Worten den Grund angeben. Der Lachs wandert so wie Zugvögel.«

»Der Lachs ist ein Vogel?«

»Freilich, ein richtiger Zugvogel. Man findet ihn vor den norrländischen Flüssen, man hat ihn zwischen den nördlichen Schären ein paarmal gefangen, er wird vor Gotland und auf der ganzen Strecke südwärts gefangen, also muß er hier vorbeigehen. Jetzt soll es Ihre Aufgabe sein, ihn zu finden, indem Sie angeln. Haben Sie Lust zu einer Beschäftigung in Ihrer Eigenschaft als mein Assistent und mit Entgelt von meinem Gehalt?«

Das letztere kam ganz plötzlich, aber mit Berechnung, und verfehlte sein Ziel nicht.

»Ich soll Geld verdienen, Mutter!« rief Fräulein Maria in einem muntern Ton aus, der die wirkliche Freude verbergen sollte, die sie empfand.

»Aber«, fügte sie hinzu, »was wollen Sie denn tun?«

»Ich werde auf meinem Sofa liegen, und dann soll ich ja die Natur für Sie zerstören.«

»Was wollen Sie tun?« fragte die Mutter, die glaubte, daß sie sich verhört hatte.

»Ich soll eine italienische Landschaft für Fräulein Maria machen«, antwortete der Inspektor; »und nun verlasse ich Sie, meine Damen, um die Skizze zu entwerfen.«

Hierauf erhob er sich mit einem fröhlichen Gruß und ging an den Strand hinab.

»Ein sonderbarer Mensch«, sagte die Mutter, nachdem der Inspektor gegangen war.

»Ein ungewöhnlicher Mensch, auf alle Fälle«, entgegnete die Tochter; »aber ich glaube ganz bestimmt, daß er nicht recht klug ist. Grundsätze hat er jedoch und ist überhaupt ein liebenswürdiger Mann. Was sagst du zu ihm?«

»Gib mir mein Garnknäuel, mein Kind«, antwortete die Kammerrätin.

»Aber so sag doch etwas … magst du ihn, oder magst du ihn nicht?« wiederholte Maria.

Die Mutter antwortete nur mit einem halb betrübten, halb entsagenden Blick, der ausdrückte: ich weiß nichts.

Der Inspektor war indessen an den Hafen hinabgegangen und hatte ein Boot genommen, um nach den Schären hinauszurudern. Die Sommerwärme hatte nun einen Monat gewährt, so daß die Luft erhitzt war, aber das Treibeis kam noch immer von Norden, wo ein ungewöhnlich strenger Winter am Strande das Wasser bis auf den Grund gefroren hatte, und nun ging es in Form von Treibeis südwärts und kühlte die See ab, so daß die niederen Luftschichten eine größere Dichtigkeit bewahrten als die oberen. Die Brechung der Sonnenstrahlen durch diese Luftschichten verwandelte das Aussehen der Schären und hatte in den letzten Tagen die prachtvollsten Luftspiegelungen hervorgebracht. Diese Schauspiele hatten Anlaß zu langen Wortstreitereien zwischen dem Inspektor und den Damen gegeben, die die Fischer als die Kompetentesten herzugerufen hatten; sie hatten seit ihrer Kindheit diese Naturerscheinungen gesehen und sollten Schiedsrichter sein. Und als die rosenfarbenen Gneisklippen eines Morgens von der Strahlenbrechung gleichsam emporgestreckt wurden und auf Grund der verschiedenen Dichtigkeit der Luftschichten Form und Aussehen wie die Strandhöhen der Normandie annahmen, verfocht Fräulein Maria die Anschauung, daß es wirklich diese Kalksteinklippen seien, die infolge eines von der Wissenschaft noch nicht aufgeklärten Naturgesetzes sich hier drinnen in der Ostsee abspiegelten. Gleichzeitig vergrößerte die Strahlenbrechung das weiße Schäumen der Dünung gegen die Strandsteine in einem so ungeheuren Maßstab, daß es wirklich so aussah, als kreuze eine Flottille normannischer Fischerboote unter der Küste. Der Inspektor hatte sich vergebens bemüht, die Erscheinung auf die einzige richtige Weise zu erklären und dadurch das Übernatürliche wegzunehmen. Die Bevölkerung betrachtete nämlich das Phänomen als Vorboten bevorstehender Unglücksfälle, und dieser Glaube konnte lähmend auf ihre Unternehmungslust wirken. Er befand sich jetzt in einer solchen Lage, daß er als Hexenmeister auftreten mußte, um das Ohr der Bevölkerung zu gewinnen, und sich hinterher gezwungen sah, zu erklären, wie er es angestellt hatte, diese Zauberei zu bewirken.

Er hatte aus diesem Grund die Gläubigen gefragt, ob sie auch glauben würden, daß es eine Abspiegelung von Italien sei, die sie sähen, wenn ihnen eine italienische Landschaft vorgeführt würde; und als sie »Ja« antworteten, beschloß er, das Nützliche mit dem Ergötzlichen zu verbinden und mit Hilfe einiger kleiner Veränderungen die südländische Landschaft herzustellen, die er Fräulein Maria zum Geburtstag versprochen hatte, so daß sie bei der nächsten Luftspiegelung am Horizont aufsteigen konnte, durch das kolossale Vergrößerungsglas gesehen, das die verschiedenen mehr oder weniger dichten Luftspiegelungen schufen.

Im Boote sitzend, nahm er nun Svärdsholm durch sein dioptrisches Fernglas, dessen Linsen er bedeutend verstärkt hatte, aufs Korn. Es galt in erster Linie das Charakteristische der Formation, die schichtenförmig gelagerten Gesteinsarten hervortreten zu lassen. Diese Arbeit hatte die Natur zum Teil schon besorgt. Außerdem bedurfte er einer Pinie, einer Zypresse, eines Marmorpalastes und einer Terrasse mit am Spalier wachsenden Orangen.

Nachdem er den Umriß der Klippe beobachtet und abgezeichnet hatte, währte es nicht lange, bis er seinen Plan fertig hatte, und dann ging er mit seinem Boot, worin ein eiserner Spieß, ein Schiffskratzer, eine Rolle Zinkdraht und eine Kruke mit Ocker, ein Teerbesen, sowie Axt, Säge, Nägel und einige Dynamitpatronen aufgestapelt lagen, an die Schäre heran.

Nachdem er an Land gekommen war und seine Sachen ausgepackt hatte, kam er sich vor wie ein Robinson, der losgehen und den Kampf mit der Natur aufnehmen sollte, jedoch weit gewaltiger und siegessicherer als der Abenteurerheld der Knaben, weil er alle Hilfsmittel der Kultur mit sich führte. Er stellte eine Staffelei mit Landmesserbrett und Diopterlineal auf und ging dann an die Arbeit.

Die Klippenkuppe, deren rasierter Abhang glücklicherweise die sedimentären Lagerungen des Süden nachahmte, brauchte er nur abzukratzen, so daß sie von Flechtenarten befreit wurde, wo sich solche fanden; nur mußte er einige horizontale Linien, die dunkler waren als die Schichten, bestehen lassen. Dies war keine schwere Arbeit, und der Schiffskratzer fuhr über die glatte Fläche wie der Retouchierpinsel über die große Leinwand des Dekorationsmalers.

Zuweilen überkam ihn ein Ekel bei dem Gedanken, daß er Zeit und Kräfte mit solchen Kindereien vergeudete, aber die körperliche Anstrengung jagte ihm das Blut zu Kopf, so daß er alles in großem Stil sah, sich fühlte wie der Titan, der die Welt erstürmte, die Krähenfüße des Schöpfers verbesserte, an der Erdachse rüttelte, so daß der Süden ein wenig weiter nach Norden hinaufkam.

Als er fertig war mit dem Abstreifen der Klippenwand, deren Fläche nicht mehr als einige Meter lang zu sein brauchte, da sie durch die Luftschichten viele Male vergrößert werden würde, ging er zur Pinienfabrikation über. Auf dem Kamm der Klippe stand eine Gruppe niedriger Tannen, die zusammen wie ein Waldrand zu verschwimmen pflegten. Es galt nun, ein halbes Dutzend davon zu fällen, um diejenige, die sich, am besten von der Luft abhob, zu isolieren.

Die überflüssigen abzusägen, war die Arbeit einer halben Stunde.

Die Stehengebliebene war ein schlanker Baum, dessen ganze Kraft sich in dem Gipfel gesammelt hatte, weil die anderen Bäume, indem sie zu dicht an ihn heranwuchsen, die Zweigbildung am Stamm gehindert hatten. Aber nun mußte er mit der Axt die Krone so zustutzen, daß sie aussah wie das charakteristische Regenschirmgestell der Pinie mit dazugehörigen Stangen. Dies ging ganz leicht, als er aber hinterher sein Werk im Diopter untersuchte, sah er, daß der Stil nicht korrekt war, weswegen die Wipfelzweige mit Hilfe von Zinkdraht gebogen und die Seitenzweige mehr abwärts und geradeaus gerichtet werden mußten. Als die Pinie fertig war, trank er ein Glas Wein und sah sich nach Rohmaterialien für die Zypressen um. Diese fand er ganz selbstverständlich in Form von einigen kuppenförmig belaubten Wacholderbüschen, die er nur so auszuwählen brauchte, daß sie sich gut gegen die Luft abhoben, und dann der Axt und dem Messer das übrige überlassen konnte. Da sie aber reichlich hell waren, löste er Kienruß in einem Eimer Wasser auf und bespritzte sie damit, so daß sie die richtige Friedhoffarbe bekamen.

Als er nun sein Werk beschaute, wurde ihm ganz unheimlich zumute, er erinnerte sich dunkel der Geschichte von dem Mädchen, das auf das Brot trat, und wenn die weißen Möwen entsetzliche Schreie über seinem Kopf ausstießen, dachte er an die beiden schwarzen Raben, die vom Himmel kamen, um die Seele nach der Hölle zu bringen.

Nachdem er ein wenig ausgeruht hatte und das Blut wieder zum Gehirn zurückgekehrt war, lachte er über seine Arbeit und seine kindische Furcht. Wenn die Natur nicht ebenso schnell zu Werke gegangen war bei der Erschaffung der Arten, so war das sicher kein Mangel an Willen, sondern an Fähigkeit gewesen.

Nun kam die Reihe an den Marmorpalast; da das aber die Grundlage zu dem Ganzen war und er alles darauf Bezügliche daheim auf dem Sofa ersonnen hatte, war die Arbeit hiermit nicht schwieriger als das übrige.

Die Kalkschicht lag abgeschält, fertig, die Fassade zu bilden, freilich nur einige Quadratmeter groß, aber mehr war auch nicht erforderlich, und er brauchte nur den Eurit, der infolge von Verwitterung gerissen war, von dem Kalk zu lösen. Der eiserne Spieß erwies sich anfänglich ausreichend für diese Arbeit, weiter nach unten zu mußte er jedoch eine Dynamitpatrone in die Schlucht legen.

Als der Schuß abbrannte und die Scherben herabregneten, empfand er etwas von der Sehnsucht des Dichters, auf einmal alle die Munitionswagen der fahrenden Heere in einen Vulkan hinabzustürzen und die Menschheit von dem Schmerz und der Mühe der Entwicklung zu befreien.

Jetzt war indessen die Marmorfläche bloßgelegt, und die körnigen Kalksteinkristalle glitzerten wie Hutzucker im Sonnenschein. Mit Hilfe der mitgebrachten Farbentöpfe malte er dann einen unbehauenen groben Sockel und zeichnete zwei kleine viereckige Fenster ein. Darüber, oben auf den Klippenblock, stellte er zwei hölzerne Stützen auf, band eine Latte quer daran fest, so daß sie eine Pergola bildete. Nun brauchte er nur die klafterlangen Mehlbeerstengel in die Höhe zu heben und um das Skelett der Pergola zu flechten, dann war die Weinranke an ihrem Platz und hing in Festons herab.

Schließlich retuschierte er den Boden mit einer Kanne verdünnter Salzsäure, wodurch helle Schattierungen in dem grünen Gras hervorgebracht wurden, was Blumenflecke aus Gänseblümchen oder Schneeglöckchen vorstellen sollte, die er charakteristisch für die römische Campagna gefunden hatte, wenn der »zweite Frühling« im Oktober nach der Weinernte begann.

Und hiermit war seine Arbeit beendet.

Aber sie hatte sich doch bis zum Abend hingezogen. Damit das Wunder die gehörige Wirkung ausübte, fehlte indessen noch, daß er sein Eintreten voraussagen und am liebsten den Tag bestimmen konnte, an dem es sich zeigen würde. Er wußte, daß eine starke Wärme im südlichen Europa geherrscht hatte und daß man infolgedessen bald nördlichen Wind würde erwarten können. In der letzten Zeit war der Wind östlich gewesen, während gleichzeitig das Barometer über der Nordsee tiefgestanden hatte. Den Berichten nach lag bei Arholma Treibeis, und sobald der Wind nur ein paar Striche nach Norden drehte, mußte das Treibeis der Stromfurche folgen, die westlich um Aland herumgeht, wenn sich der Bottnische Meerbusen in die Ostsee entleert.

Konnte er nur an dem Abend des einen Tages Nordwind bekommen, so war er sicher, daß er ein paar Tage stehen bleiben würde, und da dieser Wind stets klares Wetter im Gefolge hat, würde er wenigstens am Tage vorher das Eintreten der Naturerscheinung voraussagen können.

War er erst so weit gekommen, so wurde die Stundenangabe eine Nebensache, denn die Luftspiegelung zeigte sich im allgemeinen nur einige Stunden nach Sonnenaufgang, gewöhnlich zwischen zehn und zwölf Uhr.

Als er später in sein Zimmer trat, schloß er die Tür ab, um sich ungestört an seine Arbeit setzen zu können, an seine große Arbeit, die er vor zehn Jahren begonnen und die er zu vollenden hoffte, wenn er fünfzig sein würde; das war das Ziel seines Lebens, das ihn aufrechterhielt und das er keinem Menschen anvertraut hatte. Er genoß in Gedanken die Aussicht, ein paar Stunden für sich zu haben, denn in den Wochen, die seit der Ankunft der beiden Damen verstrichen, war er jeden Abend davon in Anspruch genommen gewesen, ihnen Gesellschaft zu leisten, und was eine Ruhe, ein Vergnügen sein sollte, war zu Zwang, zu Arbeit geworden. Er liebte das junge Mädchen und wollte mit ihr in der Ehe leben, in einer völligen Gemeinschaft, in der die Mußestunde zu Vertraulichkeit und Ruhe improvisiert wurde; dieser Halbheitszustand aber, während dessen er sich zu bestimmten Stunden einfinden und Unterhaltung machen sollte, er mochte dazu aufgelegt sein oder nicht, quälte ihn wie eine Art Dienstleistung. Sie hatte ihn völlig mit Beschlag belegt und ermüdete nie, die Empfangende zu sein, namentlich da er die Fähigkeit besaß, immer neu und unterhaltend zu sein, wohingegen er, der nie etwas dafür zurück erhielt, auf die Dauer das Bedürfnis empfinden mußte, sich zu erneuen. Aber wenn er sich dann zurückzog, wurde sie unruhig, nervös, und quälte ihn mit der Frage, ob sie zu aufdringlich sei, etwas, das er ja als wohlerzogener Mensch nicht mit Ja beantworten konnte.

Er öffnete jetzt seinen Manuskriptenschrank, in dem die Kartons geordnet lagen mit Notizen, kleinen Zetteln mit improvisierten Gedanken über seine Beobachtungen, auf halbe Bogen aufgekleistert wie ein Herbarium. Es war ihm eine Kurzweil, sie zu ordnen und wieder umzuordnen nach neuen Einteilungssystemen, um ausfindig zu machen, ob wirkliche Erscheinungen auf ebenso viele Arten eingeteilt werden konnten, wie das Gehirn es wollte, oder ob sie nur auf eine einzige, von der Natur vorbereitete Einteilungsgrundlage geordnet werden konnten, und ob die Natur dann wirklich nach einer an das Gesetz gebundenen Ordnung vorgegangen war. Diese Beschäftigung erregte bei ihm die Vorstellung, daß er der wahre Ordner des Chaos war, der das Licht von der Finsternis schied, und daß das Chaos erst aufhörte bei dem Erscheinen des sondernden Bewußtseinsorgans, da Licht und Finsternis in Wirklichkeit noch nicht voneinander abgeschieden waren. Er berauschte sich in diesem Gedanken, fühlte, wie sein Ich wuchs, wie die Gehirnzellen sich weiteten, ihre Schale sprengten, sich vermehrten und neue Vorstellungsarten bildeten, die einstmals als Gedanken auftreten, als Gärungskeime in die Gehirnmasse anderer fallen und Millionen, wenn nicht vor, so doch nach seinem Tode zu Treibbeeten für seinen Gedankensamen machen würden ...

Es pochte an seine Tür, und mit einer erregten Stimme, als sei er in einer geheimen Zusammenkunft gestört worden, fragte er, wer da sei.

Es war ein Gruß von den Damen, mit der Frage, ob der Herr Inspektor nicht zu ihnen kommen wolle.

Er antwortete, indem er den Boten bat, zu grüßen und zu sagen, daß er heute abend keine Zeit habe, da er arbeiten müsse, falls seine Anwesenheit bei den Damen nicht unbedingt notwendig sei.

Dann blieb es eine Weile still. Da er indessen eine bestimmte Vermutung hatte, was folgen würde, so gab er die unterbrochene Arbeit auf und legte das Manuskript beiseite. Er war kaum hiermit fertig, als er die Schritte der Kammerrätin auf der Treppe hörte. Statt zu warten, bis sie anklopfte, öffnete er die Tür und fragte: »Fräulein Maria ist krank?«

Die Mutter stutzte, faßte sich jedoch sofort und bat den Inspektor, hinabzukommen und sich nach ihrer Tochter umzusehen, da es unmöglich sei, einen Arzt holen zu lassen.

Der Inspektor war nicht Mediziner, hatte aber ein wenig Pathologie und Therapie studiert, Beobachtungen an sich selbst und allen, die innerhalb seines Kreises erkrankt waren, gemacht, über die Natur der Krankheiten und der Heilmittel philosophiert und sich endlich eine Therapie zu eigenem Gebrauch zusammengestellt. Er versprach daher, in einer halben Stunde zu kommen und ein Heilmittel mitzubringen, als er hörte, daß die junge Dame in Krämpfen lag.

Es war nämlich nicht schwer für ihn gewesen, die Natur der Krankheit zu erraten. Da der erste Bote von keinem Krankheitsfall gesprochen hatte, mußte ein solcher später eingetroffen sein, eine Folge seiner Weigerung, die Einladung anzunehmen, also ein psychisches Unwohlsein, das er leicht erkannte und das unter der unbestimmten Bezeichnung Hysterie ging. Ein kleiner Druck auf den Willen, ein unerfüllter Wunsch, ein gekreuzter Plan, und die augenblickliche Folge ist eine vollständige Niedergeschlagenheit, während welcher die Seele bemüht ist, die Schmerzen auf den Körper zu verlegen, ohne jedoch imstande zu sein, sie zu begrenzen. Er hatte in der Lehre von der Kraft der Heilmittel neben dem Namen des Heilmittels und seiner Wirkung so oft kleine vorsichtige Bemerkungen gesehen wie: »auf eine noch unbekannte Weise« oder »dessen Wirkungsart völlig unbekannt ist«. Durch Beobachtungen und Nachdenken hatte er herauszufinden geglaubt, daß, gerade auf Einheit des Geistes und der Materie begründet, das Heilmittel zugleich chemisch-dynamisch und psychisch wirkte. Die Medizin einer neueren Zeit hatte das Heilmittel oder seine materielle Grundlage gestrichen und mit dem Hypnotismus eine rein psychische oder mit Diät und körperlichen Bewegungen eine vulgäre, oft schädlich mechanische Methode angenommen. Diese Übertreibungen hielt er für notwendige und nützliche Übergangsformen, obwohl die Versuche Opfer erfordert hatten, wie zum Beispiel wenn man nervöse Personen mit kaltem Wasser erregte, statt sie durch warme Bäder zu beruhigen, oder indem man schwache Patienten durch gewaltsame Spaziergänge in rauher Luft ermattete.

Er glaubte ausfindig gemacht zu haben, daß die altmodischen Heilmittel, populär ausgedrückt, noch als Anschauungsmaterial verwendet werden konnten, um Stimmungen zu wecken und zu verändern. Und so wie die verstopfenden Mittel ein Zusammenziehen des Magensackes bewirkten, riefen sie gleichzeitig eine Konzentrierung der zerstreuten Kräfte der Seele hervor, was der entnervte Trinker aus Erfahrung wußte, wenn er des Morgens das abgelaufene Uhrwerk mit einem Bittern aufzog.

Dies junge Mädchen fühlte sich körperlich krank, ohne es zu sein. Deswegen komponierte er nun eine Reihe von Heilmitteln, von denen das erste ein richtiges physisches Unwohlsein hervorrief, wodurch die Patientin mit Zwang von dem krankhaften Seelenzustand entfernt werden sollte, während dieser im Körper lokalisiert wurde. Mit diesem Zweck vor Augen entnahm er seiner Hausapotheke das widerlichste von allen Heilmitteln, Teufelsdreck, als dasjenige, das am besten ein Unwohlsein zu erregen vermochte; sie sollte hiervon eine so große Dosis bekommen, daß wirkliche Konvulsionen hervorgerufen würden, das heißt: ihre ganze Physik, von den Geruchs- und Geschmackssinnen geleitet, sollte sich empören gegen den für den Körper fremden Stoff und alle Funktionen der Seele in Bewegung setzen, um ihn zu entfernen. Dadurch wurden die eingebildeten Schmerzen vergessen, und es galt hinterher nur, allmählich Übergänge von der einen widerlichen Empfindung zu der andern in absteigender Skala hervorzurufen, bis endlich die Befreiung aus dem letzten Stadium durch eine aufsteigende Reihe kühlender, deckender, mildernder Mittel ein vollständiges Lustgefühl wieder erweckte, so wie nach überstandenen Beschwerlichkeiten und Gefahren, deren sich zu erinnern angenehm ist.

Nachdem er eine weiße Kaschmirjacke angezogen und ein cremefarbenes Tuch mit amethystfarbenen Rändern um den Hals geschlungen hatte, befestigte er zum erstenmal seit Ankunft der Damen sein goldenes Armband um das Handgelenk. Weswegen er dies alles tat, konnte er nicht sagen; es geschah unter dem Einfluß einer Stimmung, die er bei sich heraufbeschworen hatte, und stand in Verbindung mit dem Krankenlager, das er aufsuchen sollte. Und als er einen Blick in den Spiegel warf, ohne sein Gesicht zu beobachten, fühlte er, daß sein Äußeres geeignet war, einen milden, sympathischen Eindruck zu machen, etwas Ungewöhnliches mit sich bringend, das die Aufmerksamkeit auf sich lenkte, ohne eine nervöse Person erregen zu können.

Dann sammelte er seine Gerätschaften wie ein Magiker, der Kunststücke machen soll, und begab sich auf den Weg.

Nachdem er in das Zimmer geführt worden war, sah er das Fräulein mit aufgelöstem Haar auf dem Sofa liegen, in einen persischen Schlafrock gehüllt. Die Augen waren unnatürlich groß und starrten den Eintretenden verächtlich an.

Der Inspektor fühlte sich einen Augenblick verlegen, aber auch nur einen Augenblick; dann ging er auf sie zu und ergriff ihre Hand.

»Wie befinden Sie sich, Fräulein Maria?« fragte er teilnehmend.

Sie starrte ihn an, als wolle sie in sein Inneres sehen, erwiderte aber nichts.

Er zog seine Uhr heraus und zählte die Pulsschläge:

»Sie haben Fieber.«

Dies war eine Unwahrheit, aber er mußte ihr Vertrauen gewinnen, das gehörte mit zur Kur.

Das Gesicht des Fräuleins veränderte auch sogleich den Ausdruck.

»Ob ich Fieber habe! Ach, ich verbrenne!«

Sie hatte jetzt Gelegenheit bekommen zu klagen, und die feindliche Stimmung gegen den Arzt hörte auf, so daß ein Kontakt zwischen der Patientin und ihm eintreten konnte.

»Wollen Sie versprechen, mir zu gehorchen, so werde ich Sie heilen«, fuhr der Inspektor fort, indem er seine Hand auf ihre Stirn legte.

Bei dem Wort »gehorchen« fühlte er, wie sich die Patientin zurückzog, als wolle sie durchaus nicht gehorchen, im selben Augenblick aber glitt das Armband unter der Manschette hervor, und dann hörte der Widerstand der eingebildeten Kranken auf.

»Machen Sie mit mir, was Sie wollen«, antwortete sie sanftmütig, während sie den Blick auf die goldene Schlange gerichtet hielt, die sie blendete und Furcht vor etwas Mystischem erregte.

»Ich bin, wie Sie wissen, nicht Arzt von Beruf, aber ich habe die Wissenschaft studiert und weiß so viel davon, wie bei dieser Gelegenheit erforderlich ist. Hier habe ich eine Medizin, die sehr unangenehm zu nehmen ist, aber sie pflegt unfehlbar zu sein. Ich bin kein Geheimniskrämer, ich will Ihnen deswegen sagen, woraus die Medizin besteht. Es ist Usafötida, das aus der Wurzel einer Pflanze bereitet wird, die in dem steinigen Arabien wächst.«

Bei dem Worte Arabien wurde die Patientin aufmerksam, es erregte möglicherweise den Gedanken an Wohlgerüche, die Lady Macbeth' stinkendes Verbrechen nicht übertäuben konnten ...

Sie nahm deswegen den Löffel an und roch an dem Inhalt. Aber im selben Augenblick warf sie den Kopf zurück und rief:

»Ich kann nicht!«

Er legte den Arm kräftig, aber behutsam um ihren Nacken und führte ihr den Löffel noch einmal zu mit einem:

»Zeigen Sie jetzt, daß Sie ein artiges Kind sind!«

Darauf gab er ihr die Medizin ein, ohne daß sie Widerstand zu leisten vermochte.

Sie fiel in die Sofakissen zurück, und ihr Körper wand sich unter den Schmerzen des widerwärtigen Eindruckes, den das knoblauchriechende Harz hervorgebracht hatte; ihr Gesicht zeigte einen Ausdruck von Grauen, als ob alles Häßliche und Widerliche in dieser Welt sich über ihr aufgehäuft habe. Mit flehender Stimme bat sie um Wasser, um sich von diesen Qualen zu befreien.

Wasser erhielt sie indessen nicht, sondern mußte sich niederlegen und sich auf Gnade und Ungnade den unangenehmen Folgen ergeben, die das Heilmittel hervorgerufen hatte.

Als er sie jetzt so von Ekel überwältigt sah, holte er Medizin Nummer zwei heraus.

»Jetzt, Fräulein Maria, ist die Wüstenwanderung in dem steinigen Arabien abgeschlossen, und nun wollen wir auf die Alpen hinauf und Bergluft trinken, gelb wie Sonnenschein, in der bitteren Wurzel des Enzian zusammengedrängt« – sagte der Inspektor mit einer ermunternden, männlichen Stimme.

Willenlos nahm sie den bittern Trank und zuckte zusammen, als habe man ein Messer in sie hineingejagt. Aber gleich darauf erhob sie sich mit sichtbaren Zeichen, daß ihre zerstreuten Kräfte zusammengezogen und die Energie zurückgekehrt war. Dies gewaltsame Mittel hatte den widerlichen Geschmack des ersten weggenommen, reizte aber die Bauchhäute durch seine Schärfe und erhöhte den Pulsschlag.

»Jetzt wollen wir das Feuer löschen, indem wir es zudecken«, fuhr der Inspektor fort. »Wir begeben uns jetzt an den Strand der Bretagne und holen Balsam aus der milden Caraghénalge. Fühlen Sie, wie weich sich der Schleim schützend über die angegriffenen Magenwände legt? Spüren Sie den Duft von dem Salz des Meeres?«

Eine stille Ruhe breitete sich über das erhitzte Gesicht der Patientin, und da der Arzt meinte, daß sie jetzt stark genug sei, um ihn anzuhören, begann er von den Küsten der Bretagne zu erzählen, von Segelfahrten auf dem Atlantischen Ozean, von dem Leben bei den Fischern in Quimper und von den Strandvögeljagden bei Sarzeau.

Sie folgte seiner Erzählung, schien jedoch noch ein wenig müde, weswegen er abbrach und ihr eine neue Dosis Medizin gab, eine Symphonie, wie er sie nannte, deren Grundtext die klassische Ruta war, bekannt als Weinwürze der Brautleute des Mittelalters, eine Mischung des himmlischen Angelika, der familienduftenden Krauseminze, mit einer leichten Andeutung von Benediktinerkraut, um die Frische zu erhalten, und ein klein wenig Wacholderöl, um von dem Walde reden zu können.

Er erteilte ihr gleichsam Massage mittels Stimmungen, entriß ihr die krankhaften Gedanken, indem er sie in der Phantasie von einem Ort zum anderen wandern, die ganze Alte und Neue Welt bereisen, Visionen von allen möglichen Landschaften und Völkerarten aufnehmen ließ. Als sie ihm müde schien, gab er ihr einen Löffel Zitronensaft mit Zucker, was kühlte und milderte, so daß sie, nachdem sie eine entsetzliche halbe Stunde durchgemacht hatte, die einfache Erfrischung als großen Genuß hinnahm, der sie zum Lächeln brachte.

»Kehren Sie sich jetzt nach der Wand herum«, befahl der Inspektor, »und tun Sie so, als schliefen Sie fünf Minuten, während ich hinausgehe und mit der Kammerrätin rede.«

Der Inspektor, der fühlte, daß seine Kräfte versagten, mußte in die frische Luft hinaus, um wieder zu sich zu kommen. Und er brauchte nur den Blick über den halbhellen nächtlichen Himmel, über das stahlblaue Meer schweifen zu lassen, dann die Augen zu schließen und zu versuchen, an nichts Bestimmtes zu denken, um zu merken, wie das in Unordnung geratene Gehirn sich gleichsam wieder zurechtlegte und seine vorwärtsschreitende Entwicklung fortsetzte.

Aber während er so halbschlafend stehen blieb, die Arme über der Brust gekreuzt, hörte er doch einen Gedanken vor dem Ohr sausen: Ein Kind von vierunddreißig Jahren!

Dann erwachte er und ging wieder ins Zimmer hinein.

Fräulein Maria saß auf dem Sofa, das aufgelöste Haar kokett über die Schultern geworfen und mit einem völlig gesunden und vergnügten Aussehen.

Der Inspektor entnahm seinem Korb jetzt eine Flasche Syrakuswein und ein Päckchen russischer Zigaretten.

»Jetzt sollen Sie so tun, als seien Sie gesund«, sagte er, »und als begegneten wir einander nach einer langen Reise. Darauf sollen Sie ein Glas süßen sizilianischen Weins trinken und eine Zigarette rauchen, denn das gehört mit zur Kur.«

Das Fräulein schien eine Anstrengung zu machen, um ihre Leiden zu verbergen, trank aber, während sie das Armband nicht aus den Augen ließ.

»Sie betrachten mein Armband?« unterbrach der Inspektor das Schweigen.

»Nein, das tat ich wirklich nicht«, leugnete das Fräulein.

»Ich erhielt es von einer Dame, die natürlich, da ich es nicht wieder abgeliefert habe, gestorben ist.«

»Haben *Sie* geliebt?« fragte das Fräulein mit einer stark zweifelnden Betonung.

»Ja, aber mit offenen Augen! Wenn man es sonst für lobenswert hält, seine Vernunft zu gebrauchen, warum sollte man sie da über Bord werfen, wenn man im Begriff ist, einen der wichtigsten Schritte im Leben zu tun?«

»Ach, man soll also berechnend in der Liebe sein?«

»Ganz unglaublich berechnend, wo es sich darum handelt, einen der wildesten Triebe loszulassen.«

»Triebe?«

»Triebe! Ja!«

»Sie glauben nicht an die Liebe?«

»Sie stellen Fragen, auf die es keine Antwort gibt! An Liebe glauben, so im allgemeinen, was meinen Sie damit? Es gibt eine Masse Arten von Liebe, die einander so entgegengesetzt sind wie Schwarz und Weiß. Man kann doch nicht an sie alle auf einmal glauben?«

»Aber die höchste Art?«

»Die intellektuelle! In drei Stockwerken so wie die englischen Häuser; ganz oben das Arbeitszimmer, darunter die Schlafstube, und die Küche im Keller.«

»Wie praktisch! Aber die große Liebe ist nicht berechnend; die habe ich mir als das Höchste vorgestellt, wie ein Sturm, ein Donnergetöse, einen Wasserfall.«

»Das heißt wie eine rohe, ungezähmte Naturkraft. So zeigt sie sich bei den Tieren und den niederen Menschenarten ...«

»Niederen? Sind denn nicht alle Menschen gleich?«

»Freilich! Alle Menschen sind gleich wie zwei Tropfen Wasser: Jünglinge und Greise, Männer und Frauen, Hottentotten und Franzosen! Freilich sind sie gleich! Sehen Sie nur uns beide an. Vollständig gleich, nur der Bart macht den Unterschied! Entschuldigen Sie, gnädiges Fräulein, jetzt sehe ich, daß Sie gesund sind, und nun verlasse ich Sie. Schlafen Sie wohl!«

Er hatte sich erhoben und seinen Hut genommen, im nächsten Augenblick aber stand das Fräulein bei ihm, seine beiden Hände von den ihren umschlossen, und mit demselben Blick, mit dem sie ihn das erstemal besiegt hatte, bat sie: »Bleiben Sie!«

Bei diesen brennenden Blicken, diesen Händedrücken empfand er etwas Ähnliches, was, wie er sich dachte, ein junges Mädchen empfinden würde, wenn sie unter dem Einfluß von eines Verführers leidenschaftlichen Angriffen stand. Er wurde verwirrt, und es regte sich bei ihm ein Gefühl gekränkter Scham, verletzter Männlichkeit. Er befreite seine Hände, zog sich zurück und sagte mit ruhiger Stimme, die infolge erkünstelter Kälte schneidend klang:

»Besinnen Sie sich!«

»Bleiben Sie, sonst suche ich Sie in Ihrem Zimmer auf!« lautete ihre erregte Entgegnung, die eine Drohung zu enthalten schien, die durchzuführen sie entschlossen war.

»Dann schließe ich meine Tür ab.«

»Sind Sie ein Mann?« klang dann mit einem harten Lachen die Herausforderung.

»Ja, und zwar in so hohem Maße, daß ich der Wählende und der Angreifer sein will; ich liebe es nicht, verführt zu werden.«

Darauf ging er und hörte hinter sich einen Lärm, wie wenn ein menschlicher Körper fällt und gegen Möbel stößt.

Als er hinausgekommen war, empfand er das Bedürfnis, umzukehren, denn infolge der geistigen Anstrengung befand er sich in einem Zustand von Schwäche, der ihn stark empfänglich für die Leiden anderer machte. Nachdem er aber einige Sekunden allein gewesen war und sich gesammelt hatte, so daß seine Kräfte zurückkehrten, fühlte er sich fest entschlossen, dies Verhältnis zu brechen, das einen Eingriff in sein ganzes geistiges Leben zu tun drohte. Er mußte beizeiten die Verbindung mit einer Frau abschneiden, die so deutlich zeigte, daß sie nur seinen Körper begehrte, während sie seine Seele, die er diesem leblosen Fleischbilde einzugießen suchte, zurückstieß. Sie schwelgte in dem Klang seiner Stimme, die Gedanken aber nahm sie nur entgegen, wenn sie ihr von unmittelbarem Nutzen waren. Er hatte sie oft dabei ertappt, daß sie die Linien seiner Figur betrachtete, und sie pflegte zuweilen gedankenlos seinen Oberarm zu umklammern, dessen schwellende Muskel unter dem weichen Tuch sichtbar war. Er erinnerte sich jetzt dieser vielen Herausforderungen beim Bade, auf Segelfahrten, beim Aufstieg in den Ausguckturm, den er nie besuchte, weil es seine Nerven in Unruhe versetzte, so ohne hinreichende Stütze auf einer Höhe zu stehen. Und nun heute abend, wo er diesen Ausbruch ungezähmter Mutterwut gesehen hatte, sah er mit Angst ein, daß diese Frau nicht zu der entwickelten Rasse gehörte, die ihre Liebe auf eine bestimmte Person individualisieren konnte, daß er für sie nur den unentbehrlichen Geschlechtsgegensatz im allgemeinen vertrat.

Er war an den Strand hinabgegangen, um sich abzukühlen, aber die Nacht war schwül. Das Meer hatte seinen Gang gehemmt, und im Nordwesten lag der Himmel schwach melonenfarben, im Osten aber ruhte die Nacht über dem Wasser. Die Strandklippen waren noch warm, und er setzte sich in einen der vielen Lehnstühle, die der Frost in den Fels gesprengt und die die Wellen glatt geschliffen hatten.

Das eben Erlebte zog an ihm vorüber, und jetzt, wo das Gemüt ruhiger geworden war, erblickte er das Ganze in einem andern Licht. Es war ja immer sein Traum gewesen, die Liebe einer Frau in dem Grade zu wecken, daß sie kriechend, bettelnd zu ihm kommen würde und sagen: ich liebe dich, würdige mich deiner Liebe! Es war ja die Ordnung der Natur, daß der Schwache sich dem Starken mit einem demütigen Sinn näherte, und nicht das Gegenteil, obwohl das letztere noch der Fall bei Menschen war, die in den Überresten abergläubischer Vorstellungen von einer mystischen Oberhoheit der Frau lebten, und zwar obwohl die Forschung dargelegt hatte, daß das Mystische nur Unklarheit war und die Oberhoheit nur eine Gedichtsammlung aus dem zusammengepreßten Begehren des Mannestriebes.

Jetzt war sie so gekommen, wie er es geträumt hatte: die von allen Vorurteilen befreite moderne Frau hatte die ganze glühende Natur ihres Innern offenbart, und er hatte sich zurückgezogen. Warum? War es vielleicht die Macht der Gewohnheit, die ihn noch beherrschte? Denn es war ja nichts Schamloses in ihrem Erguß, keine Spur von dem Anbieten der Dirne, keine unanständige Bewegung, keine freche Miene! Sie liebte ihn auf ihre Weise: was konnte er mehr verlangen? Mit einer solchen Liebe konnte er sich ihr ruhig anschließen, es waren sicher nicht viele, die sich rühmen konnten, ein solches Feuer entfacht zu haben. Aber er empfand keinen Stolz bei dem Gedanken, sie gewonnen zu haben, denn er kannte seinen eigenen Wert, er fühlte vielmehr eine drückende Verantwortung, von der er sich befreien wollte. Und deswegen mußte er fort von hier.

Borg saß nun da und bildete sich ein, daß er seine Sachen packe. Er sammelte die Kleinigkeiten vom Schreibtisch zusammen und sah die leere grüne Tischdecke, nahm die Lampe weg, die des Abends Licht verbreitet und am Tage mit Farben gestrahlt hatte. Es entstand ein leerer Raum. Er entkleidete die Wände ihrer Gemälde und Draperien, und die trübseligen, mathematischen Figuren traten wieder hervor. Er hob die Bücher von den Regalen herunter, und die entsetzliche Öde starrte ihm entgegen: Einförmigkeit, Nacktheit, Armut! Und dann kam die auf die Anstrengung folgende Müdigkeit, die Reiseangst mit ihrer lähmenden Wirkung, die Furcht vor dem Unbekannten, in das er nun hinausgeworfen werden sollte, das Entbehren des Gewohnten und ihrer Gesellschaft. Und er sah das junge Mädchen in ihrer kindlichen und doch majestätischen Schönheit, hörte ihre Klagen, sah ihre bleichenden Wangen, die ein anderer nach Verlauf einiger Zeit wieder erröten machen würde.

So hatte er alle Qualen der Trennung in einer ganzen Viertelstunde durchgemacht, die ihm stundenlang erschien, als er in der Halbdämmerung der Sommernacht eine weibliche Gestalt oben auf der Klippe sich von dem hellen Himmel abheben sah. Die prächtigen Umrisse, die er so gut kannte, nahmen noch edlere Verhältnisse an, gegen die bleichgelbe

Luft gesehen, die ebensogut der Abschluß eines Sonnenunterganges wie der Anfang zu einem Sonnenaufgang sein konnte. Sie schien aus dem Zollhause zu kommen und nach jemand oder nach etwas zu suchen. Barhäuptig, das Haar noch lose auf die Schultern herabfallend, den Kopf in spähender Bewegung, schien sie plötzlich entdeckt zu haben, was sie suchte, und mit schnellen Schritten eilte sie an den Strand hinab, wo der Gesuchte unbeweglich saß, außerstande zu entfliehen, ohne Willen, sich zu erkennen zu geben. Und als sie zu ihm herankam, warf sie sich nieder, legte den Kopf in seinen Schoß und sprach wild, verschämt, flehend, als sei sie im Begriff, vor Scham zu vergehen, ohne ihrer Zunge Zwang antun zu können.

»Geh nicht von mir«, schluchzte sie. »Verachte mich, habe aber Barmherzigkeit! Liebe mich, liebe mich, wenn du nicht willst, daß ich dahin gehen soll, von wo ich nie mehr zurückkehren werde!«

Jetzt erwachte bei ihm der ganze mächtige Liebesdrang des Mannesalters. Als er aber die Frau zu seinen Füßen sah, erwachte auch zugleich des Mannes ererbtes Rittergefühl, das in der Gattin die Herrscherin sehen will, nicht die Sklavin, und er stand auf, hob sie empor, legte seinen Arm um ihre Taille und preßte sie an sich.

»An meiner Seite, Maria, nicht zu meinen Füßen«, sagte er. »Du liebst mich, denn du wußtest, daß ich dich liebe, und nun bist du mein für das ganze lange Leben! Du kommst nie lebend aus meinen Händen, hörst du! Und nun setze ich dich auf meinen Thron und gebe dir Macht über mich und mein Eigentum, meine Ehre und meine Arbeit; vergissest du aber, daß ich es bin, der dir die Macht verliehen, und mißbrauchst du sie oder überläßt du sie andern, so werde ich zum Tyrannen und stürze dich so tief, daß du nie wieder die Sonne wirst leuchten sehen. Aber das kannst du nicht, denn du liebst mich, nicht wahr, du liebst mich?«

Er hatte sie in den Bergstuhl niedergesetzt, war vor sie hingekniet und hatte den Kopf in ihren Schoß gelegt.

»Ich lege meinen Kopf in deinen Schoß«, fuhr er fort, »schneide mir aber nicht das Haar ab, während ich an deinem Busen schlafe; laß mich dich emporheben, ziehe mich nicht hinab; werde besser als ich es bin, denn das kannst du, weil ich dich vor der Berührung mit dem Schmutz und dem Elend der Welt schütze, gegen die ich kämpfen muß; adele dich mit den großen Eigenschaften, die mir abgehen, so werden wir zusammen ein vollendetes Ganzes.«

Seine Gefühle begannen die alte Farbe des Gedankens anzunehmen und drohten, den überspannten Zustand abzukühlen, in dem sie sich befand, weswegen sie ihn unterbrach, indem sie ihr glühendes Antlitz gegen das seine legte. Als er ihre Liebkosung nicht erwiderte, preßte sie einen brennenden Kuß auf seinen Mund.

»Du, Kind«, sagte sie, »wagst du nicht zu küssen, wenn niemand es sieht!«

Da sprang er auf, faßte sie um den Hals und küßte sie wieder und wieder auf die Kehle, bis sie sich losriß und sich aufrecht vor ihn hinstellte.

»Du bist ja ein richtiger kleiner Wilder!« schalt sie.

»Ja, der Wilde ist da, nimm dich in acht!« erwiderte er, und dann faßte er sie um die Taille und wanderte zusammen mit ihr durch den warmen Sand, der um ihre Füße flüsterte.

Die Luft war abgekühlt, und der Tau fiel. In der Ferne blitzten die Feuer, und von den seichten Stellen tönte das Bellen der Seehunde wie der Ruf Schiffbrüchiger.

Sie gingen wohl eine Stunde oder mehr und sprachen von der ersten Begegnung, von ihren geheimen Gedanken zu der oder der Zeit, von dem kommenden Winter, von Reisen ins Ausland; und währenddessen waren sie auf die Landzunge hinausgekommen, wo der Steinhaufen mit dem Kreuz stand zur Erinnerung an einen Schiffbruch und die Ertrunkenen.

Plötzlich sahen sie zwei Schatten dunkel erscheinen, davonschleichen und verschwinden.

»Das waren Vestman und die Schwägerin«, sagte Borg. »Pfui! Wenn ich ihr Mann wäre, ich würde sie ertränken!«

»Nicht ihn?« warf Maria schärfer hin, als sie beabsichtigte.

»Er ist nicht verheiratet«, erwiderte Borg kurz, »das ist der Unterschied.« Es entstand ein unbehagliches Schweigen, sie begannen nach Unterhaltungsstoffen zu suchen, und währenddessen flüsterten die Gedanken, die sich von der Verzauberung losgerissen hatten. Er sehnte sich schon zurück zu der Verzauberung, zu dem Rausch, der blendete, der Grau in Rosenrot verwandelte, der Piedestale errichtete, der gesprungenes Porzellan mit Goldrändern verzierte.

Da wandten sie an der Klippenwand um und traten den Rückweg an. Der Wind, der geschlafen hatte, begann jetzt ihnen entgegenzuwehen, und der zur Wirklichkeit erwachte Liebende fühlte in der Beklommenheit, wie kühl es lüftete. Das war der Nordwind, auf den er gewartet hatte, und den er jetzt als seinen Retter begrüßte. Denn da Marias Widerspruch in einer Lebensfrage gleichsam etwas in ihm zerbrochen hatte, so daß er merkte, ihr Wesen war an das seine nur angelötet, konnte nicht damit verschmolzen werden, falls er nicht zuerst allen Widerstand aufgab und sich ihr völlig ergab, so ergriff er jetzt die Gelegenheit, sich wieder aufzurichten, ohne sie niederzutreten.

»Warum haßt die Bevölkerung mich?« fragte er plötzlich.

»Weil du ihr überlegen bist«, entfuhr es ihr, ohne daß sie bemerkte, welch Bekenntnis sie ablegte.

»Das glaube ich nicht«, erwiderte er, »denn der Verstand der Leute reicht nicht so weit, daß sie meine Überlegenheit beurteilen können.«

»Ihr Haß kann sie blind machen.«

»Vorzüglich geantwortet! Sollte aber das Wunder ihre Augen öffnen können?«

»Vielleicht! Wenn das Wunder bange machte.«

»Nun, dann sollen sie das Wunderwerk haben! Morgen um zehn Uhr soll das Zeichen geschehen!«

»Welches?«

»Das, was ich dir versprochen habe!«

Maria sah ihm mit Verwunderung in das Gesicht, als glaube sie nicht, was er sagte. Dann wandte sie lachend ein:

»Aber wenn es nun trübes Wetter wird?«

»Das wird es nicht«, erwiderte der Inspektor bestimmt. »Da wir nun indessen so weit gekommen sind, daß wir von schönem Wetter sprechen, so können wir auch ein wenig daran denken, was deine Mutter hierzu sagen wird.«

»Da hinein mischt sie sich nicht«, lautete die augenblickliche Antwort.

»Sonderbar, daß eine Mutter sich nicht darum kümmern sollte, mit welchem Manne ihre Tochter im Begriff ist sich zu verheiraten, und wessen Namen sie tragen wird! Kann ihr das gleichgültig sein?«

»Jetzt gute Nacht!« unterbrach ihn Fräulein Maria und bot ihm den Mund zum Kusse. »Morgen früh kommst du und machst Visite! Nicht wahr?«

»Freilich«, antwortete er, »freilich!«

Dann ging sie.

Er aber blieb stehen und sah ihre ranke Gestalt sich von der jetzt schwefelgelben Luft abheben, während sie den Felshügel hinanstieg; und als sie oben angelangt war, wandte sie sich um und warf ihm eine Kußhand zu, und dann schien sie hinter dem Abhang zu versinken, bis er nur ihren Kopf mit dem aufgelösten Haar sah, das im Nordwind flatterte.

8.

Als der Inspektor am nächsten Morgen bei seiner Braut am Kaffeetisch saß, nachdem er ohne weiteres als Schwiegersohn empfangen worden war, empfand er von neuem den gemischten Eindruck stillen Wohlseins, in einen kleinen Kreis aufgenommen zu sein, wo gemeinsame Interessen alle zu unbeschränktem Vertrauen vereinten, und gleichsam eine Angst, gezwungen zu sein, seine Individualität den mannigfaltigen Rücksichten gegenüber aufgeben zu müssen, die Sympathie und verwandtschaftliche Verhältnisse im Gefolge haben. Der gestrige Abend war in sein Leben hineingestürmt, hatte Großes und Kleines von dem, was das Leben darbietet, zusammengemischt; seine ganze Liebesgeschichte, die er sich mit offenen Augen erträumt hatte, war dennoch mit bewußt verbundenen vor sich gegangen. Er hatte sich blind gemacht gegen die erheuchelte oder eingebildete Krankheit des jungen Mädchens, hatte die Augen so fest geschlossen, daß er sich selbst beschwatzt hatte, sie ernsthaft zu nehmen; denn hätte er das nicht getan, sondern von Anfang an geradeheraus gesagt: stehen Sie auf und seien Sie gesund, Sie sind nur in Ihrer eigenen Einbildung krank, dann hätte sie ihn ihr ganzes Leben lang gehaßt, und sein Ziel war ja, ihre Liebe zu gewinnen. Jetzt hatte er sie vielleicht gewonnen, weil sie möglicherweise glaubte, ihn überlistet zu haben; also stand seine Liebe in direktem Verhältnis zu seiner Leichtgläubigkeit, und als er nun am Morgen immer von neuem die Frage wiederholte: glaubst du an Maria? übersetzte sein jetzt ausgeschlafener Verstand diese folgendermaßen: bin ich sicher, daß ich dich überlisten kann? Nein, es gab keine Liebe mit offenen Augen; eine Frau durch Offenheit zu gewinnen, war unmöglich, sich ihr mit erhobener Stirn zu nähern, mit reinen, klaren Worten, hieß sie von sich stoßen. Er war mit einer Lüge in das Verhältnis eingetreten und mußte mit Verstellung fortsetzen. Jetzt, wo sich die Unterhaltung spielend zwischen Kleinigkeiten und Gefühlsausdrücken hinschlängelte, war indessen keine Zeit zum Grübeln, und das Wohlsein, das der Aufenthalt in einem Heim zwischen zwei Frauen erzeugte, war so glatt und weich, daß er sich dem Genuß hingab, der

Verhätschelte zu sein, das Kind, der Kleine, der Sohn der Schwiegermutter. Dabei bemerkte er aber nicht, wie die Tochter, die der Mutter schon über den Kopf gewachsen war, die du zu ihr sagte und sie wie ihr Kind behandelte, durch eine leichte Wendung allmählich einen überlegenen Ton ihm gegenüber annahm, der die ihr Ebenbürtige Schwiegermutter nannte. Aber dieser Umschlag in der Ordnung der Natur belästigte ihn, er hatte beständig das Bild des Riesen vor Augen, der die Kinder drei Haare aus seinem Bart zupfen ließ, aber nur drei.

Aber während sie so bei den Kaffeetassen saßen und plauderten, vernahmen sie plötzlich einen Lärm von den Leuten unten am Strande.

Von den Fenstern aus sahen sie die Bevölkerung auf den Hafenmolen versammelt, zuweilen ohne sich zu bewegen, zuweilen mit den Füßen trippelnd, als brenne die Erde unter ihnen, oder als könnten sie vor Unruhe nicht stillstehen.

»Das ist das Wunder«, rief Maria und eilte hinaus, gefolgt von der Mutter und ihrem Verlobten.

Als sie hinausgekommen waren, blieben die Frauen wie von Schreck gelähmt stehen, denn mitten am sonnenhellen Morgenhimmel sahen sie einen leichenblassen, kolossalen Mond stehen, der über einem Friedhof mit schwarzen Zypressen auf der Meeresfläche schwamm.

Der Inspektor, der die Wirkung von diesem Aussichtspunkt nicht berechnet hatte, verstand nicht sogleich den Zusammenhang, sondern wurde selbst leichenblaß infolge der Gemütsbewegung, die immer von etwas Unnatürlichem, etwas Unerwartetem in der sonst so an Gesetze gebundenen Natur hervorgerufen wird. Er eilte an den Damen vorüber, die versteinert dastanden, ohne sich rühren zu können, und kam an den Strand hinab, wo die Bevölkerung versammelt war. In einem Nu fand er die Lösung des Rätsels. Sein Marmorpalast war nämlich unfreiwillig auf der einen Seite von einer vorspringenden, gekrümmten Klippenwand eingefaßt worden und auf der andern Seite von der Krone einer Tanne, so daß die Kalkplatte ein zirkelrundes Aussehen erhielt und mit den viel zu schwach aufgemalten Fenstern der Karte auf der Scheibe des Mondes glich.

Die Bevölkerung, die vorbereitet worden war, daß das Wunder zu der von dem Inspektor festgesetzten Zeit sichtbar werden würde, betrachtete den hervortretenden Mond mit erschreckten, aber ehrerbietigen Blicken, und die Männer lüfteten gegen die Gewohnheit die Mützen.

»Nun, was sagt ihr denn zu meiner Luftspiegelung?« fragte er scherzend.

Niemand antwortete, aber der Oberlotse, der der Mutigste war, zeigte zu der nordwestlichen Himmelsgegend empor, wo der wirkliche Mond bleich im ersten Viertel hing.

So wirkte das Wunderwerk vernichtend, und der mächtige Eindruck, den die beiden Monde bereits hervorgerufen hatten, war zu tief, um durch eine Erklärung ausgelöscht zu werden. Und als der Inspektor einen Versuch machte, dessen Anfang niemand Beachtung schenkte, wohingegen die Leute gleichsam verliebt in ihr Grauen dem Unbekannten gegenüber stehen blieben, gab er es auf, ihren Glauben erschüttern zu wollen. Er hatte ihnen einen Beweis dafür geben wollen, daß weder er noch die Natur die Gesetze brechen könnten, und ein Zufall hatte ihn dennoch zum Zauberer gemacht.

Als er sich umwandte, fand er seine Braut in einem exaltierten Zustand, auf die Mutter gestützt; aber als er sich näherte, riß sie sich los, fiel auf die Knie und rief mit halb wahnsinnigen Gebärden und Worten, die ihm irgendeiner spiritistischen Versammlung entliehen schienen:

»Mächtiger Geist, wir fürchten dich! Nimm unsere Angst von uns, daß wir dich lieben können!«

Die Sache hatte bereits eine bedenkliche Wendung genommen, und der Inspektor wandte seine ganze Beredsamkeit an, um das Wunder zu erklären, das er so unfreiwillig heraufbeschworen hatte, aber vergebens. Der Genuß, betört zu sein, die Lähmung, die die Furcht bewirkt hatte, und das dahinter lauernde falsche Ehrgefühl, das ihr nicht gestattete, den Sinnenbetrug einzugestehen, hatten sich des jungen Mädchens derartig bemächtigt, daß weder Vorstellungen noch Versicherungen halfen. Die Mutter schien mit ihrem unerschütterlichen, ruhigen Gleichmut die Situation nicht zu verstehen und hatte über das beunruhigende Benehmen der Tochter die Naturerscheinung völlig vergessen.

Durch Fräulein Marias Geschrei und Gebärden war die Aufmerksamkeit der Volksmenge unten am Strande von dem Schauspiel draußen auf der See abgelenkt worden; und als sie das junge Mädchen vor dem weißgekleideten Mann mit dem tiefen, finstern Blick, der barhäuptig draußen auf dem Berge stand, knien sahen, mußte ihnen wohl eine Erinnerung aus der biblischen Geschichte von einem jungen Manne vorgeschwebt haben, der Wunder verrichtete, denn plötzlich steckten sie die Köpfe zusammen, fingen an zu flüstern, und auf Aufforderung des

Oberlotsen eilte eine der Frauen in die Hütte nebenan und kehrte mit einem dreijährigen Kinde zurück, das eine offene Krebswunde auf der Wange hatte. Mit der Fähigkeit, Luftspiegelungen hervorzurufen, sollte also eine übernatürliche Kraft, Krankheiten zu heilen, im Gefolge stehen.

Die Rolle, die man jetzt dem Inspektor aufzwingen wollte, begann ihn über alle Maßen zu plagen, und als er Fischer, Lotsen und Zollbeamte ihre Beschäftigungen verlassen, Zimmerleute und Tischler mit der Arbeit an der Kapelle innehalten sah, um seinen Worten wie Prophezeiungen mit wundertätiger Kraft zu lauschen, befiel ihn eine Angst wie vor einer Naturkraft, die er selbst heraufbeschworen hatte, aber nicht zu bändigen vermochte. Der Augenblick war indessen gekommen, wo er sich äußern mußte, bestimmt und deutlich, wo er um sich schlagen mußte.

»Ihr guten Leute!« begann er. Aber dann fand sich die Überlegung ein: wie sollte er anfangen, welche Worte sollte er anwenden, da jeder Ausdruck eine Erklärung forderte, die wiederum Vorkenntnisse erheischte, an denen es gebrach. Und in den Sekunden, die verstrichen, während er darüber nachdachte, welch Abgrund zwischen diesen Menschen und ihm lag, hörte er Schritte sich nähern, wandte sich um und sah einen Mann, der einem älteren Seemann auf Urlaub glich.

Der Mann grüßte, indem er einen runden Filzhut lüftete, und sah anfänglich ein wenig verlegen aus; aber dann kam er näher, nahm sich zusammen und wollte gerade etwas sagen, als ihn der Inspektor von der Verlegenheit befreite, indem er fragte:

»Sind Sie etwa der Prädikant von der Mission, den man hier draußen erwartet hat?«

»Ja, der bin ich!« antwortete der Angekommene.

»Wollen Sie nicht ein paar Worte zu den Leuten sagen, die in hohem Maße erregt sind anläßlich eines Naturphänomens, das sie sich nicht erklären lassen wollen und dessen Ursache ich in diesem Augenblick nicht angeben kann«, sagte der Inspektor in seinem Eifer, aus dieser falschen Stellung herauszukommen.

Der Prädikant erklärte sich sogleich bereit, strich seinen langen Bart und zog eine Bibel aus der Tasche.

Als die Leute das schwarze Buch sahen, ging eine Bewegung durch die Menge, und mehrere von den Männern entblößten die Köpfe.

Der Prädikant blätterte eine Weile in dem Buch, räusperte sich und begann zu lesen:

»Und ich sehe, daß es das sechste Siegel auftat; und siehe, da ward ein großes Erdbeben, und die Sonne ward schwarz wie ein härener Sack, und der Mond ward wie Blut. Und die Sterne des Himmels fielen auf die Erde, gleich wie ein Feigenbaum seine Feigen abwirft, wenn er von großem Winde bewegt wird. Und der Himmel entwich wie ein zusammengerolltes Buch; und alle Berge und Inseln wurden von ihren Plätzen versetzt. Und die Könige auf Erden und die Großen und die Reichen und die Hauptleute und die Gewaltigen und alle Knechte und alle Freien verbargen sich in den Klüften und Felsen an den Bergen und sprachen zu den Bergen und Felsen: Fallet auf uns und verberget uns vor dem Angesichte des, der auf dem Thron sitzet, und vor dem Zorn des Lammes! Denn der große Tag seines Zorns ist gekommen, und wer kann bestehen?«

Der Inspektor, der sofort bemerkte, welche drohende Wendung die Sache nahm, hatte halb mit Gewalt seine Braut aus der gefährlichen Nachbarschaft weggeführt, hatte sie an den Strand hinabgeleitet und wollte, indem er sie auf einen passenden Aussichtspunkt stellte, ihr zeigen, daß es kein Mond war, der vom Himmel herabgefallen, sondern nur die italienische Landschaft, die er versprochen hatte zu ihrem Geburtstag aufzubauen.

Aber jetzt war es zu spät. Ihr inneres Auge hatte bereits das Wunder in seiner ersten Gestalt gesehen, und die aufregende Auslegung des Prädikanten ätzte die erste Augenverblendung ein. Er hatte mit den Naturgeistern gespielt und, wie er glaubte, einen Feind zu seiner Hilfe heraufbeschworen, und dann waren alle zu dem Feind übergegangen, so daß er jetzt allein stand.

Während Maria noch dastand, den Blick auf den Prädikanten oben auf der Felsklippe gerichtet, wandte er sich versuchsweise an die Mutter und flüsterte:

»Helfen Sie uns hier heraus! Kommen Sie mit uns auf die Schäre hinaus und überzeugen Sie sich, daß es nur eine Spielerei, ein Geburtstagsscherz ist.«

»Ich kann nicht urteilen in dieser Sache, und ich will nicht urteilen«, erwiderte die Kammerrätin. »Aber ich glaube ... ihr solltet bald heiraten.«

Dies war ein Rat, ein nüchterner, praktischer, aber von dieser alten Frau, die selbst Mutter war, klang er so klug, namentlich da er seinem eigenen scharfen Verstande zusagte, obwohl er die Lösung ziemlich einfach fand. Aber dem Wink folgend, den er empfangen hatte, ging er geradeswegs auf Maria zu, legte seinen Arm um ihre Taille, sah ihr mit einem Lächeln in die Augen, das sie nicht mißverstehen konnte, und küßte sie gerade auf den Mund.

Im selben Augenblick schien sie befreit von dem Zauberer oben auf der Klippe, und ohne Widerstand, sich auf den Arm des Freundes lehnend, kehrte sie fast tanzend mit ihm in das Haus der Mutter zurück.

»Hab Dank!« flüsterte sie, ihren Blick in dem seinen, »Hab Dank, daß du – wie soll ich es sagen ...«

»Dich von dem Bergkobold befreite«, ergänzte Borg.

»Ja, von dem Kobold!«

Und dann wandte sie sich zurück, um die überstandene Gefahr zu sehen.

»Nicht zurücksehen!« warnte der Verlobte und zog Maria durch die Tür, während ein losgelöster Wortstrom von dem Prädikanten durch den Wind zu ihm hinabgeführt wurde.

9.

Als der Inspektor acht Tage später nach einer gut durchschlafenen Nacht eines Morgens erwachte, war sein erster klarer Gedanke, daß er von der Insel fort müsse, hinaus, gleichviel wohin, um allein zu sein, sich zu sammeln, sich selbst wiederzufinden. Die Ankunft des Prädikanten hatte nämlich die gewünschte Wirkung nach der einen Richtung hin gehabt: »das Gesindel im Zaum zu halten«, so daß der Lärm und die Roheiten aufhörten, aber auf der andern Seite hatte der Inspektor den neuerworbenen Frieden nicht genießen können, denn der exaltierte Zustand, in dem seine Braut sich befand, zwang ihn, sie nie aus den Augen zu lassen. So war er denn beständig mit ihr zusammen gewesen, hatte sie vom Morgen bis zum Abend förmlich bewacht und durch endlose Gespräche mit ihr über religiöse Fragen versucht, sie der verführerischen Rede des Prädikanten fernzuhalten. Alles das, was er in seiner Jugend durchgekämpft hatte, mußte er nun wiederholen, und da seit jener Zeit neue Gegenbeweise erfunden waren, mußte er seine ganze Apologie umredigieren. Er improvisierte psychologische Erklärungen von Gott, dem Glauben, den Wundern, der Ewigkeit, dem Gebet, und bildete sich ein, daß Maria es verstand. Als er aber nach Verlauf von drei Tagen merkte, daß sie noch auf demselben Fleck stand, daß diese Gefühlssache nichts mit Vernunftschlüssen zu tun hatte, warf er das Ganze über Bord und suchte, indem er das Erotische weckte, mit einem neuen Gefühlselement das andere auszutreiben. Aber hier mußte er bald das Gewehr in den Graben werfen, denn das Reden über das, was gelebt werden sollte, erregte das Gefühlsleben des jungen Mädchens nur noch mehr, und er merkte bald, daß geheime Brücken zwischen der religiösen und der sensuellen Ekstase vorhanden waren. Von der Liebe zu Christus lief sie so schnell hinüber zu der Liebe zum Mann, auf der breiten Zugbrücke der Liebe zum Nächsten; von der Enthaltsamkeit trippelte man über die Hängebrücke »Entsagung« zu dem Nachbar »Kasteiung«; eine kleine Zänkerei rief das unangenehme Gefühl »Schuld« hervor, das in dem Lustgefühl »Versöhnung« aufgelöst werden mußte.

In dieser seiner Not mußte er zuerst die Brücken abbrechen, sie von Angesicht zu Angesicht den fleischlichen Lüsten gegenüberstellen, ihre Begierde nach dem Zeitlichen erwecken, das er in glühenden Farben schilderte. Aber wenn ihm dies dann gelang und er sich im letzten Augenblick zurückzog, entstand bei ihr eine Kälte der Enttäuschung, und wollte er dann versuchen, ihre Gefühle zu kultivieren, sie auf den Gedanken an die Nachkommenschaft und die Familie hinzulenken, so zog sie sich zurück und erklärte bestimmt, daß sie keine Kinder haben wolle. Sie konnte sogar Ausdrücke gebrauchen, die innerhalb einer gewissen Gruppe von Frauen in hohem Kurs stehen: daß sie ihm nicht die Gebärmutter sein wolle, die ihm fehle, nicht seine Erben tragen, die sie mit eigener Lebensgefahr für ihn zur Welt bringen solle.

Da fühlte er, daß die Natur etwas, das er noch nicht kannte, zwischen sie gestellt hatte, tröstete sich aber damit, daß dies nur die Furcht des Schmetterlings sei, Eier zu legen und zu sterben, der Verdacht der Blume, daß die Zeit der Blüte mit dem Ansetzen der Frucht vorbei sei.

Aber er hatte sich in diesen acht Tagen erschöpft; die feinen Räder seiner Gedanken hatten angefangen zu hacken, und die Feder im Uhrwerk war schlaff geworden.

Wollte er am Tage nach einer solchen Überanstrengung ein paar Stunden arbeiten, war sein Kopf von Nebensächlichem angefüllt. Kleine Worte hallten fast unhörbar vor seinen Ohren wider; Bewegungen und Mimen, die sie während der Unterhaltung gebraucht hatte, spiegelten sich ab, Vorschläge, wie er da und da hätte antworten sollen, wurden gemacht, und die Erinnerung an eine wohlgelungene Erwiderung, die er ihr gegenüber geäußert, spendete ihm für einen Augenblick Vergnügen.

Mit einem Wort, sein Kopf war mit Kleinigkeiten angefüllt. Er merkte jetzt, daß er versucht hatte, Ordnung in ein Chaos zu bringen, daß er einen Schuljungen unterhalten hatte, statt Gedanken mit einer reifen Frau auszutauschen, daß er eine Menge Kraft weggegeben hatte, ohne etwas dafür wiederzubekommen, daß er einen trockenen Schwamm mitten in seine Seele hineingelegt, und daß dieser Schwamm alles an sich gesogen hatte, während er selbst ausgetrocknet war.

Er war des Ganzen überdrüssig, war müde, sehnte sich danach, wegzukommen, weg für eine Weile, denn für immer fliehen, das konnte er nicht.

Als er nun gegen fünf Uhr des Morgens einen Blick zum Fenster hinauswarf, sah er nur einen dichten Nebel, der sich unbeweglich hielt, trotz eines schwachen südlichen Windes. Aber statt ihn abzuschrecken, lockte diese helle, lichte, dicke Luft, die ihn verbergen konnte und absondern von dem kleinen Bruchstück der Erde, an das er sich jetzt gebunden fühlte.

Das Barometer und der Wetterhahn sagten ihm, daß späterhin am Tage Sonnenschein eintreten würde, weswegen er sich ohne weitere Ausrüstung in das Boot setzte, nur versehen mit Seekarte und Kompaß, die er jedoch nicht zu benutzen dachte, da er die Heulboje eine halbe Meile entfernt hören konnte, gerade in der Richtung, wohin er wollte, um Strandraub zu treiben.

Er setzte deswegen die Segel und befand sich bald im Nebel. Hier, wo das Auge von allen Eindrücken von Farbe und Form befreit war, empfand er erst den Genuß, von der bunten Außenwelt abgeschnitten zu sein. Er hatte gleichsam seine eigene Atmosphäre um sich, schwebte einsam dahin wie auf einem anderen Himmelskörper in einem Medium, das nicht Luft war, sondern Wasserdämpfe, angenehmer und erquickender einzuatmen, als die ausdörrende Luft mit ihren unnützen neunundsiebzig Prozent Stickstoff, die ohne ersichtlichen Zweck zurückgeblieben waren, als sich die Erdmaterie aus dem Chaos der Gase ausschied.

Es war kein dunkler, rauchfarbiger Nebel, sondern ein heller wie frischgekochtes Silber, durch den das Sonnenlicht drang. Warm wie Watte legte er sich heilend um sein müdes Ich, schützend gegen Stoß und Druck. Er genoß eine Weile diese wache Ruhe der Sinne durch die Abwesenheit von Lauten, Farben und Gerüchen, und er fühlte, wie sein Kopf sich abkühlte infolge dieser Sicherheit, nicht von denen anderer berührt zu werden. Er war sicher davor, gefragt zu werden, antworten zu müssen. Der Apparat stand einen Augenblick still, nachdem alle Leitungen abgebrochen waren. Dann begann er wieder, klar, wohlgeordnet über alles nachzudenken, was er erlebt hatte. Aber das, was er kürzlich durchgemacht, war so untergeordnet, so winzig, daß er erst die Eindrücke der letzten Zeit verschwinden lassen mußte, ehe er neue aufnahm.

Aus der Ferne hörte er jetzt die Heulboje mit einem Zwischenraum von vielen Minuten rufen und steuerte seinen Kurs, dem Laut folgend, gerade in den Nebel hinein.

Dann wurde es wieder still, und nur das Plätschern des Bootes vorn und die Perlen des Kielwassers hinten gaben ihm das Gefühl, daß er sich vorwärts bewegte. Aber kurz darauf hörte er eine Silbermöwe drinnen im Nebel schreien, und im selben Augenblick glaubte er achtern das Plätschern und Sausen um einen Bootsteven zu vernehmen, und als er, um der Gefahr zu entgehen, durch einen Zuruf warnte, erhielt er keine Antwort, sondern fing nur eine Bewegung im Wasser auf, wie wenn ein Boot abfällt.

Nachdem er eine kleine Weile gesegelt hatte, peilte er zu Luvard einen Mast mit Großsegel und Klüwer, aber weder der Rumpf noch der Steuermann waren sichtbar, da die hohe Dünung sie seinen Blicken entzog.

Dies Ereignis würde unter andern Verhältnissen seine Gedanken nicht gestört haben, aber jetzt machte es einen Eindruck wie etwas, das sich nicht sogleich erklären läßt und deswegen Furcht einflößt, von der nur ein Schritt den Gedanken auf Verfolgung hinleitet. Der eben erweckte Verdacht bekam Nahrung, als er gleich darauf das Gespensterboot abermals, gleichsam in den Nebel eingerahmt, in Lee an sich vorbeischießen sah, ohne daß er jedoch den Mann am Ruder, der von dem Segel verdeckt saß, erblicken konnte.

Jetzt rief er wieder, aber statt einer Antwort sah er nur das Boot weit genug abfallen, um bemerken zu können, daß der Sitz am Ruder leer war, und dann verschwand die Erscheinung in dem alles verschlingenden Nebel.

Gewohnt, sich von der Furcht vor dem Rätselhaften zu befreien, suchte er sich die Erscheinung sogleich zu erklären, blieb aber schließlich stehen vor der Frage: Warum versteckte der Bootführer sich? Denn daß da ein Mann in einem Segelboot, das nicht trieb, am Steuer sein mußte, darüber hegte er keinen Zweifel. Warum wollte der Steuermann ungesehen sein? Im allgemeinen wünscht man, ungesehen zu sein, wenn man auf verbotenen Wegen geht, in Ruhe sein oder jemand erschrecken will.

Daß der Unbekannte nicht die Einsamkeit suchte, dafür sprach die Wahrscheinlichkeit, da er denselben Kurs hielt, und wollte er einen Mann erschrecken, der nicht bange oder abergläubisch war, so hätte er ein besseres Verfahren wählen können. Indessen hielt der Inspektor seinen Kurs auf die Boje zu, unverdrossen verfolgt von dem Gespensterboot in Lee, jedoch in einer solchen Entfernung, daß es nur wie verdichteter Nebel erschien.

Allmählich, während die Fahrt fortgesetzt wurde und der Wind auffrischte, schien der Nebel sich ein wenig zu lüften, und gleich einer langen Silberbarre lag der Sonnenschein, von dem Nebel versilbert, auf den Wellenrücken. Das Heulen der Boje nahm mit dem Wind zu, und nun steuerte Borg mitten in das Sonnenlicht hinein, wo die Nebeldecke verschwunden war, und lief mit starker Fahrt auf das Seezeichen zu. Dies lag da, auf den Wellen schaukelnd, zinnoberrot und glänzend feucht wie eine frisch herausgenommene Lunge. Die große, schwarze Luftröhre schräg in die Höhe ragend. Und als die Welle dann die Luft zusammenpreßte, stieß die Boje einen Schrei aus, als brülle das Meer der Sonne zu, die Grundkette rasselte, bis sie ausgelaufen war, und nun, als die Welle sank und wiederum die Luft einsog, stieg ein Geheul aus der Tiefe auf wie aus dem Riesenschnabel eines ertrinkenden Mastodons.

Das war der erste mächtige Eindruck, den er nach dem Gefasel und den Wortklaubereien eines ganzen Monats gehabt hatte.

Er bewunderte die Menschenlist, die dem tückischen Wolf, dem Meer, diese Schelle angelegt hatte, damit er selbst seine wehrlosen Opfer warnen sollte. Er beneidete diesen Einsiedler, der an eine Klippe im Meer gefesselt lag und Tag und Nacht um die Wette mit Wind und Wellen brüllen konnte, so daß es in einem Umkreis von vielen Meilen widerhallte, der der erste sein konnte, der die Fremden an Land willkommen hieß, der seinen Schmerz hinausstöhnen durfte und gehört wurde.

Dieser Anblick war schnell dahin, und das Halbdunkel umhüllte abermals das Boot, das nun auf die Schäre zuhielt, wo Borg ausruhen wollte. Eine halbe Stunde mochte er wohl über denselben Bord gelegen haben, bis er die Strandbrandung bullern hörte, da fiel er ab, um Lee zu suchen, und schoß bald in eine Bucht hinein, wo er landen konnte.

Es war dies die äußerste Schäre vor der Einfahrt zu dem Schärengürtel und bestand aus ein paar Tonnen Land aus rotem Gneis ohne andere Vegetation als einige Flechtenarten auf den Stellen, wo das Treibeis die Klippen nicht reingeschabt hatte. Nur die Möwen hatten hier ihren Ruheplatz und schlugen jetzt Lärm, während der Inspektor das Boot festmachte und auf den Scheitel der Schäre hinaufstieg. Er hüllte sich in seine Reisedecke und setzte sich in einen glattgeschliffenen Felsspalt, der einen bequemen Lehnstuhl bildete. Hier, ohne Zuhörer und Zeugen, ließ er seinen Gedanken freien Lauf, beichtete sich selbst, erforschte sein Inneres und hörte inwendig seine eigene Stimme. Nur zwei Monate Scheuern gegen andere Menschen, und er hatte durch das Adoptionsgesetz bereits den besten Teil seines Selbst verloren, hatte sich daran gewöhnt, einzulenken, um Streit zu entgehen, sich geübt, auszuweichen, um einen Bruch zu vermeiden, sich zu einem charakterlosen, geschmeidigen Gesellschaftsmenschen entwickelt. Er merkte, wie er, den Kopf voller Kleinkram und gezwungen, wie er war, sich in verkürzter, vereinfachter Form auszudrücken, die halben Töne in der Sprachskala eingebüßt hatte, daß seine Gedanken auf die alten, ausgeleierten Eisenbahnschienen, die zu dem Ladeplatz zurückführen, eingespurt waren. Alte, flaue Sophismen, den Glauben anderer zu achten, damit ein jeder durch seinen Nonsens selig werde, waren in ihn zurückgekrochen, und er war aus lauter Galanterie als Zauberer aufgetreten und hatte sich schließlich einen gefährlichen Konkurrenten auf den Hals geschafft, der jeden Augenblick drohte, ihm die einzige Menschenseele zu entreißen, die mit der seinen zu vereinen er gewillt war.

Ein Lächeln huschte über seine Lippen, als er daran dachte, daß er diejenigen überlistet hatte, die ihn überlistet zu haben glaubten, aber ein halblaut ausgesprochenes: Sie Esel! machte ihn zusammenfahren, aufgescheucht durch den Gedanken, daß jemand es hören könne.

Und dann fuhren die stummen Gedanken fort: Sie hatten sich eingebildet, seine Seele fangen zu können, und er hatte sie eingefangen! Sie hatten geglaubt, daß er Ihren Interessen traute, und Sie ahnten nicht, daß er Sie zur Gymnastik für seine Seele gebrauchte, und um einen Machtgenuß zu erzielen.

Aber diese Gedanken, die er soeben noch nicht als seine eigenen zu erkennen gewagt hatte, meldeten sich jetzt als Kinder seiner Seele, als große, gesunde Kinder. Und was hatte er denn anderes getan, als was die andern gewollt, aber nicht gekonnt hatten! Dies junge Mädchen, das glaubte, sich in ihm einen Leierkasten angeschafft zu haben, hegte nicht den leisesten Verdacht, daß sie ausersehen war, der Resonanzboden seiner Seele zu sein ...

Im selben Augenblick fuhr er in die Höhe, seinen gefährlichen Gedankengang unterbrechend, denn er hörte drinnen im Nebel deutliche Fußtritte auf dem Klippenabhang, und obwohl er anfänglich glaubte, daß das Geräusch eine Frucht seiner Einbildungskraft sei, hervorgerufen durch die Einsamkeit und die Furcht, überrascht zu werden, richtete er doch seine Schritte nach dem Boot hinab. Aber da er es in guter Ordnung vorfand, beschloß er, rund um die Schäre herum zu gehen, um das andere Boot aufzusuchen, denn da mußte ein anderes sein, da noch ein Mensch hier herausgekommen war. Er krabbelte zwischen den Steinen am Strande herum und fand bald auf der Leeseite der Insel eine Jolle mit einer ähnlichen Takelung, wie er sie draußen auf der See beobachtet hatte. So war es denn ganz klar, daß der Inhaber des Bootes sich auf der Schäre befinden mußte, und nun begann der Inspektor einen Streifzug im Nebel, in dem er sich beständig in der Nähe des Bootes hielt, um den Rückzug abschneiden zu können. Nachdem er mehrmals gerufen hatte, ohne Antwort zu bekommen, sah er schließlich ein, daß er die Boote verlassen mußte, wenn er den Geheimnisvollen fangen wollte. Er ging deswegen zu den Fahrzeugen hinab und nahm die Ruderpinnen weg, um jeden Fluchtversuch unmöglich zu machen, und dann begab er sich wieder in den Nebel hinaus. Gleich darauf hörte er Schritte vor sich, verfolgte die Spur nach dem Gehör, hatte aber bald den Laut auf der einen, bald auf der andern Seite. Müde von der Jagd und ärgerlich über die unnützen Anstrengungen, beschloß er, der Geschichte schnell ein Ende zu machen, da er keine Lust hatte zu warten, bis sich der Nebel lichtete.

»Ist hier jemand, so antworte er, sonst schieße ich!« rief er so laut er konnte.

»Herr Jesus! Schießen Sie nicht!« ertönte es aus dem Nebel heraus.

Der Inspektor meinte, diese Stimme schon früher gehört zu haben, aber vor sehr langer Zeit, vielleicht in seiner Jugend. Und da er sich jetzt der Stelle näherte, wo der Unbekannte stand, und dessen Silhouette sich grau gegen grau abheben sah, erwachten in ihm alte Erinnerungen an diese Menschenumrisse. Die nach innen gebogenen Knie, die zu langen Arme und die schiefe linke Schulter hatten ein Gegenstück in einem in der Erinnerung haftenden Bilde eines Schulkameraden aus der dritten Klasse. Aber als er den amerikanischen Bart des Kolporteurs aus dem Nebel auftauchen sah, paßte das Bild nicht länger zusammen; er sah nur den Mann auf der Klippe, der Johannes' Offenbarung der Luftspiegelung angepaßt hatte.

Die Mütze in der Hand und einen erschreckten Ausdruck im Gesicht, näherte er sich dem Inspektor, der sich diesem schleichenden Verfolger gegenüber nicht recht sicher fühlte, da er in Wirklichkeit keine Schußwaffe bei sich hatte. Um seine Unruhe zu verbergen, nahm er einen barschen Ton an, indem er sagte:

»Warum verstecken Sie sich vor mir?«

»Ich habe mich gar nicht versteckt; das hat der Nebel getan«, antwortete der Prädikant demütig und einschmeichelnd.

»Aber warum saßen Sie denn im Boot nicht am Ruder?«

»Ach, ich wußte nicht, daß man auf der Steuerbank sitzen müsse; ich hatte mich nach Luvard hinübergesetzt, um das Boot Vierkant zu legen. Die Sache ist die, daß ich ein Tau um die Ruderpinne geschlungen hatte, wie man es bei uns oben in Roslagen zu tun pflegt.«

Die Erklärung lautete wahrscheinlich, gab jedoch keine Antwort auf die Frage: warum er dem Inspektor hier hinaus gefolgt war. Und dieser war sich klar darüber, daß ein geistiger Zweikampf bevorstand, denn es war offenbar kein Zufall, daß sie hier zusammentrafen.

»Was suchen Sie so früh am Morgen hier draußen?« nahm der Inspektor den abgerissenen Faden wieder auf.

»Ja, was soll ich sagen; ich finde zuweilen, daß ich das Bedürfnis habe, mit mir selbst allein zu sein.«

Die Antwort fand ein gewisses Echo bei dem Frager, und ermuntert von der sympathischen Miene, die der Prädikant in Borgs Gesicht lesen konnte, fügte er hinzu:

»Ja, denn sehen Sie, wenn ich mich selbst in Betrachtung und Gebet suche und finde, so finde ich auch meinen Gott.«

Es lag ein naives Bekenntnis in diesen Worten; aber der Inspektor wollte nicht die unfreiwillige Ketzerei übersetzen und den Schluß ziehen: Gott ist folglich mein Selbst oder in meinem Selbst, weil ihn eine gewisse Achtung vor diesem Manne erfaßte, der mit einer Fiktion allein sein konnte, also gewissermaßen einsam.

Aber während der Inspektor das Gesicht des Prädikanten betrachtete, das mit einem langen, braunen Bart bedeckt war, ausgenommen über dem Munde, wahrscheinlich um bequemer sprechen zu können und doch einem Apostel ähnlich zu sein, war es ihm, als sähe er hinter diesem

Gesicht ein anderes hervorlugen, und gepeinigt von der Arbeit, die sein Gedächtnis unbewußt zu unternehmen begann, fragte er geradeheraus:

»Haben wir einander nicht schon früher gesehen?«

»Ja, das haben wir allerdings«, antwortete der Prädikant, »und Sie, Herr Inspektor, haben, vielleicht ohne es zu wissen, so tief in mein Leben eingegriffen, daß man fast sagen könnte, Sie hätten meine Lebensarbeit bestimmt.«

»Nein, wirklich! Erzählen Sie wie, denn ich kann mich nicht des geringsten nach der Richtung hin entsinnen«, bat der Inspektor und setzte sich auf den Klippenabhang, indem er den andern aufforderte, neben ihm Platz zu nehmen.

»Ja-a, es mögen nun wohl fünfundzwanzig Jahre her sein, als wir zusammen in die dritte Klasse gingen ...«

»Wie hießen Sie damals?« unterbrach ihn der Inspektor.

»Da hieß ich Olsson und wurde Ochsen-Olsson genannt, weil mein Vater Bauer war und ich in eigengemachten Kleidern ging.«

»Olsson? Warten Sie mal. Sie konnten besser rechnen als wir andern alle? ...«

»Ja, ganz recht! Aber dann, eines Tages war der fünfzigste Geburtstag des Direktors. Wir hatten die Schule mit Laub und Blumen geschmückt, und nach der Stunde machte jemand den Vorschlag, daß wir in unserer Klasse die Blumensträuße sammeln und sie der Frau und der Tochter des Direktors bringen sollten. Ich entsinne mich noch, daß Sie das für überflüssig hielten, da die Damen des Direktors nichts mit der Schule zu tun hätten, sich aber häufig auf störende Weise in die Schulangelegenheiten mischten. Indessen, Sie gingen mit – und ich auch. Als ich nun die Treppe hinaufgehe, fällt Ihr Auge plötzlich auf meine eigengemachten Kleider, und wie ich vermute, bemerkten Sie ebenfalls, daß ich den schönsten Blumenstrauß trug, und da riefen Sie aus: Ist auch Saul unter den Propheten?«

»Das habe ich völlig vergessen«, sagte der Inspektor sehr kühl.

»Ich aber vergaß es nie!« wandte der Prädikant mit bebender Stimme ein. »Man hatte mir ins Gesicht geschleudert, daß ich das räudige Schaf sei, der Ausgestoßene, dessen Huldigung von einer Frau von Stand niemals ernsthaft genommen werden könne. Ich verließ die Schule, um in den Handelsstand überzugehen und dadurch schnell zu Geld und feinen Kleidern zu gelangen, gute Manieren und eine gebildete Sprache zu lernen. Aber ich bekam niemals einen guten Platz. Mein Äußeres, meine

Aussprache, meine Art zu sein waren gegen mich. Darauf bemühte ich mich, die Einsamkeit zu suchen, und in der Einsamkeit fühlte ich Kräfte in mir wachsen, von denen ich bisher nie eine Ahnung gehabt hatte. Ich hatte früher daran gedacht, Geistlicher zu werden, aber jetzt war es zu spät. Die Einsamkeit flößte mir Furcht vor den Menschen ein, und die Menschenfurcht machte mich völlig einsam, so einsam, daß ich meine einzige Gesellschaft bei Gott suchen mußte und bei dem Erlöser der Unglücklichen, der Räudigen, der Gebrandmarkten, bei unserm Herrn Jesus Christus. Und das habe ich Ihnen zu verdanken.«

Die letzten Worte wurden mit einer gewissen Bitterkeit ausgesprochen, so daß der Inspektor es für das klügste hielt, die Karten auf den Tisch zu legen, indem er ausrief:

»Sie haben mich also fünfundzwanzig Jahre lang gehaßt?«

»Grenzenlos! Aber jetzt nicht mehr, nachdem ich die Rache Gott anheimgestellt habe.«

»Ach so! Sie haben also einen Gott, der rächt! Glauben Sie denn, daß er Sie zum Werkzeug erwählt, oder meinen Sie, daß er die Absicht hegt, seinen elektrischen Funken auf mich herabschlagen zu lassen, oder mein Boot zum Kentern zu bringen, oder mich mit Blattern zu behaften?«

»Die Wege des Herrn sind unerforschlich, aber die Wege der Ungerechten sind allen offenbar!«

»Sehen Sie denn etwas so Ungerechtes darin, wenn ein Junge Unsinn redet, daß ihn Gott deswegen ein ganzes Menschenalter hindurch verfolgen sollte? Ob nicht der rachsüchtige Gott in Ihrem eigenen Herzen sitzt, wo, wie Sie vorhin behaupteten, Sie Zusammenkünfte mit ihm haben?«

Als der Prädikant merkte, daß er mit seinen eigenen Worten geschlagen war, konnte er sich nicht länger beherrschen.

»Ja, spotten Sie nur! Jetzt kenne ich Sie! Aber der Apfel fällt nicht weit vom Stamm. Jetzt kenne ich des Satans ganze List. Sie bauen dem Herrn ein Haus – ein Hurenhaus, damit Sie einer Dirne opfern können! Sie spielen Zauberer und Magiker, damit das Volk vor Ihnen knien und den Gottesleugner anbeten soll. Aber der Herr sagt: Selig sind, die ihre Kleider waschen, auf daß sie Zutritt zu dem Baum des Lebens haben und durch die Tore in die Stadt gehen. Draußen bleiben Hunde und Zauberer und Hurenkerle und Mörder und Götzendiener und alle, welche die Lüge lieben!«

Die letzten Worte hatte er, ohne sie anderswo zu suchen als auf den Lippen, mit einer unglaublichen Übung und Begeisterung herausgeschleudert, und gleichsam eine Antwort fürchtend, die den Eindruck schwächen könnte, wandte er dem Gegner den Rücken und ging zu seinem Boot hinab.

Der Nebel hatte sich indessen gelichtet, und das Meer breitete sich blau und beruhigend und befreiend aus.

Der Inspektor blieb noch eine Weile in seinem Bergstuhl sitzen und grübelte darüber nach, daß die Seele denselben Gesetzen unterworfen sei wie die physischen Kräfte. Der Wind reißt unten bei Estland eine Welle los, die Welle bringt eine andere hervor, und die letzte, die die Bewegung nach der schwedischen Küste verpflanzt, setzt einen kleinen Kieselstein in Bewegung, der einen Klippenblock stützt; nach Verlauf eines Menschenalters würden sich die Folgen durch das Herabstürzen des Klippenblockes zeigen, was eine neue Unterminierung der entblößten Klippe zur Folge haben würde, da sie jetzt unbeschützt dalag.

Sein Gehirn hatte vor fünfundzwanzig Jahren ein für ihn bedeutungsloses Wort ausgeschleudert; das Wort war durch ein Ohr gedrungen und hatte ein Gehirn in eine so starke Bewegung versetzt, daß es noch jetzt bebte, nachdem es die Richtung für das ganze Leben eines Menschen bestimmt hatte. Und wer konnte wohl wissen, ob nicht dieser Innervationsstrom wieder verstärkt worden war durch Berührung oder Reibung, so daß er sich von neuem entladen, andere Gegenkräfte in Bewegung setzen, Erschütterungen und Störungen in dem Leben anderer hervorbringen würde!

Jetzt, wo das Boot des Prädikanten um das Vorgebirge schoß und auf Österskär zuhielt, überkam den Inspektor ein so bestimmtes Gefühl, daß ein Feind darin saß, der gegen seine Stellung anrückte, daß er sich erhob, um nach seinem Boot hinabzugehen und nach Hause zu segeln, um die Verteidigung vorzubereiten.

Als er erst nach dem Boot hinabgekommen war und sich beruhigt fühlte durch das leise Wiegen der Wellen, wandelte ihn eine unwiderstehliche Lust an, sich noch einige Stunden in völliger Einsamkeit auf dem Meer aufzuhalten, um die letzten unangenehmen Eindrücke verwehen zu lassen.

Weswegen sollte er auch den Einfluß dieses Mannes auf seine Braut fürchten, da eine Vereinigung mit ihr für das ganze Leben doch eine Unmöglichkeit sein würde, wenn sie zu dem Niveau der Ungebildeten zurücksank? Aber es ärgerte ihn trotzdem, daß er eine solche Furcht empfand. Es erinnerte ihn an das Benehmen der Männer, die in der Unruhe lebten, zu verlieren, was mit dem lächerlichen Namen Eifersucht gestempelt wurde. War es das Gefühl des Unvermögens, festzuhalten, das diese Schwäche bei ihm verriet? Oder war es nicht vielmehr eine Schwäche bei ihr, daß sie nicht sitzen bleiben konnte, wenn der Ballon in die Höhe steigen sollte, den Notanker der Religion loslassend und die Ballastsäcke des Gefühls über Bord werfend?

Er hatte gekreuzt und lag nun südöstlich von der Schäre, auf einer Seite, von der er sein Gefängnis bisher noch nicht betrachtet hatte. Hoch oben sah er das Skelett der unvollendeten Kapelle mit ihren Gerüsten, aber er sah nichts von den Arbeitern, obwohl der Morgen schon weit vorgerückt war. Er konnte auch kein Boot entdecken, das auf Fischfang aus war; es herrschte überhaupt die größte Stille auf der Schäre, nicht einmal beim Zollgebäude oder beim Ausguck des Lotsen sah er eine Spur von Menschen. Er ging über Stag, da er um die Schäre herum segeln wollte. Aber als er an die Außenseite kam, wurde die See höher, und er gewann nur wenig mit jedem Schlage, so daß es eine ganze Stunde währte, bis er nach dem Hafen hinabzulenzen vermochte. Jetzt konnte er das Haus sehen, in dem die Damen wohnten, und gleich darauf, als er an der Hafenspitze vorüberfuhr, bemerkte er, daß alle Bewohner der Insel um das Haus versammelt waren, auf dessen Veranda der Prädikant barhäuptig stand und redete.

Mit offenem Blick, daß ein Kampf in Aussicht stand, legte er an Land, strich die Segel und ging auf sein Zimmer.

Durch das geöffnete Fenster hörte er jetzt ein geistliches Lied.

Er hatte Lust, sich hinzusetzen und zu arbeiten, aber der Gedanke, daß er bald unterbrochen werden würde, hinderte ihn, anzufangen.

Es verging eine peinliche halbe Stunde, während der er, deutlicher denn je zuvor, fühlte, daß er nicht mehr sein eigener Herr war, nicht mehr über die paar Quadratmeter herrschte, auf die er sich einschließen konnte, um jeder Berührung mit Seelen zu entgehen, die sich so wie die Muscheln auf Meeresgrund festsogen, um schließlich durch ihre Schwere seine Fahrt zu mindern.

Die Tür tat sich jetzt nach einem schnellen Pochen auf, und vor ihm stand Fräulein Maria mit einem neuen Ausdruck im Gesicht, mit einer Mischung von schmerzlichem Vorwurf und überlegenem Mitleid.

Sie kam auch mit dem Gefühl, die Ansicht der Menge hinter sich zu haben, und fühlte sich daher dem Einsamen gegenüber stark.

Er ließ sie zuerst reden, um dadurch einen Ausgangspunkt zu gewinnen.

»Wo bist du gewesen?« begann sie mit einem Versuch, sich nicht allzu übermütig zu zeigen.

»Ich habe gesegelt.«

»Ohne zu fragen, ob ich mit wollte?«

»Ich glaubte nicht, daß du so strenge darauf hieltest.«

»Doch, das wußtest du sehr gut, aber du wolltest allein sein mit deinen finstern Gedanken.«

»Vielleicht!«

»Nein, ganz bestimmt! Meinst du, daß ich das nicht bemerkt habe? Glaubst du, daß ich nicht gesehen habe, wie du meiner überdrüssig geworden bist!«

»Ich bin deiner nicht überdrüssig geworden, weil ich, nachdem ich tagaus tagein um dich gewesen, mir gestattete, eines Morgens, zu einer Zeit, wo du noch zu schlafen pflegst, ein paar Stunden zu segeln. Aber du hast es wohl satt, die Fischerei zu erlernen, denn ich habe dich nicht ein einziges Mal mehr draußen auf See gesehen.«

»Es wird ja jetzt nicht mehr gefischt, das weißt du doch sehr gut!« erwiderte Fräulein Maria, fest überzeugt, jetzt die Wahrheit zu sprechen.

»Nein, ich sehe es!« wandte der Inspektor ein, entschlossen, sich der Mine zu nähern, selbst wenn sie zu explodieren drohte. »Ich sehe, wie die Bevölkerung es aufgegeben hat, zu arbeiten, um statt dessen Predigten zu hören ...«

Jetzt stand der Ausbruch vor der Tür.

»Wolltest du nicht eine Kirche hier heraus haben?«

»Ja, des Sonntags. Sechs Tage soll man arbeiten und am siebenten in die Kirche gehen. Aber jetzt wird hier keinen Tag gearbeitet, es wird nur gepredigt. Und statt sich und seiner Familie ein ordentliches Auskommen hier auf Erden zu schaffen, laufen alle um die Wette nach etwas so Unsicherem wie dem Himmel. Selbst die Leute bei der Kapelle sind von ihrer Arbeit gelaufen, so daß wir die Kirche nie unter Dach sehen werden, und ich erwarte, jede Stunde zu hören, daß die Bevölkerung in dem Grade verarmt ist, daß wir an Wohltätigkeit denken müssen ...«

»Davon wollte ich ja gerade sprechen«, unterbrach ihn Fräulein Maria, froh, nicht genötigt zu sein, das Thema aufzunehmen, jedoch ohne zu bemerken, daß es für den Inspektor bereits erschöpft war.

»Ich bin nicht hierher gekommen, um Wohltätigkeit zu üben, sondern um die Bevölkerung zu lehren, ohne solche fertig zu werden.«

»Du bist durch und durch ein herzloser Mensch, obwohl du dir das Aussehen gibst, das Entgegengesetzte zu sein.«

»Und du willst dein gutes Herz auf meine Kosten zeigen, ohne auch nur einen Zoll von den Plissees an deinem Kleide zu opfern.«

»Ich hasse dich! ich hasse dich!« rief sie mit einem häßlichen Ausdruck im Gesicht aus. »Ich weiß recht gut, wer du bist, ich weiß alles, alles!«

»Nun, warum verläßt du mich dann nicht?« fragte der Inspektor in einem stahlkalten Ton.

»Ich werde es tun, ich werde es tun!« rief sie und näherte sich der Tür, ohne jedoch hinauszugehen.

Der Inspektor, der sich an den Tisch gesetzt hatte, nahm eine Feder und begann zu schreiben, um nicht in Versuchung zu geraten, eine Unterhaltung wieder aufzunehmen, die abgeschlossen war, da alles, was gesagt werden konnte, gesagt worden war.

Er hörte wie im Traum das Schluchzen, die Tür, die geschlossen wurde, und Geräusch von Schritten, die die Treppe knarren machten.

Und als er erwachte und auf das Papier sah, über das seine Feder geflogen war, fand er, daß das Wort Pandora da so viele Male geschrieben stand, daß eine geraume Zeit vergangen sein mußte, ehe der Auftritt abgeschlossen war.

Aber dann fesselte ihn das Wort, und da seine Neugier in bezug auf die Bedeutung geweckt worden war, die er im Laufe der Jahre vergessen hatte, obwohl er aus der Mythologie eine schwache Erinnerung davon hatte, nahm er sein Handlexikon vom Tische, öffnete es und las:

»Pandora, die Eva der Antike, das erste Weib der Erde. Wurde, weil Prometheus das Feuer stahl, als Rache für die Menschen mit all dem Unglück, das bisher die Welt erfüllt hat, von den Göttern gesandt. Wird in der Poesie dargestellt in Gestalt des Guten, das ein in die Augen fallendes Übel ist, ein Geschöpf, auf Betrug und Überrumpelung angelegt.«

Dies war Mythologie so wie die Sage von Eva, die den Menschen aus dem Paradiese herausschaffte. Da aber die Sage von einem Zeitalter zum andern bestätigt wurde und er selbst erfahren hatte, wie die Anwesenheit einer Frau auf diesem kleinen Fleck Erde draußen im Meer schon

Dämmerung hervorgerufen hatte, wo er Licht verbreiten wollte, so mußte der Bildersprache des griechischen wie auch des jüdischen Dichters doch ein Gedanke zugrunde gelegen haben.

Daß sie ihn haßte, das fühlte und sah er ein, da sie gemeinsame Sache mit dem Haufen da unten machte, aber an ihrer Liebe wollte er auch nicht zweifeln, selbst wenn diese Liebe nur in der Anziehungskraft bestand, die die Sonne auf die Löwenzahnblüte ausübt, die Lichtstrahlen zu einer schlechten Nachahmung ihrer gelben Scheibe entlehnt. Aber es war auch etwas Gemeines in dieser Liebe, etwas Boshaftes mit der Lust zu schaden, ein Kampf um die Macht, der unberechtigt war, da sein Ziel den Sieg über das Unvernünftige erstrebte. Ihr das zu sagen, ja, das war dasselbe wie das Verhältnis brechen, da dieses von seiner Unterwerfung abhängig war oder wenigstens von seinem Zugeständnis ihrer Überlegenheit, und das hieße ja, ein Leben auf einer Notlüge aufbauen, die Wurzel schlagen, heranwachsen und vielleicht jede Möglichkeit für ein ehrliches Zusammenleben ersticken würde. Die tiefste Ursache zu dem relativen Unglück aller Ehen lag gerade darin, daß der Mann den Bund mit einer oft bewußten Lüge einging, häufiger noch als Beute einer Sinnenverwirrung, indem er sein Ich in das Wesen hineindichtete, das er assimilieren wollte. Von diesem Sinnenbetrug, *second sight*, war Mill in dem Maße betört worden, daß er glaubte, alle seine scharfen Gedanken von der einfältigen Frau erhalten zu haben, die er zu sich emporgehoben hatte.

Es war der Liebe Preis aus alten Zeiten, daß der Mann verschweigen mußte, was die Frau war, und auf dies Schweigen hatten Jahrhunderte ein Chaos von Lügen aufgebaut, an denen die Wissenschaft nicht zu rütteln wagte, an denen die mutigsten Staatsmänner nicht zu rühren wagten, und die den Theologen dazu brachten, seinen Paulus zu verleugnen, wenn es sich um die Frau in der Versammlung handelte.

Aber seine Liebe hatte eben begonnen und war entflammt, als er sie in ihrem flehenden Blick zu sich hatte emporschauen sehen, und diese Liebe schwand, als sie mit dem Siegeslächeln der Dummheit kam, nachdem sie niedergetreten hatte, was er zu ihrem und zu vieler Glück hervorbringen wollte.

»Vorbei!« sagte er zu sich selbst, erhob sich und verschloß seine Tür.

Es war vorbei mit der Hoffnung seiner Jugend, die Frau zu finden, die er suchte: »Die Frau, die mit dem Verstand geboren war, die Unterlegenheit ihres Geschlechts unter das andere einzusehen.«

Freilich hatte er hin und wieder die eine oder die andere getroffen, die die Tatsache eingeräumt, schließlich jedoch gegenüber der Ursache zu dem Verhältnis stets Vorbehalt erhoben hatte, indem sie die Schuld auf eine nicht existierende Unterdrückung schob und erklärte, daß die Frau, wenn sie größere Freiheit erhielt, den Mann bald überholen würde; und dann war der Kampf im vollen Gange.

Er wollte seine Intelligenz nicht in einem ungleichen Kampf mit Mücken aufreiben, die er nicht mit dem Stock treffen konnte, weil sie zu klein und ihrer zu viele waren; deswegen sollte es nun auch ein Ende haben mit diesem unnützen Suchen nach dem nicht Existierenden. Er wollte alle seine Kräfte der Arbeit weihen, Familien-, Heimats- und Geschlechtstrieb hemmen und die Familienvermehrung andern »Reproduktionstieren« überlassen.

Das Gefühl, frei zu sein, spendete seiner Seele Ruhe; und es war ihm, als habe ein Sperrhaken den Griff in sein Gehirn gelöst, so daß es nun ohne Rücksichtnahme zu arbeiten begann. Der Gedanke, daß er sein Äußeres nicht mehr anziehend zu machen brauchte, veranlaßte ihn, einen Kragen abzunehmen, der ihn genierte, den aber seine Braut für schick erklärt hatte. Er ordnete sein Haar auf eine bequemere Art und merkte, wie dies seine Nerven beruhigte, die in einem beständigen Kampf mit der Frisur gewesen waren, die seiner Braut am besten gefiel. Die Tabakspfeife, die er wie einen alten Bekannten geliebt, die er aber hatte beiseite legen müssen, wurde wieder hervorgeholt; der Schlafrock und die Morgenschuhe, die zu benutzen er lange Zeit nicht gewagt hatte, brachten wieder diese Freiheit von Druck hervor, die an ein luftigeres Element erinnerte, in dem er frei atmen, ungehindert denken konnte.

Und jetzt, von all diesem Zwang befreit, merkte er erst, welcher Tyrannei, selbst in den kleinsten Einzelheiten, er unterworfen gewesen war. Er konnte in seinem Zimmer umhergehn, ohne Furcht, von einem Pochen an die Tür aufgeschreckt zu werden, konnte sich seinen Gedanken überlassen, ohne das Gefühl zu haben, falsch zu sein.

Er hatte nicht lange die eben erworbene Freiheit genossen, als es an die Tür pochte. Es zuckte durch seinen Körper, als hielten einige Vertäuungen ihn noch fest, und als er die Stimme der Kammerrätin hörte, traf der niederschmetternde Gedanke, daß es noch nicht vorbei sei, sondern daß er von vorne wieder anfangen müsse, ihn wie ein Keulenschlag.

Zuerst dachte er daran, nicht zu öffnen, aber das Anstandsgefühl, die Furcht, für feige gehalten zu werden, überredeten ihn, zu öffnen. Und als er die freundlichen, klugen Augen der alten Dame sah, als sie mit einem gutmütigen Lächeln und einem schelmischen Kopfschütteln eintrat, da schien es ihm, als sei der Auftritt der letzten halben Stunde nur ein Traum gewesen, aus dem er erwachte, froh, daß er überstanden war.

»Haben wir uns nun wieder einmal gezankt!« begann die Alte, das Unangenehme der Bemerkung mit dem vertraulichen Wir fortnehmend. »Ihr sollt heiraten, Kinderchen, ehe ihr die Verlobung aufhebt! Glaubt einer alten Frau und bildet euch nur nicht ein, daß ihr eure Herzen als Brautpaar prüft; denn je länger die Verlobung währt, um so ärger wird es!«

»Hinterher ist es aber zu spät, die Verlobung aufzuheben«, erwiderte der Inspektor. »Und wenn man schon jetzt eine solche Verschiedenheit in Gemüt und Ansichten entdeckt hat, so ...«

»Ansichten! Was für Ansichten sind das? Ihr habt wahrlich keine verschiedenen Ansichten. Das Mädel langweilte sich nur, während du fort warst, Axel, und deswegen lief sie zu dem Kolporteur. Und was das Gemüt anbetrifft, so geht es damit auf und nieder, je nachdem sich die Nerven befinden. Und du, Axel, der du ein so erfahrener Mann bist, solltest doch wissen, wie die Frauen sind!«

Er wollte ihr die Hand küssen in der ersten Begeisterung, einer Frau begegnet zu sein, die wirklich ihr Geschlecht kannte, aber dann fiel ihm ein, daß er diese Angriffe auf die Frauen jedesmal gehört hatte, wenn eine Frau ihn hatte gewinnen wollen, und daß es mehr Schmeichelei war als Zugeständnisse, denn wenn es ernst ward, wurden diese Äußerungen stets mit Zinsen zurückgenommen. Er beschränkte sich deswegen darauf, zu antworten:

»Wir müssen die Zeit ansehen, liebe Schwiegermutter! Hier draußen kann ich nicht heiraten, aber laß uns nur zum Herbst zur Stadt kommen ... vorausgesetzt, daß Maria mehr Sympathie für meine Arbeit zeigt und weniger Widerwillen gegen die Weise, wie ich die Welt betrachte und das Leben lebe.«

»Du bist so entsetzlich tiefsinnig, Axel, und wenn ein junges Mädchen nicht immer Schritt halten kann, so ist das nicht zu verwundern.«

»Ja, das ist sehr gut, kann sie mir aber nicht aufwärts folgen, so kann ich auf der andern Seite ihr nicht abwärts folgen; aber das letztere scheint ihr bestimmter Wille zu sein, so bestimmt, daß es mir heute vorkam, als liege ein versteckter Haß dahinter.«

»Haß? Das ist nur Liebe, mein Freund! Komm jetzt herunter und sage ein paar freundliche Worte, dann ist alles wieder gut.«

»Nie nach den Worten, die wir heute gewechselt haben! Denn entweder bedeuten sie etwas, und dann sind wir Feinde, oder sie bedeuten nichts, und dann ist wenigstens einer von beiden Teilen unzurechnungsfähig.«

»Ja, sie ist unzurechnungsfähig, aber du solltest doch wissen, Axel, daß eine Frau ein Kind ist, bis sie Mutter wird. Komm jetzt, mein Freund, und spiele mit dem Kinde, sonst sucht sie sich ein anderes Spielzeug, das gefährlich werden kann!«

»Ja, aber liebste Mutter, ich kann es nicht aushalten, den ganzen Tag zu spielen, ohne müde zu werden; und ich glaube auch nicht, daß es Maria belustigt, wie ein kleines Kind behandelt zu werden.«

»Freilich tut es das, wenn es nur nicht so aussieht. Ach, welch ein Kind du doch in diesen Dingen bist, Axel!«

Dies war wieder eine Artigkeit, die von jedem andern als von einer Schwiegermutter eine Beleidigung gewesen sein würde! Und als sie nun seine Hand ergriff, um ihn hinauszuführen, fühlte er allen Widerstand schwinden. Sie hatte, indem sie seine Beweisgründe unbeantwortet ließ, die Frage von allem Räsonnement fortgeleitet; sie war leicht über den heiklen Punkt hinweggeglitten, hatte seine Zweifel in Schlaf gelullt und die Unruhe weggestrichen, sowie ihn mit dem Einflusse, den die Frau durch ihr mütterliches Auftreten besitzt, dahin gebracht, sein Streben nach persönlicher Freiheit aufzugeben.

Und nachdem er einen andern Rock angezogen hatte, folgte er gehorsam, fast mit Wohlbehagen, der beständig plaudernden alten Dame die Treppe hinab, um das Spiel fortzusetzen und die Ketten wieder anzulegen.

Unten im Flur begegnete er indessen dem Laienprediger, der ihm einen Brief mit dem Stempel der Landwirtschaftlichen Akademie übergab.

Der Inspektor erbrach sofort das Siegel, durchlief den Inhalt und beeilte sich, froh, einen Unterhaltungsstoff, einen Blitzableiter bekommen zu haben, der Kammerrätin die Neuigkeit mitzuteilen.

»Wir bekommen Besuch!« sagte er. »Der Direktor schickt mir einen jungen Mann, der die Fischerei erlernen soll.«

»Nun, das ist ja schön, daß du ein wenig männliche Gesellschaft bekommst, Axel«, sagte die Alte mit aufrichtiger Anteilnahme.

Und dann ging der Inspektor leichten Schrittes hinab zu seiner harrenden Braut, sicher, mit Hilfe der Neuigkeit die Versöhnungsszene sogleich überspringen zu können.

10.

Einige Tage später, als der Inspekteur allein hinausgesegelt war, um in aller Stille einige Lachsschnüre auszulegen, und nun, nachdem er sich zu Tische verspätet hatte, vom Hafen heraufgegangen kam, hörte er Lärm und Lachen aus der Wohnung der Damen. Ohne die Absicht zu lauschen ging er dahin, und als er an die westliche Giebelwand gelangte, sah er durch die Fenster des größeren Zimmers, daß die Damen draußen aßen und daß sie einen männlichen Gast zu Tische hatten. Er tat einen Schritt vor und gewahrte Fräulein Maria, die mit strahlenden Blicken dem Gast, von dem er nur ein Paar breite Schultern sah, ein Glas Wein über den Tisch reichte. Blitzschnell fiel ihm ein, daß er diese Bewegung und diesen Ausdruck in den Augen des Mädchens schon einmal gesehen hatte, und er erinnerte sich jetzt, wie sie ihm das erstemal auf dem Klippenwerder erschienen war, als sie dem Ruderknecht ein Glas Bier reichte. Damals hatte er gedacht: sie kokettiert mit dem Kerl! Aber er wunderte sich jetzt, daß er diesen Ausdruck nie in ihren Augen gesehen hatte, wenn sie ihn selber ansah. Konnte ihr Blick nur den seinen zurückstrahlen? Oder verbarg sie ihr Inneres immer dem, den sie zu ihrem Opfer ausersehen hatte?

Er betrachtete sie eine Weile, und je länger er sah, um so fremder erschien ihm ihr Gesichtsausdruck, so fremd, daß ihn eine Angst überkam, wie wenn man bei einem seiner Allernächsten einen Betrug entdeckt.

Bekommt man so viel zu sehen, wenn man ungesehen ist, was kann man da nicht zu hören bekommen? dachte er und blieb hinter der Ecke des Hauses stehen, um zu lauschen.

Die Mutter erhob sich jetzt und ging in die Küche hinaus, so daß die beiden jungen Leute sich selbst überlassen waren.

Im selben Augenblick senkten sich ihre Stimmen, und Fräulein Marias Augen wurden feucht, während sie den mit Wärme gesprochenen Worten des Fremden lauschte:

»Die Eifersucht ist das schmutzigste von allen Lastern, in der Liebe gibt es kein Eigentumsrecht ...«

»Haben Sie Dank für die Worte! Tausend Dank!« sagte Fräulein Maria und erhob ihr Glas, während einige hervorquellende Tränen ihre Augen betauten. »Sie sind ein wirklicher Mann, obwohl Sie jung sind, denn Sie glauben an die Frau.«

»Ich glaube an die Frau als an das Herrlichste, was die Schöpfung hervorgebracht hat, als an das Beste, das Wahrste!« fuhr der junge Mann mit erhöhter Begeisterung fort. »Und ich glaube an sie, weil ich an Gott glaube!«

»Sie glauben an einen Gott? Das zeigt, daß Sie auch intelligent sind, denn nur die Dummheit leugnet den Schöpfer.«

Der Inspektor meinte, jetzt hinreichend gehört zu haben, und um die Gelegenheit zu benutzen, sich davon zu überzeugen, eine wie große Verstellungsgabe seine fürs Leben Auserkorene besaß, trat er plötzlich ein, nachdem er seine Gesichtsmuskeln zurechtgelegt und seinem Gesicht einen strahlenden Ausdruck gegeben hatte, als sei er entzückt, eine Entbehrte wiederzusehen.

Das Fräulein bewahrte das schwärmerisch Entzückte in ihrem Gesicht, und mit demselben Feuer, das das eben geäußerte Glaubensbekenntnis an die Frau hervorgebracht hatte, empfing sie die Umarmung ihres Verlobten und erwiderte sie mit einem Kuß, der brennender war denn je zuvor.

Darauf stellte sie ihm scherzend Assistent Blom vor, der schon früh am Morgen angekommen sei und aller Herzen auf der Insel gewonnen habe, da er ein vorzüglicher Fischer war.

»Und wir saßen hier oben und sprachen von dem Hering in Bohuslén, als du kamst und uns störtest«, beschloß die junge Dame die Vorstellung.

Der Inspektor ließ sowohl die Lüge, das gefährliche Wort »störte« und das herausfordernde »aller Herzen« unbeobachtet, indem er die Hand einem Riesenjüngling von einigen zwanzig Jahren reichte, der, da er der nötigen Verstellungsfähigkeit ermangelte, die dargereichte Hand mit der Miene eines Verbrechers ergriff und einige unverständliche Worte stammelte.

Im selben Augenblick kam die Mutter heraus, begrüßte ihren Schwiegersohn und begann die Anrichtung zu ordnen.

Die Unterhaltung kam sogleich in Fluß, und Fräulein Maria begann, wahrscheinlich in dem Gefühl, einen Bundesgenossen zu haben, über die Toilette ihres Verlobten zu scherzen.

»Der Schleier da ist unvergleichlich«, redete sie drauflos; »dir fehlt jetzt nur noch ein Sonnenschirm, wenn du am Steuer sitzest.«

»Der kommt noch, der kommt noch«, erwiderte der Inspektor, indem er den unangenehmen Eindruck verbarg, den es auf ihn hervorrief, so zum Gegenstand der Kritik im Beisein eines Untergebenen und Fremden gemacht zu werden.

Der Assistent, der sich bereits über seinen rücksichtsvollen Vorgesetzten stehend fühlte, aber doch nicht umhinkonnte, eine Verstimmung bei der grausamen Behandlung zu finden, die diesem zuteil wurde, ward von einem taktlosen Mitleid ergriffen und sagte, indem er an dem Flor herumfingerte, den der Inspektor um den Hut trug:

»Ja, aber das ist ganz praktisch!« Und indem er darauf schnell zu dem kurmachenden Ton überging, dessen er sich von Anfang an bedient hatte, fügte er hinzu: »Und wenn Fräulein Maria ebenso besorgt für ihren schönen Teint wäre ...«

»Wie Sie für Ihre schönen Hände!« entfuhr es ihr, indem sie die auf dem Tische ruhende Hand, die Brotkugeln rollte, berührte, und im selben Augenblick schien sie wieder in einer Stimmung, die, wie ihr Verlobter vermutete, während des ganzen Vormittags die herrschende gewesen war.

Er fühlte sich unbehaglich als der einzig Essende zwischen lauter Satten und bedurfte seiner ganzen Nervenstärke, um die Beklommenheit zu unterdrücken, die diese Unterhaltung hervorgerufen hatte. »Sie sagen sich schon gegenseitig Artigkeiten über ihre Körperteile in meiner Gegenwart«, dachte er mit Abscheu. Aber er sah sofort ein, daß er verloren sein würde, wenn er nur das geringste Zeichen des Mißfallens über dies unpassende Benehmen zeigte, da es augenblicklich als das schmutzige Laster gebrandmarkt werden würde, von dem er vorhin hatte reden gehört.

»Der Herr Assistent hat wirklich eine ungewöhnlich schöne und von Intelligenz zeugende Hand«, sagte er, während er mit Kennermiene den Gegenstand der Bewunderung seiner Braut untersuchte.

Aber sie, die keineswegs diese Übereinstimmung in Anschauungen wünschte, änderte ihre Taktik und richtete einen neuen Hieb gegen seine vermeintliche Dummheit.

»Man kann doch nicht von intelligenten Händen reden«, rief sie mit einem Lachen aus, das nicht ganz nüchtern klang.

»Deswegen bediente ich mich auch des korrekten Ausdruckes ›von Intelligenz zeugend‹ ...«

»Ach, du Philosoph!« lachte sie spottend. »Du träumst, so daß du gar nicht bemerkst, daß wir dir alle die Radieschen weggegessen haben!«

»Es freut mich, daß es dem Reisenden geschmeckt hat, und es ist mir ein Vergnügen zu sehen, daß die Damen mir zuvorgekommen sind in der Sorge für sein Wohlbefinden«, warf der Inspektor leicht hin. »Gestatten Sie mir, Sie willkommen zu heißen, Herr Assistent, und Ihnen alles mögliche Vergnügen von Ihrem Aufenthalt hier draußen in der Einsamkeit zu wünschen. Und nun überlasse ich Sie Fräulein Marias Sorgsamkeit; sie kann Ihnen die allerbesten Auskünfte über die Fischerei geben, während ich hinaufgehe und mich ausruhe. Auf Wiedersehen, mein Herz, nimm du den jungen Mann in deine Obhut und leite ihn richtig an.« Mit einem »Gute Nacht, liebe Schwiegermutter!« verabschiedete er sich darauf von der Kammerrätin und küßte ihr die Hand.

Sein Aufbruch kam völlig unerwartet, aber seine erschöpfende Begründung und die abgerundete Form, die keine Spur von unwilliger Gemütsstimmung hinterließ, hatten ihn vor Einsprüchen gerettet, während sie ihn gleichzeitig das letzte Wort behalten ließen und eine Überlegenheit, die ihm nicht gern gegönnt war.

Als er auf sein Zimmer hinaufgekommen war, hatte er kaum Zeit, sich darüber zu verwundern, daß »die Furcht zu verlieren« ihm eine so unglaubliche Fähigkeit hatte verleihen können, sich zu verstellen, unangenehme Empfindungen zu unterdrücken, sich hart zu machen, als er auch schon auf dem Sofa lag, die Decke über den Kopf gezogen, und einen traumlosen Schlaf schlief. Als er nach Verlauf von ein paar Stunden erwachte, erhob er sich mit einem Beschluß, den er, wie er fühlte, für immer gefaßt hatte: sich von dieser Frau zu befreien.

Aber so, wie sie sich gewohnheitsgemäß in seine Seele hineingebohrt hatte, konnte sie nur auf demselben Wege wieder aus ihr herausgerissen werden; und der leere Raum, den er bei ihr hinterlassen würde, mußte erst von einem andern ausgefüllt werden – zwar von ihm, dessen Seele sie beim ersten Zusammensein in Feuer und Flamme versetzt zu haben schien.

Weiter kam er nicht, als an seine Tür gepocht wurde.

Es war der Laienprediger, der mit vielen Entschuldigungen eintrat und, ein wenig verlegen, mit dem herauszukommen suchte, was er auf dem Herzen hatte.

»Haben der Herr Inspektor bemerkt«, begann er, »daß die Bevölkerung hier draußen nicht gerade sehr gewissenhaft ist?«

»Das habe ich sofort gemerkt«, antwortete der Inspektor, »aber was ist denn jetzt geschehen?«

»Ja-a, sehen Sie, die Arbeiter an der Kapelle sagen, daß eine Menge Bretter verschwunden ist, so daß da jetzt nicht genügend mehr sind, um die Arbeit fertigzumachen.«

»Das verwundert mich gar nicht, aber was kann ich dabei machen?«

»Der Herr Inspektor haben sich doch daran beteiligt, das Erforderliche zu beschaffen!«

»Das war damals! Jetzt bereue ich es, nachdem ich gesehen habe, daß Ihre Predigten die Leute von der Arbeit ablenken und sie indirekt zu Dieben gemacht haben.«

»Das kann man doch wohl nicht direkt sagen ...«

»Nein, deswegen sagte ich auch indirekt! Aber wenn Sie Geld haben wollen, so müssen Sie zu einem andern gehen. – Sagen Sie mir doch, wer ist eigentlich der neue Assistent?«

»Ja, man sagt, er sei Seekadett gewesen, und nun soll er die Fischerei lernen; es heißt, daß sein Vater reich ist.«

Der Inspektor hatte sich an das Fenster gesetzt, als die Unterhaltung begann, und sah zu, wie der Assistent und Fräulein Maria Federball spielten. Er hatte eben gesehen, wie sich das Kleid des Fräuleins jedesmal, wenn sie sich hintenüber lehnte, um nach dem Ball zu schlagen, vorn in die Höhe hob. Und nun sah er den Assistenten sich scherzend herabbeugen, sobald sich das Kleid hob, und mit Bewegungen und Mienen andeuten, daß er etwas sah.

»Hören Sie einmal«, nahm er die Unterhaltung wieder auf, »ich habe lange darüber nachgedacht, ob es nicht für das ökonomische Wohl der Bevölkerung von großem Nutzen sein würde, wenn hier draußen ein Kaufmannsgeschäft wäre, so daß die Leute nicht nach der Stadt zu rudern brauchten, um Einkäufe zu machen, und es wäre ja auch möglich, daß der Kaufmann ihnen Vorschuß auf die Waren geben könnte und dafür ihre Fische verkaufte. Was sagen Sie dazu?«

Der Laienprediger strich seinen langen Bart, während sein Gesicht eine Menge wechselnder Ausdrücke von Habgier und schwankenden Grundsätzen abspiegelte.

Der Inspektor sah durch das Fenster, daß der Assistent im Klimmzug das Ausguckgerüst erklommen hatte, während Fräulein Maria unten stand und in die Hände klatschte.

»Ja, Herr Olsson, wenn man hier einen Kaufmannsladen aufmachen könnte, so würde das ja nur von Vorteil sein.«

»Aber die Sache ist die, daß der Gemeinderat wohl kaum seine Zustimmung dazu gibt, wenn man nicht eines Geschäftsmannes habhaft werden kann, der völlig zuverlässig ist, ich meine, einer Persönlichkeit, die ...«
– »Wir nehmen einen Geistlichgesinnten und lassen den Kapellenfond Anteil an dem Überschuß haben, dann bekommen wir die Kommune wie auch die Mission auf unsere Seite.«

Jetzt klärte sich das Gesicht des Laienpredigers auf.

»Ja, auf die Weise sollte es sich wohl machen lassen!«

»Nun, dann überlegen Sie sich die Sache einmal und suchen Sie, einen passenden Mann zu finden, der weder der Bevölkerung das Fell über die Ohren zieht noch die Kirche betrügt. Denken Sie daran. Aber jetzt zu etwas anderem. Ich glaube bemerkt zu haben, daß die Sittlichkeit hier draußen auf einem ziemlich niedrigen Standpunkt steht. Haben Sie nicht bemerkt, daß in dem Verhältnis da unten bei Vestmans etwas Verdächtiges ist?«

»Hm! Ja. Man sagt ja, daß es nicht ganz in Ordnung sein soll, aber etwas Bestimmtes weiß man nicht, und ich glaube, man soll sich nicht da hineinmischen!«

»So, meinen Sie das! Aber Gott weiß, ob man nicht doch beizeiten einschreiten sollte, ehe sie sich selbst verraten, denn dergleichen pflegt hier draußen ein böses Ende zu nehmen.«

Der Laienprediger schien durchaus nicht an die Sache rühren zu wollen, entweder weil er meinte, daß es sich nicht der Mühe verlohne, oder weil er sich nicht mit der Bevölkerung vereinigen wollte. Außerdem zeugte sein krankhaftes Aussehen davon, daß seine Gedanken von persönlichen Leiden in Anspruch genommen waren, und so kam er denn auch plötzlich mit seinem eigenen Anliegen zum Vorschein.

»Ja, ich wollte übrigens fragen, ob der Herr Inspektor mir nicht etwas eingeben könnten, denn ich habe mir hier draußen in der feuchten Luft wohl das kalte Fieber zugezogen.«

»Das kalte Fieber? Lassen Sie mich einmal sehen!«

Dem Inspektor kam eine augenblickliche Eingebung, und ohne zu vergessen, daß es ein Feind war, der ihn herausgefordert hatte, untersuchte er den Puls des Patienten, besah die Zunge und das Weiße im Auge und war sich schnell im klaren über seine Verordnung.

»Bekommen Sie schlechtes Essen bei Ömans?«

»Ja, es ist wirklich erbärmlich«, erwiderte der Laienprediger.

»Sie haben Hungerfieber und sollen Essen von meinem Tisch bekommen; Sie haben wohl allen starken Getränken entsagt?«

»Ja-a, das heißt, Bier trinke ich doch ...«

»So, – hier haben Sie eine Chininmischung, mit der Sie anfangen können; sie muß dreimal täglich genommen werden. Wenn sie alle ist, so sagen Sie es mir.«

Damit gab er dem Laienprediger eine Flasche Chinabittern, nahm seine Hand und sagte:

»Sie müssen mich nicht hassen, Herr Olsson, denn wir haben große gemeinsame Interessen, wenn wir auch verschiedene Wege gehen. Wenn ich Ihnen irgendwie nützen kann, so stehe ich zu Diensten, sobald Sie meiner bedürfen.«

Ein so naheliegendes Mittel wie ein wenig scheinbares Wohlwollen genügte, um den einfachen Mann, zu blenden, so daß er glaubte, einen Freund gefunden zu haben. Mit aufrichtiger Bewegung reichte er dem Inspektor die Hand und stammelte:

»Sie haben mir einmal Böses zugefügt, aber Gott hat es zum Guten gewendet; nun danke ich für alles und bitte den Herrn Inspektor, dies mit dem Kaufmannsladen und dem Gemeinderat nicht zu vergessen.«

»Das tue ich sicher nicht«, schloß der Inspektor und machte eine kleine Bewegung mit der Hand zum Abschied. Nachdem er sich einen Augenblick besonnen hatte, ging er hinab, um den Assistenten aufzusuchen; er fand ihn von einer Fechtübung mit Fräulein Maria in Anspruch genommen, deren Handgelenk und Oberarm er mit viel Mühe die erforderliche Biegsamkeit für ein schönes *en garde* beizubringen suchte.

Nachdem er den Fechtenden seinen Beifall ausgesprochen, bat er um Entschuldigung, weil er störe, aber er müsse mit dem Assistenten darüber sprechen, wo dieser wohnen solle.

»Hier auf der ganzen Insel ist nicht ein einziges Zimmer frei, ausgenommen eine Bodenkammer über der Wohnung der Damen«, sagte er mit einer Kühnheit, als habe er sich bis aufs äußerste angestrengt, um eine andere Behausung zu finden.

»Nein, das geht aber doch auf keinen Fall an!« rief Fräulein Maria aus.

»Aber warum denn nicht?« entgegnete der Inspektor, »was sollte da denn im Wege sein? Es ist kein anderes Zimmer zu bekommen, falls

Herr Blom nicht meines haben sollte, und dann müßte ich ja im selben Haus mit den Damen wohnen, was doch sicher nicht angeht.«

Da so keine Wahl blieb, wurde die Sache als abgemacht angesehen und das Gepäck des Assistenten auf die Bodenkammer getragen.

»Aber nun kommen wir zu den ernsteren Dingen«, fuhr der Inspektor fort, nachdem sich die Unruhe gelegt hatte. »Der Strömling ist gekommen, und in acht Tagen beginnt die Fischerei. Es ist deswegen notwendig, daß Sie, Herr Assistent, sofort, am besten noch über Nacht, den augenblicklichen günstigen Wind benutzen und mit den Netzen hinausfahren, um die Treibnetzfischerei zu versuchen. Damit sind Sie ja vertraut!«

»Darf ich mitfahren?« bettelte Fräulein Maria, indem sie das Wimmern eines Kindes nachahmte.

»Freilich darfst du das, mein Engel«, erwiderte ihr Verlobter, »falls Herr Blom nichts dagegen hat. Aber jetzt müßt ihr entschuldigen, wenn ich euch allein lasse, ich muß die ganze Nacht Briefe schreiben; um ein Uhr müßt ihr aufbrechen. Vergesset auch nicht, den Kaffeekessel mitzunehmen.«

»Nein, wie himmlisch amüsant das ist!« jubelte Maria, die zehn Jahre jünger geworden zu sein schien.

»Ich gehe jetzt hinab und lasse Boot und Netze von den Leuten in Ordnung bringen. Seht nur, daß ihr heute abend früh zu Bette kommt, damit ihr die Zeit nicht verschlaft.«

Damit ging er, selbst erstaunt über die Sicherheit, mit der er seinen Willen durchsetzte, nachdem er eine undurchführbare Verteidigungstaktik verlassen hatte und zum Angriff übergegangen war.

Zum erstenmal betrat er das Haus des ihm feindlichen Großfischers Oman.

Er bemerkte sofort die Kälte und den Unwillen, die hier drinnen gegen ihn herrschten, aber seine Fragen und Befehle wurden so bestimmt geäußert, daß sich alle ihm beugten. Er begann mit einigen allgemeinen Fragen, wie es den Kindern gehe, versprach, daß jetzt bald bessere Zeiten für die Insel kommen würden, ließ ein Wort über das Kaufmannsgeschäft fallen, das errichtet werden sollte, und forderte auf, Fässer und Salz in Bereitschaft zu halten; wenn die Leute nicht Geld genug hätten, um Einkäufe zu machen, so könnten sie sehr gut Vorschuß bekommen. Als er ging, war er aller Freund und mußte versprechen, einige »starke Tropfen« für den Alten zu schicken, der sich arg erkältet hatte.

Dann ging er nach dem Packhaus am Strande hinab und suchte einen Satz Netze mit starken Ankern und guten Lieken aus, besichtigte das beste Boot und erteilte zwei flinken Jungen seine Befehle.

Nachdem er diese Vorbereitungen abgeschlossen hatte, schellte es von dem Hause der Damen her zum Abendbrot.

Bei Tische sprach er mit der Mutter, während die Jungen, wie er sie nannte, einander mit den Augen verschlangen, sich scherzend zankten und einander pufften, als besäßen ihre Körper eine unwiderstehliche gegenseitige Anziehungskraft.

»Willst du die beiden allein zusammenlassen?« flüsterte die Mutter, als er gute Nacht gesagt hatte, um auf sein Zimmer zu gehen.

»Ja, warum nicht? Zeige ich mich unzufrieden, so mache ich mich lächerlich, und zeige ich mein Mißfallen nicht, so ...«

»So wirst du noch lächerlicher!«

»Also: lächerlich, was ich auch tun mag. Es ist folglich gleichgültig, wie ich mich auch benehme! Gute Nacht, Schwiegermutter!«

11.

Es hatte acht Tage geregnet nach dem ersten Versuch mit der Treibnetzfischerei, die kein anderes Ergebnis gezeitigt hatte als eine kleine Szene zwischen den beiden Verlobten. Der Inspektor, der sehr gut wußte, daß es da keine Fische gab, und der die Jungen absichtlich auf falsche Fährte gebracht hatte, war an den Strand hinabgegangen, um die Heimkehrenden zu empfangen, bei welcher Gelegenheit er von seiner durch das Nachtwachen völlig aufgeriebenen Braut Idiot gescholten worden war. Als sich die Bootsleute hierüber ein stilles Grinsen geleistet hatten, fürchtete der Assistent, daß ein Sturm heraufziehen könne, und legte sich mit einem kleinen Scherz ins Mittel. Beim Mittagessen hatte der Spott über die neue Fischereimethode größere Dimensionen angenommen, und der Inspektor hatte den Zerknirschten gespielt, so daß sich Herr Blom mehrmals verpflichtet fühlte, ihn auf eine höchst verletzende Weise in Schutz zu nehmen.

Später hatte das Regenwetter die Gesellschaft im Hause gehalten, was zu einem außerordentlich intimen Zusammenleben in dem Zimmer der Damen führte, wo der Assistent die Mode einführte, schwedische Dichterwerke vorzulesen. Der Inspektor hatte anfänglich zugehört, sich dann aber zurückgezogen, indem er erklärte, daß die schwedische Poesie für Konfirmanden und Damen geschrieben sei, und daß er warten wolle, bis ein Dichter käme, der für Männer schriebe. Dann war er durch allgemeine Abstimmung als unpoetisch erklärt, was ihn freute, da es ihn der Verpflichtung überhob, bei den Vorlesungen zugegen zu sein.

Das Regenwetter hatte auch die Arbeit an der Kapelle zum Stillstand gebracht, und die Arbeiter saßen müßig in den Häusern bei den Bewohnern der Insel und traktierten mit Branntwein, wo sie zum Kaffee geladen wurden.

Der Kolporteur, der die Leute nicht auf dem gewohnten Platz um sich versammeln konnte, ging in den ersten Tagen in den Küchen umher und wollte aus der Bibel vorlesen, wurde aber mit Gleichgültigkeit empfangen und geriet in Streit mit den Arbeitern, von denen die meisten Freigeister waren. Darauf hatte er sich in seine Kammer zurückgezogen, hatte sich krank gemeldet und einen Boten mit der Bitte um mehr Chinintropfen zu dem Inspektor gesandt, nachdem er seine Bitternflasche ausgetrunken hatte. Plötzlich war er dann verschwunden, man sagte, er sei mit einem Dampfer nach Stockholm gereist.

Eines Abends war er indessen nach der Insel zurückgekehrt, in Begleitung eines Mannes, den er seinen Bruder nannte, und der ein ganzes Boot voll verschiedener Waren mitbrachte – hauptsächlich Bier –, die unten am Strande in einem der Schuppen ausgepackt wurden, in dessen geöffneter Tür ein Brett auf zwei Heringstonnen als Ladentisch dienen mußte, nachdem der Gemeinderat die Erlaubnis erteilt hatte, ein Hökergeschäft zu eröffnen.

Im Laufe der letzten Tage hatte die Fischerbevölkerung von den weiter nach dem Lande zu gelegenen Schären angefangen, sich hier draußen zu sammeln. Und nun wurde ein Schuppen nach dem andern geöffnet, und ganze Familien quartierten sich dort ein. Die Hütten füllten sich allmählich mit Freunden und Verwandten, und überall auf der Schäre herrschte ein Leben, das in grellem Gegensatz zu der gewöhnlichen Einsamkeit stand.

Da die Schäre mit dazugehörigen Fischgründen einem Privatmann auf dem Festlande gehörte, bezahlte jedes Boot eine gewisse Abgabe, die von einem zu dem Zweck ausgesandten Verwalter eingefordert wurde. Mit diesem war der Inspektor gleich in Uneinigkeit geraten infolge seiner Agitation für die Treibnetzfischerei, die zur Folge haben würde, daß die Fischerei auf den Gründen und gleichzeitig damit auch die bisher entrichtete Abgabe aufhören würde. Aber auch diesen scheinbar ungünstigen Umstand hatte Borg zu seinem Vorteil auszunutzen gewußt, denn der Verwalter, der durch den Widerstand gegen das Neue veranlaßt wurde, mit Hilfe von Branntwein Propaganda für das Alte zu machen, würde infolgedessen den dunkeln Hintergrund bilden, von dem sich die Ergebnisse der Treibnetzfischerei noch glänzender abheben würden. Und Borg war jetzt seines Sieges völlig sicher, nachdem er zu allen Zeiten, bei Tage wie bei Nacht, Wasserproben genommen, den Draggen durch den Grund gezogen, mit der Aalgabel gestochen und die Tiefen mit seinem Wasserfernrohr untersucht hatte, um Kenntnis darüber zu erlangen, wo der Schwarm ging.

Alle diese Einzelheiten interessierten ihn indessen nur insofern, als sie dazu dienten, seine Energie zu künftigen Kämpfen in Atem zu halten, und ihm das Machtgefühl wiedergaben, ohne welches das Leben unerträglich für denjenigen wird, der im Besitz mehr als gewöhnlicher Kräfte ist, die, wenn sie nicht verwendet werden, leicht verloren gehen.

Und in dem Zeitraum, der seit der Ankunft des Assistenten verstrichen war, hatte die Arroganz, die ihm von seiten der Jungen erwiesen wurde, ihn nach und nach an die Rolle eines Untergeordneten gewöhnt, so daß er nahe daran war, sich dahineinzuleben, um so mehr, als er nicht selbst brechen wollte, es aber für notwendig hielt, den Bruch hervorzurufen, so daß er von ihr ausging. Zwischen den beiden Jungen herrschten nämlich Sympathie auf allen Gebieten, und er hatte gesehen, wie die reife Frau sofort dasselbe Niveau einnahm wie der unreife Mann, dessen nicht voll ausgetragene Gedanken und improvisierte Ansichten sie für den Gipfelpunkt der Weisheit hielt. Jeder Versuch von seiten Borgs, einer Dummheit entgegenzuarbeiten, strandete an des Paares Mangel an Fähigkeit, die Glieder in einer Vernunftschlußfolgerung zusammenzuhalten, denn sie dachten ausschließlich unter dem Einfluß des Triebes einander zu besitzen. Er wollte keinen Wettstreit in Akrobatenkünsten oder Lobpreisung des niedriger gestellten Geschlechts aufnehmen, denn es lag gerade in seinem Plan, ausgestochen zu werden und einer Verbindung, die seine ganze künftige Existenz bedrohte, ein vollständiges Ende zu machen. Und diese Biandrie, unter der er lebte, indem er, wenn er ein seltenes Mal mit seiner Braut allein war, nur den Reflex eines andern empfing, dessen Atem er auf ihren Lippen fühlte, dessen Kindereien er aus ihrem Munde widertönen hörte, dies alles hatte ihn schließlich mit Ekel für ein Verhältnis erfüllt, das an eine *Ménage à trois* erinnerte. Die

Eingebildetheit des jungen Mannes kannte nun auch keine Grenzen; er war dem wilden Wahn verfallen, daß er über dem Inspektor stand, weil er auf gleichem Fuß mit Fräulein Maria stand, die sich wiederum die Miene gab, über dem Inspektor zu stehen. Zu diesem Ergebnis gelangte er nach der sehr richtigen Formel: wenn A größer ist als B, und C ebenso groß ist wie A, so ist C auch größer als B – ohne jedoch zuvor zu untersuchen, ob A auch in Wirklichkeit größer war als B.

Borg hatte nie geglaubt, daß er jemals das Geheimnis der Jugend so klar an den Tag gelegt finden würde, wie es ihm hier gleichsam auf einem Präsentierteller gereicht wurde; und wie erkannte er nicht sich selbst wieder aus zurückgelegten Stadien!

Wie hatte er nicht vor Hunger und Brunst geweint, Weltschmerz aus Mißgunst gegen die Älteren empfunden, die bereits erreicht hatten, was er erstrebte, eine drückende Mißgunst, durch die sein Mitempfinden mit allen Unterdrückten und Kleinen geweckt worden war! Diese Unfähigkeit, seine Kräfte zu beurteilen, die auf einem Vorgreifen an dem beruhte, was in einem ganzen langen Leben ausgerichtet werden sollte, wenn man sich das in einer einzigen Handlung konzentriert dachte! Alle diese Sentimentalität, die nur von unbefriedigten Trieben herrührte! Dieses Überschätzen der Frau, während noch die Kinderstubenerinnerungen an die Mutter in frischem Andenken waren! Diese schlaffen Halbgedanken des noch weichen Gehirns unter dem Druck von Blut- und Samengefäßen! Er erkannte sogar diese Ansätze zu gutem Verstand wieder, die unter der Form primitiver, tierischer List so oft für höhere Weisheit gehalten wurden, aber nichts weiter waren als die einfachen Versuche des Fuchses, schlau zu sein, und die daher eine so täuschende Ähnlichkeit mit der berühmten Weiberlist, mit der List der Geistlichen, mit dem Advokatenkniff hatten.

Der junge Mann hatte nämlich auch versucht, Gedankenlesungen an dem Inspektor vorzunehmen, und dadurch seine Vermutung verraten, daß sich dieser mit gefährlichen Geheimnissen trug, da er so verschieden von andern Menschen war. Aber er hatte sich so ungeschickt benommen, daß der Inspektor Klarheit über alles bekommen hatte, was man da unten bei den Damen über ihn sprach und dachte, und statt nur eine einzige Aufklärung zu geben, hatte er durch seine Antworten den jungen Mann in dem Maße mystifiziert, daß sich dieser den Kopf zerbrach, um ausfindig zu machen, ob der Nebenbuhler ein Dummkopf war oder eine dämonische Natur. Unter Dämonisch verstand er eine selbstbewußte Person, die unter dem Schein der größten Naivität mit Berechnung handelte, die stets auf ihrem Posten war, und die versuchte, die Geschicke der Menschen nach ihren Plänen zu lenken. Und da der Begriff Berechnung, der eine Tugend ist, immer einen schlechten Klang bei den Jungen gehabt hat, die nicht die Folgen einer Handlung berechnen können, so nahm sein Neid die Form der leidenschaftlichen Lust des Unterlegenen an, herabzuziehen und unter die Füße zu treten.

So stand das Verhältnis an dem großen Tage, wo die ganze wirtschaftliche Existenz der Schärenbewohner für den kommenden Winter entschieden werden sollte.

Der Augustabend ruhte bettwarm über der Schäre, deren Klippen und Steine noch, nachdem die Sonne untergegangen, so erhitzt waren, daß sich der Tau nicht darauf halten konnte. Das Meer breitete sich flach und lavendelgrau da draußen aus, wo der Vollmond kupferrot hervorbrach und gerade diesen Augenblick halb verdeckt wurde von einer Brigg, die aussah, als segele sie mitten auf des Trabanten *mare serenitatis*. Näher dem Strande zu sah man alle die ausgelegten Netzbaken in einer Reihe gleich Scharen von Seevögeln auf der Dünung schaukeln.

Und während die Leute das Anbrechen des Morgens erwarteten, um die Netze zu bedienen, hatten sie sich um kleine Feuer mit Kaffeekesseln und Branntweinflaschen am Strande gelagert. Im Packhaus oder Schuppen, wo der Höker Bier verkaufte, hatte der Laienprediger an der Seite des Bruders Platz genommen, um ihm bei dem starken Zuspruch zur Hand zu gehen; man sah ihn mit einer blauen Schürze um den Leib Bierflaschen aufziehen wie ein alter, geübter Schenkwirt.

Der Inspektor, der ausgegangen war, um Stromrichtung, Temperatur und Barometerstand zu beobachten, wanderte jetzt auf dem Sandstrand umher, um seine Gedanken auszuruhen. Hin und wieder stieß er auf ein Paar, das hier die Einsamkeit suchte. Die fast unbegreifliche Naivität, die sie an den Tag legten, veranlaßte ihn, von Ekel erfüllt, den Rücken zu wenden. Weiter draußen auf der Landzunge kletterte er auf die Klippe, um den gewohnten Sitzplatz einzunehmen, auf dem er zu ruhen pflegte. Es war dies ein von den Wellen vollständig glattgeschliffener Lehnstuhl, noch warm wie ein Ofen von der brennenden Sonne des Tages.

Er hatte dort eine Weile gesessen und sich von den Seufzern der Dünung einlullen lassen, als er den Sand unter ihm am Uferrande knirschen hörte. Es raschelte in dem sonnengedörrten Tang, und er sah den Assistenten und seine eigene Braut langsam dahergewandert kommen, sich gegenseitig mit den Armen umschlungen haltend. Sie blieben zwischen dem unsichtbaren Zuschauer und der von dem Mondlicht draußen auf der See gebildeten Straße stehen, so daß er ihre Gestalten sich so scharf abheben sah, als habe er sie zwischen dem Objektiv und dem Spiegel des Mikroskops. Und er sah mit dem von Antipathie geschärften Blick ihr Raubvogelgesicht sich gegen seinen großen Affenkopf mit den mächtigen Wangen lehnen, die keinem anderen als einem Trompeter von Nutzen sein konnten, und gegen den zugespitzten schmalen Schädel ohne Stirn. Er bemerkte jetzt die überflüssigen Fleischmassen an der Gestalt des Mannes, deren unedle Umrisse mit den zu breiten Hüften, so wie bei dem Farnesischen Herkules, an eine Frau erinnerten: ein männliches Ideal aus der Halbtierzeit, als die Faust noch über das Großhirn herrschte, das noch nicht völlig ausgewachsen war.

Er fühlte sich gekränkt, als habe er eine Verbindung mit einem Zentauren eingegangen, fühlte seine Seele verschwägert mit einem Niedergangstyp, am Beginn eines Verbrechens stehend, das, wenn es ausgeführt wurde, seine Nachkommenschaft für künftige Zeiten verfälschen konnte, und das ihn verleiten würde, sein Leben für das Kind eines andern zu opfern, an das er seine besten Gefühle verschwenden würde, und das später, wenn es erst mit ihm verwachsen war, ihn zwingen würde, seine Erniedrigung wie einen eisernen Bolzen am Bein mit sich zu schleppen, ohne sich befreien zu können. Die Eifersucht, »das schmutzige Laster«, was war sie wohl anders als die Furcht des frischen, starken Geschlechtsinstinktes, verhindert zu werden in der lobenswerten Eigenliebe: das Beste bei dem Individuum fortzupflanzen? Und wer anders ermangelte wohl dieser gesunden Leidenschaft als der sterile Familienzuhälter, der Gattinnenkuppler, der schwache Narr, der Cicisbeo, der Halbmann, der an platonische Liebe glaubte?

Er war eifersüchtig; als sich aber der erste Zorn über die Kränkung gelegt hatte, erwachte ein unwiderstehliches Verlangen, dies Weib zu besitzen, ohne es zu ehelichen. Der Streithandschuh war hingeworfen, die Wahlfreiheit proklamiert, und er empfand Lust, den Kampf aufzunehmen, das Band zu zerreißen und als Liebhaber aufzutreten. Wenn er gesiegt hatte, konnte er ruhig seinen Gang fortsetzen in dem Bewußtsein, daß er kein Stiefkind der Natur war, das im Liebeskampf unterlegen war. Hier war ja nicht mehr die Rede von einem redlichen Wettkampf mit ehrlichen Mitteln, sondern von einem tückischen Kampf zwischen Einbrechern. Der Herausfordernde hatte die gemeine Waffe, den Dietrich, gewählt, und der Kampf galt Diebstahl. Mit einer Frau als Preis des Kampfes schwanden alle Bedenken. Das Tier war bei ihm erwacht, und die wilden Instinkte, die sich hinter dem großen Namen der Liebe verkrochen, rasten wie entfesselte Naturmächte.

Er erhob sich unbemerkt von seiner Klippe und lenkte seine Schritte heimwärts, um, wie er es nannte, sein Schicksal zu ordnen.

12.

Am folgenden Morgen gegen sieben Uhr herrschte eine dumpfe Stille auf der Schäre, denn die Fischerei auf den Gründen hatte fehlgeschlagen, so wie der Inspektor es vorhergesagt hatte. Die Schärenbewohner saßen niedergeschlagen in ihren Booten und entwirrten die verfitzten Netze, hin und wieder einen vereinzelten Strömling aus den Maschen zupfend.

Der Handel bei dem Höker hatte mit dem sinkenden Kredit innegehalten; der Laienprediger hatte seine blaue Schürze abgelegt und mit dem Buch in der Hand einen kleinen Kreis verzweifelter Frauen in einer Hütte um sich gesammelt. Mit einer unverständlichen, aber bei seiner Klasse nicht ungewöhnlichen Logik sprach er davon, wie Jesus fünftausend Mann mit fünf Broten und zwei kleinen Fischen speiste. Hier war eine Gelegenheit zu einem annähernden *à propos*, insofern als da viele Münder waren und wenig Fische, aber wie diese so viele sättigen sollten, konnte er nicht angeben. Es blieb ihm indessen keine Wahl, er mußte eine Erklärung dafür suchen, weshalb sich das Wunder nicht wiederholte, und da suchte er die Ursache in dem herrschenden Unglauben. Hätten sie nur so viel Glauben wie ein Senfkorn, so würde das Wunderwerk sich wiederholen. Und der Glaube konnte nur durch das Gebet erlangt werden.

Darum forderte er die Versammlung auf zu beten.

Obwohl niemand von den Anwesenden an das Wunder mit den beiden Fischen glaubte, von denen die meisten niemals hatten reden hören, weil sie die Geschichte nicht gelesen hatten, so folgten sie der Aufforderung und sagten das Vaterunser her, das sie gelernt hatten, als sie zum Einsegnungsunterricht gingen.

Als sie aber halb damit fertig waren, störte sie plötzlich ein Lärm unten vom Hafen her. Die dem Fenster zunächst Sitzenden sahen jetzt ein Fischerboot, das gerade das Nahsegel strich, bei der Brücke anlegen. Im Vordersteven stand Fräulein Maria mit flatterndem Haar unter der blauen schottischen Mütze, und am Steuer saß der Assistent, der den Hut schwenkte als Zeichen für einen guten Fang. Das Boot war mit Netzen überlastet, durch deren dunkle Maschen ein Fisch neben dem anderen glitzerte.

»Kommt her, dann sollt ihr Strömling haben!« rief Maria mit der Freigiebigkeit des Siegers.

»Laß mich sie erst aufmessen, dann sollen die Leute sie haben«, wandte der Inspektor ein, der die Heimkehr des Bootes von seinem Fenster aus bemerkt und sich nun eingefunden hatte, um das Ergebnis seiner Arbeiten zu sehen.

»Was für einen Zweck soll das haben?« rief Fräulein Maria mit einer guten Portion Wichtigkeit.

»Das soll für die Statistik sein, meine Gnädige«, erwiderte der Inspektor ohne eine Spur von Mißvergnügen, denn er wußte, daß das Ergebnis der Fischerei auf den Mitteilungen beruhte, die er auf Grundlage seiner Kenntnisse über Strömung, Tiefe, Temperatur des Wassers und Grundverhältnisse gemacht hatte.

»Du mit deiner Statistik!« scherzte das Fräulein mit einem Ausdruck der tiefsten Verachtung.

»Na, dann nehmt sie nur! Laßt mich aber nachher nur wissen, wie viele es gewesen sind!« Hiermit schloß der Inspektor die Diskussion ab und ging auf sein Zimmer hinauf.

»Er ist neidisch auf uns«, bemerkte Fräulein Maria zu dem Assistenten gewandt.

»Wohl eher eifersüchtig«, meinte dieser.

»Das kann er wohl nicht werden«, erwiderte diese halblaut, gleichsam für sich, und machte damit dem während mehrerer Tage angesammelten Ärger über die fast unglaubliche Gleichgültigkeit ihres Verlobten dem Nebenbuhler gegenüber Luft, denn sie betrachtete sie als eine verletzende, überlegene Selbstsicherheit.

Die Gebetsversammlung war aufgelöst, und alle Schärenbewohner scharten sich um das heimgekehrte Fischerboot.

»Ja, das gnädige Fräulein ist wirklich ein ganzer Prachtkerl!« schmeichelte der Laienprediger, den Augenblick dazu benutzend, um, wie er glaubte, ein wenig Zwietracht auszusäen.

»Eine Krähe, die stillsitzt, kriegt nichts«, scherzte der Zollkontrolleur.

»Einer, der auf dem Sofa liegt, meint er«, flüsterte der Assistent Fräulein Maria zu.

Sie ward ganz verwirrt von all diesem Lob und teilte die Fische mit runder Hand an die Leute aus, die auf der Brücke standen und nicht müde wurden, den rettenden Engel mit Lobpreisungen und Segnungen zu überschütten.

Aber es war nicht Dankbarkeit über die empfangene Wohltat, was diese schönen Worte hervorrief, es war ein innerer Drang, dem Zwang überhoben zu sein, das Unrecht anzuerkennen, das man dem Inspektor zugefügt hatte, indem man sich über seine Fischereipläne lustig machte. Es war die Kehrseite eines Hasses gegen den wirklichen Wohltäter, dem sie sich nicht in Dankbarkeit beugen wollten.

Als der Fisch aus den Netzen genommen und unter die Ärmsten verteilt war, zeigte es sich, daß zehn Tonnen gefangen waren, die sofort von dem Höker aufgekauft und eingesalzen wurden. Das Geld ward dann in Kaffee, Zucker und Bier umgesetzt. Denn Strömling für den eigenen Winterbedarf meinte man mit Leichtigkeit fangen zu können, nachdem Fräulein Maria alles Erforderliche in bezug auf das Verfahren bei der neuen Fischereimethode mitgeteilt hatte.

Als der Inspektor auf sein Zimmer hinaufkam, fand er einen Brief, den ein kürzlich zurückgekehrter Zollbeamter mitgebracht hatte. Er enthielt eine Einladung für den Inspektor und seine Braut, die Offiziere auf der Korvette »Loke« zu einem Ball an Bord mit ihrer Gegenwart zu beehren. Das Kriegsschiff würde am selben Abend um acht Uhr an der Schäre vor Anker gehen.

Er sah sofort ein, daß jetzt der Augenblick gekommen war, der Verbindung ein Ende zu machen, denn die Mätresse eines andern in die Gesellschaft einzuführen und sie als seine künftige Gattin vorzustellen, wollte er natürlich nicht. Er zog deswegen den Verlobungsring vom Finger, legte ihn in einen für die Kammerrätin bestimmten Brief, den er in der vorhergehenden Nacht geschrieben hatte und in dem er mit den stärksten Ausdrücken der Verzweiflung beklagte, daß seine Verbindung mit Fräulein Maria abgebrochen werden müsse. Da sei eine ältere Verbindung mit einer Frau, die ihm ein Kind geboren habe; sie sei jetzt auf dem Wege des Gerichts mit Forderungen an ihn herangetreten, die, selbst wenn sie ihn nicht zwingen konnten, eine Ehe mit ihr zu schließen, doch hinreichend waren, ihn daran zu hindern, eine andere zu heiraten.

Als Gentleman, ohne verletzen zu wollen, erkläre er sich bereit, der benachteiligten jungen Dame sowohl in bezug auf die Bewahrung ihres guten Rufes als auf das, was ihre Subsistenz beträfe, beistehen zu wollen.

Diese erdichtete Geschichte hatte er für den besten Ausweg gehalten, um einen Bruch hervorzurufen, da er die Ehre beider Teile schützte, hauptsächlich jedoch die ihre, und nicht umhinkonnte, entscheidend zu wirken, ohne Hoffnung auf Wiedervereinigung, wie ein unvermeidliches Schicksal.

Nachdem er den Brief versiegelt hatte, rief er seinen Knecht und übergab ihm das Schreiben mit dem Befehl, es der Kammerrätin zu überbringen.

Dann zündete er eine Zigarette an und stellte sich an das Fenster, um die Wirkung des Schusses zu beobachten. Die alte Dame stand draußen auf der Veranda und schüttelte eine Decke aus, als der Bote kam, um den Brief abzugeben. Sie empfing ihn mit einigem Erstaunen, das sich steigerte, als sie mit der linken Hand den Umschlag befühlte, um zu untersuchen, was er enthalten könne. Dann wandte sie sich um und ging ins Haus hinein.

Nach einer Weile sah man Fräulein Marias Gestalt sich im Eßzimmer hin und her bewegen. Sie schien in heftiger Erregung zu sein, blieb zuweilen stehen und focht mit den Armen in der Luft umher, als wolle sie sich gegen Vorwürfe verteidigen, die gegen sie gerichtet wurden.

Dies währte ungefähr eine Stunde, worauf sie draußen auf der Veranda erschien und einen rachgierigen Blick zu den Fenstern des Inspektors hinaufsandte. Dann winkte sie dem Assistenten, der vom Hafen herauf kam.

Nachdem sie ins Zimmer gegangen und eine halbe Stunde unsichtbar gewesen waren, erschienen sie wieder und gingen in den Holzschuppen, aus dem sie einen Koffer und eine Reisetasche holten.

Man hatte also einen Entschluß gefaßt und eingesehen, daß ein Verweilen auf der Insel jetzt unmöglich war.

Nach einer Weile erschien der Assistent von neuem, diesmal seine eigene Reisetasche mitbringend, die Borg an dem Messingbeschlag erkannte.

Folglich hatte auch er die Absicht zu reisen.

Bald fand sich der Wirt des Hauses mit dem Gesinde ein, und die ganze Wohnung schien allmählich auf den Kopf gestellt zu werden.

Gegen Mittag sah der Inspektor, der die Zeit mit Lesen verbracht hatte, den Assistenten und das Fräulein auf die Veranda herauskommen, in lebhafter Unterhaltung begriffen, die beständig lebhafter wurde und von Bewegungen begleitet war, die einen heftigen Wortwechsel andeuteten.

»Die sind weit gekommen, da sie sich schon zanken«, dachte der Inspektor.

Am Nachmittag fuhren die alte Dame und der Assistent in dem Lotsenboot nach einem zur Stadt fahrenden Dampfer hinaus. Warum Fräulein Maria allein zurückblieb, konnte er nicht verstehen. Vielleicht eine Hoffnung auf Wiedervereinigung, vielleicht ein Verlangen, ihren Trotz zu zeigen, oder vielleicht etwas anderes.

Sie setzte sich indessen an das Fenster, so daß sie vom Zollhause aus gesehen werden konnte. Und da blieb sie fast die ganze Zeit sitzen, zuweilen gegen die Fensterscheibe trommelnd, zuweilen in einem Buch lesend und hin und wieder das Taschentuch über das Gesicht führend.

Gegen sieben Uhr kam die Korvette von Landsortsfahrwasser hereingedampft und ging gleich darauf zwischen Norstén und Österskär zu Anker. Als sie mit der Dampfpfeife nach dem Lotsen rief, hatte sich das Fräulein erhoben und war hinausgegangen, um nachzusehen, was da los sei. Und wie sie nun da draußen auf dem Hügel stand, das schöne Fahrzeug betrachtend, das für das Fest vom Top bis zur Reling mit Flaggen geschmückt war und mit einem bunten Sonnensegel über dem Mitteldeck, da konnte der Inspektor sehen, wie überwältigt sie von dem lockenden Anblick war. Sie blieb stehen, die Hände auf dem Rücken, bis der Wind die Töne eines Festmarsches nach der Insel herübertrug. Dann begannen zuerst ihre Füße sich zu bewegen, der schlanke Körper beugte sich vornüber, wie von den Tönen der Musik gezogen. Plötzlich aber brach die ganze Gestalt zusammen, das Gesicht barg sich in den Händen, und sie stürzte ins Haus hinein, verzweifelt wie ein Kind, dem ein Vergnügen fehlgeschlagen ist.

Der Inspektor kleidete sich jetzt zum Ball an; an dem schwarzen Doktorfrack befestigte er die Kette mit den sechs Orden in Miniaturformat und band sein Armband um, das er seit dem Verlobungstage nicht mehr getragen hatte. Als er fertig angekleidet war, hatte er noch eine Stunde zur Verfügung, ehe das Boot kam, um ihn zu holen; da beschloß er Fräulein Maria einen Abschiedsbesuch zu machen, hauptsächlich um nicht für feige gehalten zu werden, aber auch, weil er Verlangen hatte, seine Herrschaft über die eigenen Gefühle zu erproben. Indem er in den Flur eintrat, machte er ein wenig Lärm, damit das Fräulein Zeit haben konnte, sich vorzubereiten, und damit er aus dem Ausdruck, den sie anlegen würde, erraten konnte, warum sie zurückgeblieben war, und welche Absichten sie damit hatte.

Er trat in das Zimmer, nachdem er angeklopft hatte, und fand sie mit einer Näharbeit dasitzen, etwas, womit sie sich sonst nie zu beschäftigen pflegte. Ihr Gesicht zeigte Zerknirschung, Reue, Demut, obwohl sie sich anstrengte, gleichgültig auszusehen.

»Empfangen Sie, Fräulein Maria, oder soll ich wieder gehen?« begann der Inspektor. Er empfand jetzt wieder das unerklärliche Verlangen, sie als Frau über sich emporzuheben, sobald sie mit dem Sondergepräge der Frau auftrat und sich an ihn anlehnte, genau so heftig, wie er sonst eine unwiderstehliche Lust empfand, sie niederzuschlagen, wenn sie mit männlichen Forderungen und Gebärden auftrat. Und gerade jetzt erschien sie ihm so schön, wie er sie lange nicht gesehen hatte, so daß er seinen Gefühlen freien Lauf ließ.

»Ich habe Ihnen Kummer bereitet, Fräulein Maria ...«

Als sie den sanften Tonfall hörte, strammte sie sich sofort auf und entgegnete beißend:

»Aber Sie waren zu feige, es mir selbst zu sagen.«

»Rücksichtsvoll, Fräulein Maria! Es wird mir nicht so leicht wie Ihnen, Leute ins Gesicht zu schlagen. Und Sie sehen ja, daß ich den Mut habe, mich zu zeigen, so wie Sie ihn haben, mich zu empfangen.«

Das letztere war absichtlich zweideutig, um zu hören, ob sie an seine Gründe für den Bruch glaubte.

»Meinen Sie vielleicht, daß, ich mich vor Ihnen fürchte?« fragte sie und machte einen Stich an ihrer Näharbeit.

»Ich konnte ja nicht wissen, wie Sie meine Erklärung aufnehmen würden, obgleich ich geglaubt habe, sehen zu können, daß sie Ihnen keinen untröstlichen Schmerz bereitete.«

Es lag etwas in dem Wort »untröstlich«, was Maria wie eine Anspielung auf den jugendlichen Tröster zu treffen schien, aber offenbar wollte niemand von ihnen sich verraten; der eine fürchtete, Eifersucht zu zeigen, der andere war besorgt, zu erfahren, ob er etwas gesehen hatte.

Fräulein Maria, die über ihre Arbeit gebeugt dagesessen hatte, sah jetzt auf, um in den Gesichtszügen ihres Gegners zu lesen, und bemerkte mit einer Verwunderung, die sie nicht verbergen konnte, die vielen Orden auf seinem Frack. Und mit einer kindischen Bosheit, die Neid verriet, spottete sie:

»Wie fein Sie sind!«

»Ich will auch zu Balle!«

Da fuhr ein Zucken über das Antlitz des Fräuleins, ein so starkes Zucken, daß der Inspektor den Reflex von ihrem Schmerz fühlte und ihre Hand ergriff, in demselben Augenblick, als sie in ein heftiges Weinen ausbrach. Und als er sich zu ihr hin beugte, ließ sie den Kopf an seine Brust gleiten und weinte, so daß sie bebte wie eine Fieberkranke.

»Du bist ein Kind!« hätschelte der Inspektor.

»Ja, ich bin ein Kind! Darum solltest du auch Nachsicht mit mir haben!« schluchzte sie.

»Höre jetzt einmal! Wie lange soll man Nachsicht mit einem Kinde haben?«

»Bis in die Unendlichkeit!«

»Nein! Das habe ich noch nie gehört! Es gibt eine ganz bestimmte Grenze, wo sich die Eigenwilligkeit der verbrecherischen Handlung nähert.«

»Was meinst du damit?«

Und nun brauste sie auf.

»Du weißt, was ich meine; das sehe ich«, entgegnete der Inspektor, der wieder aus dem Zauberbann gelöst war, sobald sie sich hart zeigte, denn dann wurde sie sofort häßlich.

»Du bist also eifersüchtig!« höhnte sie, da sie ihn gefangen zu haben glaubte.

»Nein, denn Eifersucht ist ein unbegründeter Verdacht, zuweilen auch eine Vorsichtsmaßregel; aber mein Verdacht hat sich als begründet erwiesen. Also nicht eifersüchtig!«

»Und auf einen Knaben! Auf einen jungen Hund, über den du himmelhoch stehst«, fuhr sie fort, ohne sich mit der Erklärung zu beschäftigen.

»Um so beschämender für dich!«

»Deine ganze Geschichte war also Unwahrheit«, parierte sie, um nicht von der Beleidigung getroffen zu werden.

»Von Anfang bis zu Ende! Aber ich wollte deiner Mutter keinen Kummer bereiten und dich nicht der Schande aussetzen. Verstehst du das Feingefühl?«

»Ja, ich verstehe es, aber ich verstehe mich selbst nicht!«

»Das würde ich können, wenn du mir ein wenig von deinem früheren Leben erzählen wolltest.«

»Von meinem früheren Leben! Was meinst du damit?«

»Du hast also eine Vergangenheit! Den Verdacht habe ich stets gehegt.«

»Du erlaubst dir, zu insinuieren ...«

»Da es mich nichts mehr angeht, wer du bist oder gewesen bist, so ... Jetzt muß ich dir Lebewohl sagen!« unterbrach sich der Inspektor, als er draußen einen Bootsmann gehen sah, der ihn abholen wollte.

»Geh noch nicht von mir!« bat sie und ergriff seine Hand, indem sie ihm mit flehenden Blicken in die Augen sah. »Gehe nicht, denn dann weiß ich nicht, was ich tue!«

»Wozu uns länger quälen, da die Trennung unwiderruflich ist?«

»Wir wollen uns nicht quälen! Du sollst heute abend bei mir bleiben, dann können wir uns aussprechen, ehe wir uns trennen. Ich will dir alles erzählen, was du wissen willst, und hinterher wirst du dann ein anderes Urteil über mich fällen.«

Der Inspektor, der durch diese Äußerungen alles erfahren zu haben glaubte und sicher war, dem Unglück entgangen zu sein, die Geliebte eines oder mehrerer an sich zu binden, hatte jetzt seinen Entschluß gefaßt. Er trat an das Fenster und fertigte den Bootsmann mit dem Bescheid ab, daß er später in seinem eigenen Boot hinauskommen werde.

Als dies geschehen war, setzte er sich auf das Sofa, um die Unterhaltung in Gang zu bringen.

Aber nachdem Maria von ihrer Unruhe befreit worden war, fiel sie zusammen und wurde wortkarg, so daß schließlich ein völliges Schweigen entstand. Sie hatten einander nichts zu sagen, und die Furcht, Sturmvögel aufzuscheuchen, machte allmählich die Stimmung immer gedrückter, so daß die Langeweile sich in all ihrer Unheimlichkeit zu zeigen begann.

Der Inspektor machte sich an einigen Büchern zu schaffen, die auf dem Diwantisch zurückgelassen waren, und erblickte ein Exemplar, in das der Name des Assistenten geschrieben stand.

»Da liegt ›Die Geschichte einer jungen Dame‹, glaube ich! Hast du sie gelesen?« fragte er.

»Nein, ich bin noch nicht dazugekommen! Was ist es denn mit dem Buch?«

»Das Merkwürdige daran ist, daß es von einer Frau geschrieben und dabei doch aufrichtig ist.«

»So? Wovon handelt es denn?«

»Es handelt von der freien Liebe. Ein junger Gelehrter verlobt sich mit einem vorurteilsfreien jungen Mädchen. Und während er sich draußen auf einer Expedition befindet, gibt sie sich einem Künstler hin, um hinterher ihren Verlobten zu heiraten.«

»Nun? Was sagt denn die Verfasserin darüber?«

»Sie lacht natürlich darüber.«

»Pfui!« sagte Maria und erhob sich, um eine Flasche Wein zu holen.

»Warum pfui? Kein Eigentumsrecht in der Liebe! Und der Verlobte war übrigens langweilig, wenigstens wenn er mit ihr zusammen war, wenn man nach der Schilderung in dem Buch urteilen darf.«

»Jetzt fangen wir auch an, langweilig zu werden«, unterbrach ihn Fräulein Maria, indem sie die Gläser füllte.

»Womit wollen wir uns denn amüsieren?« fragte der Liebhaber mit einem zynischen Lächeln, das nicht mißverstanden werden konnte. »Komm und setz dich hier zu mir hin.«

Statt sich von dem brutalen Ton und der Handbewegung, die die Aufforderung begleitete, verletzt zu fühlen, schien sie mit einer gewissen Bewunderung zu dem Manne aufzusehen, den sie bisher wegen seines zu ehrerbietigen Auftretens fast verachtet hatte.

Die Dämmerung hatte sich herabgesenkt, und der Mond warf nur einen gelbgrünen Streifen auf den Estrich, auf dem sich der Schatten der Balsamine in einer Silhouette abzeichnete.

Durch das offene Fenster drangen gedämpfte Töne von dem ersten Walzer »Ballkönigin«, gleich einem Vorwurf, einem Gruß aus dem verlorenen Paradies, gleichzeitig die Hoffnung aufrechthaltend, daß nicht alles vorbei war.

Und in der Hoffnung, ihn durch die Erinnerung an die höchste Seligkeit zu binden, machte sie das letzte Zugeständnis nach einer stürmischen Liebeserklärung von seiner Seite.

13.

Drei Tage später kam der Inspektor von einem Aufenthalt auf Dalarö nach Österskär zurück. Als er erfuhr, daß Fräulein Maria abgereist war, um nicht wieder zurückzukehren, fühlte er sich unbeschreiblich erleichtert; es war, als sei die Luft reiner geworden. Und sobald er in sein Zimmer hinaufgekommen war, legte er sich in das offene Fenster und rauchte seine Pfeife, während er die wechselnden Ereignisse der letzten Tage Revue passieren ließ.

Als er sich gegen Mitternacht von dem jungen Mädchen losgerissen, hatte er sich in das Boot gesetzt mit einer Befriedigung, als habe er eine drückende Pflicht erfüllt. Jetzt erst war das Gleichgewicht in seinem Innern wiederhergestellt. Sein Recht war auf einem Gebiet gekränkt worden, wo ihm das Gesetz keine Genugtuung verschaffen konnte, und deswegen mußte er sich selbst Recht verschaffen; er hatte nur nach den Grundsätzen gehandelt, die die Gegner selbst aufgestellt hatten.

Als er dann an Bord der Korvette gegangen war, Leute getroffen hatte, mit denen er eine gebildete Sprache sprechen konnte, und gelehrte Themata mit dem Schiffsarzt behandelt hatte, wirkte das anfänglich wie ein Rausch auf ihn. Er brauchte keinen Druck auf sein Gehirn zu legen, um zu plaudern, brauchte sich nicht halbdumm zu machen, um verstanden zu werden. Und wenn er sich in Andeutungen ausdrückte, mit Nuancen, so begriff man ihn sofort. Da fühlte er, daß er in dreimonatlicher Barbarei gelebt hatte, die unmerklich, nach und nach, ihn in kleinliche Zänkereien hineingezogen, die sein Gedankenleben unter das Affektive und Vegetative gesenkt, das Reproduktionswesen zu einer Hauptsache gemacht und ihn verlockt hatte, als Teil in einer Beschälerkonkurrenz aufzutreten, in der er wahrscheinlich gesiegt hatte. Und nun verstand er, warum den Bannerführern der katholischen christlichen Kirche, die die Zivilisation unter den Wilden ausbreiten sollten, einstmals auferlegt worden war, keine Familie zu gründen, sich nicht an Weib und Kind zu binden. Er sah ein, daß dem Fasten und Entsagen für alle, die ein höheres geistiges Leben leben wollten, ein vernünftiger Sinn zugrunde lag. Es war auch nicht der Kurzweil wegen, daß der Anachoret die Einsamkeit suchte, denn so wie das zufällig auf das Brachfeld gefallene Weizenkorn sechzigfältig Frucht bringen konnte, während das auf dem Acker, wo das Saatkorn von Millionen anderer gedrängt wurde, nur zweifältig gab, so konnte das Individuum, das eine reichere Entwicklung anstrebte als die übrigen, nur in der Einsamkeit wachsen.

Eine Erfahrung von drei Tagen hatte dies bestätigt; denn als er auf der Korvette und in dem Badeort von einem Kreis zum andern geschleppt worden war, merkte er, wie seine Ecken im Laufe des Tages abgeschliffen worden waren, wodurch er wie der Edelstein an Aussehen gewonnen, aber an Wert verloren hatte. Er war in dem Maße zu feigen Zugeständnissen verlockt worden, hervorgerufen durch allgemeine Sympathie für die Menschen und durch den Anpassungstrieb des Verkehrslebens, daß diese in der Gesellschaft improvisierten Äußerungen aufdringlich in der Erinnerung auftauchten mit dem Anspruch, seine innersten Gedanken zu sein. Schließlich war er des Ganzen überdrüssig geworden, weil er sich wie ein Mensch fühlte, der das eine sagte und das andere dachte. Er fing an, sich über sich selbst zu schämen, und merkte, daß er mit der steigenden Achtung, die er durch sein liebenswürdiges Wesen bei der Gesellschaft errang, an Achtung für sich selbst einbüßte.

Wenn er vermeiden wollte zu sinken, mußte er sich isolieren, und die Einsamkeit, die er jetzt wiedergefunden hatte, wirkte auf seinen Geist wie ein Dampfbad oder ein Hinausschwimmen ins Meer, wo jeder Zwang, jede Berührung mit einer festeren Materie aufgehört hatte. Er beschloß deswegen, sich den Winter über auf der Schäre aufzuhalten.

In dieser Veranlassung mietete er das Haus, wo die Damen gewohnt hatten, und begann sofort mit dem Einziehen. Das eine große Zimmer nahm er zur Bibliothek und zum Laboratorium, das andere zur Wohn- und Eßstube, und in der Bodenkammer richtete er sich eine Schlafstube ein.

Als er am nächsten Tage nach einem traumlosen Schlaf in seiner neuen Wohnung erwachte, empfand er ein bisher unbekanntes Wohlsein, ein ganzes Haus für sich zu haben, in dem er sich keine Suggestionen durch die Stimmen anderer aufzwingen zu lassen, keine andern Eindrücke, als die er selbst bestimmte, zu empfangen brauchte.

Nachdem er Kaffee getrunken, schloß er sich in seine Bibliothek ein, zuvor gab er jedoch Bescheid, daß er vor drei Uhr nachmittags für keinen Menschen zu Hause sei.

Dann machte er sich an die Arbeit mit einem älteren Plan zur Untersuchung der jetzigen Ethnographie Europas, durch den er alle ergebnislosen Reisen zu ersparen gedachte. In gedruckten Rundschreiben, die in dem Namen einer vorgegebenen Firma ausgestellt waren, füllte er jetzt die Adressen aus, steckte sie in Briefumschläge und frankierte diese. Er hatte ausgerechnet, daß er die erschöpfendsten Aufschlüsse über die Maße der Schädel und die Körperdimensionen erhalten würde, indem er Rundschreiben an Hutmacher, Sargfabrikanten, Hemden- und Strumpffabrikanten in allen größeren Städten Europas sandte, mit der Bitte um Angaben der Maße, die vorzugsweise im Handel gingen; er bediente sich hierbei des Vorwandes, daß er diese Waren *en gros* zu exportieren gedenke. Außerdem hatte er Rundschreiben an die größten wie die kleinsten Buchhändler in größeren und kleineren Städten gesandt mit Aufträgen, ihm zum höchsten Preis gegen Postvorschuß alle möglichen Photographien zu schicken; ferner setzte er sich mit einem Techniker in Verbindung, der Photographien aufkaufte, um das angewendete Silber herauszuziehen. Mit diesen und den Tausenden von Porträts, die er aus ausländischen illustrierten Blättern ausgeschnitten hatte, beabsichtigte er, seine Forschungen zu beginnen.

Es war Mittag geworden, ehe er diese Arbeit abgeschlossen hatte.

Als er ausging, um zu essen, gewahrte er einen Brief, der in den Briefkasten an seiner Tür geworfen war. Die Handschrift war ihm bekannt, und nachdem er sich vergewissert hatte, daß der Brief von Fräulein Maria war, öffnete er ihn nicht, sondern ließ ihn neben sich auf dem Tisch liegen, während er sein einfaches Mittagsmahl so schnell wie möglich verzehrte. Daß das Schreiben nichts Angenehmes enthalten konnte, darüber war er sich klar, da er sein Versprechen gebrochen hatte, am nächsten Tage wieder zu kommen und Abschied zu nehmen, und weil er sich alle unangenehmen Eindrücke ersparen wollte, barg er den Brief in einer Tischschublade, ohne ihn zu öffnen.

Als er aber nach Tische eine Stunde geschlafen hatte, und sowohl das Arbeits- wie auch das Essenfieber verschwunden war, fühlte er, wie die Gedanken nicht mehr zu den Büchern hinüberschweiften, sondern unwiderstehlich von dieser Tischschublade angezogen wurden. Und nun begann er, im Zimmer auf und nieder zu wandern, die Beute eines heftigen, ermattenden, inneren Kampfes. Es war, als habe er einen Teil ihrer Seele in die Tischschublade eingeschlossen; sie war im Zimmer, und der weiße Briefumschlag, auf dem das rote Siegel wie ein Kuß strahlte, lag da, geladen mit der Anziehungskraft ihres Geistes. Er sah sie dort auf demselben Sofa sitzen, hörte ihr Flüstern, fühlte ihre Augen in der Dämmerung glühen, und das Blut fing wieder an, ihm in den Adern zu brennen. Wie dumm war es doch, dachte er, sich die höchste Seligkeit des Lebens aus den Händen entschlüpfen zu lassen. Da die Liebe ein gegenseitiger Betrug war, weswegen sich da nicht betrügen lassen? Nichts umsonst! Und da es kein vollkommenes Glück gab, warum sich da nicht mit dem unvollkommenen begnügen?

Jetzt fühlte er, daß er zu ihr hätte hinkriechen, sich als ihr Sklave hätte beugen und sich für den Überwundenen erklären können. Er hätte den Nebenbuhler ja weggraulen können, und allein mit ihr, unter vier Augen hätte er sie leicht mit den Banden der Gewohnheit und des Interesses fesseln können, so daß sie sich schließlich nichts mehr aus einem andern gemacht haben würde.

Aber dann kam die Furcht, daß dieser Brief ihn der letzten Hoffnung berauben könnte, die doch besser war als nichts, und dann wollte er ihn nicht lesen. Er hatte an seinem Arbeitstisch Platz genommen, und fast ohne daran zu denken, was er tat, öffnete er eine eiserne Retorte, steckte den Brief hinein und zündete die Gebläselampe darunter an. Gleich darauf blies der Rauch aus dem Hals der Retorte heraus, und nachdem der sich verzogen hatte, zündete er das Gas mit einem Streichholz an; eine kleine bläulichgelbe Flamme brannte einige Minuten mit einem kreischenden Laut, wie das Pfeifen einer Fledermaus.

Der Geist des Briefes! würde ein Alchimist gesagt haben. Es war eine Papiermasse, die verzehrt wurde und dieselben Verbrennungsprodukte von Kohle und Wasserstoff gab wie ein brennender, lebender Körper. Kohle und Wasserstoff! Das war alles, ein und dasselbe.

Die Flamme flatterte matt, wurde kleiner, kroch ins Rohr hinein, und dann war es wieder dunkel im Zimmer.

Draußen über dem Meer waren dunkle Wolken aufgezogen, der östliche Wind peitschte die Wellen auf, die gegen den Strand schlugen, seufzten, fauchten, und der Sturm trieb gegen die Hausecke wie die Welle gegen einen Steven; aber mitten zwischen diesen klagenden Lauten hörte man die Boje draußen auf See heulen, rhythmisch wie ein tragischer Schauspieler, wenn er rezitiert, und mit Pausen, als schöpfe er Atem oder als wolle er das letzte Wort voll austönen lassen, ehe er ein neues hervorströmen ließ. Es war ein Solo für Titan mit Sturmbegleitung, eine Riesenorgel, die der Ostwind als Balgentreter bediente.

Das Zimmer wurde ihm zu drückend; er warf seinen Überzieher über, um in den Sturm hinauszugehen und ihn die Unpäßlichkeit wegblasen zu lassen. Unwillkürlich angezogen von dem Lichtschimmer einer Laterne in dem Kaufmannsladen, ging er darauf zu. Da die Treibnetzfischerei besonders erfolgreich gewesen war, herrschte lebhafter Verkehr in dem Laden, und von der Dunkelheit verborgen, konnte er dicht an den plaudernden Fischern vorüberkommen, ohne gesehen zu werden.

»Und der Assistent hat ihm das Mädel weggeschnappt«, sagte der alte Oman, »und da hat sie einen richtigen Mann gekriegt statt dieses ...«

»Freilich, er ist ja nicht so, wie ein Mensch sein soll«, entgegnete der unverheiratete Vestman, »denn heut hat er gewiß über hundert Briefe geschrieben, die mit der Post fort sollten. Und was er da drinnen kocht und zusammenbraut, kann kein Sterblicher sagen, aber ich, ich hab nu so meine eigenen Gedanken. Und die Augen sollen wir nun doch aufmachen, denn die Art Leute, die sich einschließen und kochen, die kennen wir!«

»Ach was, zum Teufel auch!« entgegnete jetzt der verheiratete Vestman. »Laßt ihn doch seinen Schnaps selbst brauen; es wird ihm wohl nicht schlimmer ergehen als dem alten Söderlund, der draußen auf den Werdern maischte und den Verstand verlor! Ich meine, da sollten wir uns nich reinmischen.«

»Ja, wenn's bloß das wär!« sagte Oman, »dann ging es allenfalls noch an, aber seht mal, ich vergeß es ihm nich so leicht, daß er mir die Netze wegnehmen wollt', und krieg ich ihn mal bei der Floßfeder gefaßt, dann laß ich ihn nich wieder los, eh er in'n Fischkasten sitzt ...«

»Ja, wer keinen Gott hat, der ist ein schlechter Mensch! Das ist sicher und gewiß«, beschloß der Kolporteur.

Obwohl sich der Inspektor niemals Illusionen in bezug auf die Dankbarkeit der Menschen gemacht hatte, konnte er doch nicht umhin, sich unangenehm dadurch berührt zu fühlen, daß er sich hier draußen in dieser öden Gegend von lauter Feinden umgeben sah, von Feinden der gefährlichsten Art, die ihn entweder für einen Narren oder einen Verbrecher hielten. Sie glaubten, er brenne Branntwein, um fünfundzwanzig Öre auf den Liter zu verdienen! Sie hatten ihn in Verdacht der Giftmischerei. Geschah hier irgendein Unglück, so würde man ihm wohl die Schuld dafür beimessen. Und fischten sie mit ihren ungesetzmäßigen Netzen, so konnte er diese nicht einmal mit Beschlag belegen, ohne selbst Gefahr zu laufen, unter eine mehr oder weniger skandalerregende Anklage gestellt zu werden oder – was noch schlimmer war – ihrer Rache ausgesetzt zu sein.

Es war eine gefährliche Gesellschaft, lebensgefährlich wie die Dummheit. Und obwohl er wußte, daß er sie sich jeden Augenblick zu Freunden machen konnte, wenn er sie mit einer Kanne Branntwein traktierte und selbst mit ihnen trank, so kam ihm dies doch nicht in den Sinn. Ihre Feindschaft machte ihn frei, ihre Freundschaft würde ihn in den Schlamm hinabgezogen haben. Ihr Haß konnte nur als Stromwender auf seine Kraft wirken, wohingegen ihre Zuneigung sie neutralisiert haben würde, selbst wenn ihr Geist nie mit dem seinen in Kontakt getreten wäre. Und die Gefahr selbst hatte ihr Angenehmes, weil sie seinen Geist wach und geschmeidig hielt, ihm etwas gab, worauf er reagieren mußte, woran er sich üben konnte. Im übrigen war die Gefahr hier draußen unter den Wilden nicht geringer als oben in den Kreisen, die er eben verlassen hatte, wo die Macht, wirklichen Schaden zuzufügen, noch größer war. Hatte der Arzt auf der Korvette ihn nicht für krank gehalten, als er davon sprach, daß man eine Methode erfinden müsse, um die unermeßlichen Mengen freien Stickstoffs auszunützen, die jetzt bei der Schwefelsäurefabrikation verschwendet wurden, während man gleichzeitig den teuren Chilisalpeter einführte, um den Stickstoffverlust des Erdbodens zu ersetzen. Oder als er etwas über die Anwendung des Schornsteinrauchs fallen ließ, hatte ihm der Freund da nicht den Rat erteilt, an irgendeinen Badeort auf Ferien zu gehen und Verkehr mit Menschen zu suchen?

Nein, dann weit lieber in der Einsamkeit bleiben, als Narr unter den Rothäuten gelten, als von seinen Gleichgestellten, die ein unanfechtbares Autoritäts- und Gerichtsrecht besaßen, zu bürgerlichem Tod verurteilt zu werden.

Nachdem er eine Weile im Dunkeln umhergewandert war, kehrte er in seine Wohnung zurück, zündete in beiden Zimmern Lichter und Lampen an und öffnete die Tür zum Flur, wodurch er den Eindruck, eingeschlossen zu sein, aufhob.

Als er nach der Uhr sah, war sie nicht mehr als acht. Der lange Abend und die Nacht machten ihn ängstlich, denn sein Kopf war zu müde, um arbeiten zu können, aber nicht müde genug, um Schlaf zu bringen. Das Heulen des Windes um die Ecken des Hauses, das Dröhnen der Wellen und das Brüllen der Heulboje machten ihn nervös. Um sich von diesen Gehörsuggestionen zu befreien, deren Sklave er nicht sein wollte, setzte er seine in Deutschland gekauften »Schlafkugeln« ein, kleine Stahlkügelchen, die, in den Ohren angebracht, jeden Laut hinderten einzudringen oder bemerkt zu werden.

Als er nun aber den vielleicht wichtigsten Verbindungsweg mit der Außenwelt abgesperrt hatte, begann seine Phantasie mit höherem Druck zu arbeiten. Eine rasende Neugier, zu erfahren, was der verbrannte Brief enthalten hatte, erfaßte ihn mit unwiderstehlicher Macht, so daß er die Retorte öffnete und in der Asche zu lesen versuchte. Aber die Tinte selbst war vom Feuer zerstört, und es war keine Spur von Schrift mehr übrig. Nun lag dem Zweifel und dem Erraten das Feld offen. Bald glaubte er, aus seinen Erlebnissen auf den Inhalt des Briefes schließen zu können, bald gab er dies wieder auf, da er sich Marias unlogischer Art zu denken und zu handeln entsann.

Dann schließlich gelangte er zu dem Ergebnis, daß es unmöglich sei, es ausfindig zu machen, und er beschloß, nicht mehr darüber zu grübeln. Aber das Gehirn war jetzt mit ihm durchgegangen und grübelte auf eigene Faust, mahlte und siebte, bis er vollständig erschöpft war, ohne imstande zu sein, in Schlaf zu fallen. Und mit der zunehmenden Schwäche im Gedankenorgan erwachten die niederen Triebe.

Wütend darüber, daß seine Seele nicht im Kampf gegen den gebrechlichen Körper auszuhalten vermochte, entkleidete er sich schließlich, nahm eine Dosis Bromkalium, das sofort den wilden Lauf des Gehirns hemmte; die Phantasien erloschen, das Bewußtsein ward betäubt, und dann fiel er in einen todähnlichen Schlaf.

14.

Es war Herbst geworden, aber auf der Schäre konnte man nicht sehen, daß der Sommer geflohen war, denn da gab es keinen Laubbaum, der gelb werden konnte; die Flechtenarten auf den Klippen aber wurden immer üppiger und schwollen von Feuchtigkeit, das Heidekraut und die Moosbeere grünten von neuem, die Wacholdersträucher und die Zwergkiefer, die ewiggrünen Bäume des Nordens, wurden durch den Regen aufgefrischt und vom Staub gereinigt.

Die Fischer waren fortgezogen, nachdem ihre Herbstarbeit beendet war; überall herrschte wieder Stille, und der Kaufmannsladen war geschlossen. Das Gerüst der Kapelle war immer nackter geworden, da die Bretter zu Brennholz oder Tischlerarbeiten gestohlen wurden, so daß nur noch die Pfähle dastanden und einer Sammlung von Galgen glichen.

Den Laienprediger sah man nur noch selten, denn nachdem er Abstinenzler geworden war, hatte er sich derartig mit Chinawein angefüllt, in dem Kognak den Hauptbestandteil bildete, daß er schon an Ohrensausen und Herzklopfen litt und meistens lag und schlief.

Nach Verlauf eines Monats war es dem Inspektor gelungen, seine Seele von der Schußwunde zu heilen, die er bei dem Liebesspiel davongetragen. Er hatte sein Fleisch mit Jodkalium und herabgesetzter Diät kasteit, und wenn die Trübseligkeit der Einsamkeit ihn überkam, stellte er eine Dosis Aufmunterungsgas aus Ammoniumnitrat her, da er schon lange ausfindig gemacht hatte, daß Alkoholberauschung ordinär war und oft starke Niedergeschlagenheit, ja Selbstmordmanie zur Folge hatte.

Anfangs hatte das wunderbare Oxydul ihn belebt und ihn zum Lachen gebracht, aber das banale Grinsen hatte alle seine großen Gedanken und Bestrebungen in ein Nichts aufgelöst, über das er lachte; und wenn er sich dann also auf gleicher Höhe mit dem befand, was ihn ausgelacht hatte, fühlte er das Bedürfnis, sich wieder über sich selbst zu erheben, und entbehrte seinen Kummer und seinen Schmerz.

Da er sich aber vollständig isoliert hatte, so daß das Dienstmädchen nur bei ihm reinemachen und die Speisen auftragen durfte, während er sich in die Bodenkammer einschloß, begannen alle Erinnerungen vom Sommer sich ihm als Gespenster zu zeigen. Er entsann sich, ohne es zu wollen, jedes einzelnen Wortes, das gefallen war. Und jetzt erschien ihm das Auftreten des Laienpredigers auf dem Werder im Nebel als etwas im voraus Überlegtes. Die Worte, die der Kolporteur über des Vaters und seine eigenen Verhältnisse hatte fallen lassen, in Verbindung mit Fräulein Marias Äußerung, daß sie sehr wohl wisse, wer er sei, schlugen jetzt Wurzel, wuchsen und wurden groß. Es mußte ein Geheimnis in seinem Leben geben, das alle kannten, nur er selber nicht. Und es währte nicht lange, bis er sich einbildete, in dem Benehmen des Prädikanten draußen auf der Schäre eine organisierte Spionage zu sehen, hinter der Leute standen, die ihn verfolgen wollten. Wenn aber dann sein Gemüt ruhiger wurde, glaubte er das nicht, denn er wußte sehr wohl, daß Verfolgungswahnsinn das erste Symptom der Schwäche ist, die mit Isolierung im Gefolge steht. Die Menschheit war ja eine große, aus vielen Elementen zusammengesetzte elektrische Batterie, und das Element, das isoliert wurde, verlor sofort seine Kraft. Die mit Kupferdraht übersponnene Drahtrolle war ja im selben Augenblick lahm, wo die weiche eiserne Stange weggenommen wurde, und er war ja auf dem besten Wege, lahm zu werden, da seine eiserne Stange stahlgehärtet war.

Ja, aber er hatte nicht diese krankhafte Verfolgungsmanie, die eine Folge körperlicher Schwäche ist, denn er war ja tatsächlich verfolgt worden, man hatte ihm entgegengearbeitet, seit er sich damals in der Schule als eine Kraft erwies, als Begründer einer neuen Art, die aus der Familie hatte hervorbrechen können, und sich so wie die differenzierende Pflanze einen eigenen, selbständigen Namen hatte schaffen können, vielleicht den Namen für eine neue Familie. Er war verfolgt worden, von unten instinktmäßig von den Unterlegenen und von oben von den Mittelmäßigen, die gleich Eichmeistern dasaßen und den Maßstab bestimmten, nach dem die Größe beurteilt werden sollte. Er war gefaßt worden, gehackt wie der gelbe Rassevogel von den Kanarischen Inseln, wenn er sich aus dem Bauer verirrt hatte und in den Wald hinaus unter die Grünspechte geraten war, wo sein allzu prachtvolles Gewand die wilden Vögel reizte.

Aber die Natur, mit der er bisher Umgang gepflegt hatte, war jetzt tot für ihn, denn das Mittelglied, der Mensch, fehlte. Das Meer, das er angebetet hatte und das er als das einzige Großzügige in seinem dürftigen Lande mit den gekritzelten, kleinlichen Sommervillenlandschaften betrachtete, fing an, ihm allmählich, als er selbst wuchs, eng zu erscheinen. Dieser blaue, terpentingrüne oder graue Ring schloß ihn ein wie in einen Gefängnishof, und die einförmige kleine Landschaft hatte dieselbe Plage zur Folge wie die Zelle des Sträflings: Mangel an Eindrücken. Von dem Ganzen wegzureisen, vermochte er nicht, weil er eingewurzelt war in seiner Erde, in seinen kleinen Eindrücken und seiner Diät und nicht mit der Wurzel verpflanzt werden konnte. Es war die Tragik des Nordländers, die sich in der Sehnsucht nach dem Süden äußerte.

Und dann begann er nachzugrübeln und Pläne zu machen, wie das Land – Inselland nannte er es, denn daß es in Lappland landfest war, rechnete er nicht mit – mit dem Kontinent zu verbinden sei. Zuerst sollte ein sechsstündiger Blitzzug nach Helsingborg, in Verbindung mit einer Dampffähre über den Sund, die Hauptstadt Dänemarks zum Zentrum des Nordens machen. Eisfreie Häfen bei Djurö und Rynäs sollten mit Hilfe von Eisbrechern das ganze Jahr hindurch Handel und Schifffahrt im Gange halten; der nordische Winterschlaf wurde dadurch abgeschafft, und der Nationalcharakter: Unbeständigkeit, den man dieser sechsmonatigen Unterbrechung von aller Wirksamkeit zuschrieb, würde eine Veränderung erfahren. Der russische Handel auf England sollte über Stockholm und Göteborg geleitet und der alte Plan aus der Zeit Karls XI. und Karls XII.: den Handel Persiens und Indiens über Rußland und Schweden zu führen, verwirklicht werden.

Schweden sollte zu einem Touristenland gemacht und die Ausländer sollten hierher gelockt werden. Stockholm wollte er in eine Salzwasserstadt verwandeln, indem man den Mälar bei Norrbro und »Slusen« verschloß und ein Kanalsystem aus der Strängnäsbucht durch den See Bofven nach Trosavig hinaus eröffnete. Dadurch würde man das Salzwasser bis »Skibsbroen« und Nybroviken hinaufführen, was die atmosphärischen Verhältnisse und damit auch die Menschen verändern würde.

Er dachte an jene Zeit, da Schweden, als es noch der großen katholischen Kirche angehörte, in Verbindung mit Rom stand und dadurch mit zu Europa gerechnet wurde; er wollte deswegen, falls es sich zeigen sollte, daß die Religion von den breiten Schichten der Bevölkerung nicht über Bord geworfen werden konnte, diesen Glauben der Väter wieder einführen, den abzuschwören wir mit Feuer und Schwert gezwungen worden, und dessen Märtyrer Hans Brask, Olaus und Johannes Magnus, Nils Dacke und Ture Jönsson in der Geschichte so schändlich besudelt worden waren. Der Katholizismus, das Römererbe, der erste Bannerträger des Europäertums, war ja jetzt siegreich durch Europa gegangen. Bismarck war im Kulturkampf unterlegen, war nach Kanossa gegangen und hatte den Papst zum Friedensrichter erwählt, nachdem er angefangen, an Schiedsgerichte ohne Stahlkanonen zu glauben. Dänemark hatte katholische Kirchen gebaut, und das junge Dänemark hatte seine Federn in den Dienst der Sache gestellt. Die Germanisierung des Nordens wie auch Norddeutschlands war nur ein Rückfall in die Barbarei nach den Hunnenschlachten von 1870, deren Folgen sich in Form von Lateinverfolgung und Franzosenhaß zeigten, welch letzteres sich in einem Ausrottungskrieg gegen französische Literatur, in norddeutscher Familienpolitik und lutherischer Inquisition mit Ketzergefängnissen und einer allgemeinen Senkung des Intelligenzniveaus äußerte.

Das Luthertum, das war der Feind! Teutonenkultur, Bourgeoisreligion in schwarzen Beinkleidern, sektiererische Kurzsichtigkeit, Partikularismus, Absperrung, Einsperrung und geistiger Tod!

Nein, Europa sollte wieder ein Ganzes werden, und der Weg des Volkes ging über Rom, der der Intelligenz über Paris!

Der schwedische Bauer sollte sich wieder als Weltbürger fühlen und aus seiner Unterklassenstellung heraustreten, wieder den Anstrich von Schönheitskultur erlangen, den die Kirche ehemals in Bildern und Tönen darbot. Sein Gottesdienst sollte ein richtiger Lobgesang in Römersprache sein, von Dichtern, nicht aber von Gesangbuchverfassern gedichtet, und wovon er nur gerade so viel verstehen durfte, daß es seine höchsten Vorstellungen über das wachrufen konnte, was zu fassen er doch nicht imstande war. Seine Hochmesse sollte von wirklichen Geistlichen verrichtet werden, die sich ihr neben der Religion und der Seelenpflege widmeten und nicht dem Ackerbau, dem Molkereiwesen, dem 'Hombrespiel oder kaufmännischen Geschäften. Dann sollte die Frau des Bauern einen Seelsorger bekommen, dem sie im Beichtstuhl ihre Sorgen anvertrauen konnte, statt in die Küche der Frau Pfarrer zu rennen und sie vor den Dienstmädchen auszuplappern.

Und durch die Wiedereinführung des Latein würde gleichsam die Doktorarbeit jedes Upsalaer Studenten von den Gelehrten Europas gelesen werden können, und jeder schwedische Forscher würde sich als Mitglied der universellen Intelligenzkorporation unter dem Pontifikat in Paris fühlen.

Diese und viele andere Gedanken schrieb er nieder und legte sie in seine Tischschublade, denn er kannte nicht eine einzige Zeitung, die sie aufnehmen würde – am allerwenigsten die den Patrioten gehörenden, die »aus Neid keine Vorschläge zur Entwicklung des Vaterlandes zu empfangen wünschten«.

Er hatte jetzt Antworten auf sein Rundschreiben erhalten und die Bodenkammer mit Material für seine europäische Ethnographie angefüllt. Aber jetzt hatte er das Interesse für das Thema verloren; sein Gemüt war wirklich krank geworden, so daß er nicht einmal auszugehen wagte. Der Anblick eines Menschen rief bei ihm einen solchen Abscheu hervor, daß er sofort umkehrte, sobald er jemand begegnete. Gleichzeitig wuchs jedoch bei ihm das Bedürfnis nach Gesellschaft, er hatte das Verlangen, seine eigene Stimme zu hören und durch Kontakt mit einem andern Menschen sein überproduzierendes Gehirn zu entladen und zu fühlen, daß er auf das Dasein anderer einwirkte. Er hatte einen Augenblick daran gedacht, sich einen Hund anzuschaffen, aber Teile seines Seelenlebens, seine Gefühle in einem Tierkörper niederzulegen, war dasselbe wie Trauben auf eine Distel zu pfropfen, und von der Sympathie der schmutzigen, schmarotzenden Tiere hatte er sich außerdem niemals betören lassen.

Da war ein einziger Mann auf der Insel, der eine gewisse Anziehung für Borg hatte, und das war der verheiratete Zollassistent Vestman, dessen Frau in Bigamie lebte, ohne daß der Mann es wußte. Er war ein recht vernünftiger Mensch mit einem offenen und ehrlichen Aussehen, und mit ihm nahm der Inspektor den Verkehr wieder auf, indem er ihm eine Lachsleine mit dazu gehörigen Angelhaken schenkte. Borg hatte ihm im Anfang des Sommers Bücher geliehen und ihn gelehrt, nach Vorschrift zu schreiben, aber nachdem die Fischerei begonnen hatte und die Seefahrt lebhafter geworden war, hatten sich ihre Wege getrennt.

Aber um nun den Mann dazu zu bringen, die Lachsleine richtig zu benutzen, wollte der Inspektor nicht verraten, daß die Fischerei dem

Lachs galt, denn dann würde der konservative Fischer sich niemals mit einer seiner Ansicht nach so unsinnigen und unnützen Arbeit befaßt haben; er befand sich daher in dem seligen Glauben, daß es sich um einen neuen und einträglichen Dorschfang handle, wodurch man die allergrößten Fische bekommen konnte.

Als der Inspektor nach einmonatigem Einsiedlerleben zusammen mit Vestman hinausruderte und die eigene Stimme wieder hörte, merkte er, daß sie aus Mangel an Übung die Klangfarbe verändert hatte und dünner geworden war, so daß es ihm vorkam, als höre er einen Fremden sprechen. Und nun berauschte er sich mit Reden. Sein Gehirn, das sich seit langer Zeit nur mit Hilfe von Hand und Feder geäußert hatte, brach nun durch die Schleusen des Kehlkopfes, alle seine Gedanken strömten heraus wie ein reißender Strom, unterwegs neu gebärend. Da er jetzt mit einem menschlichen Ohr als Resonanzboden sprach, ohne unterbrochen zu werden, ohne mit Fragen gequält zu werden, war es ihm, als habe er einen wirklich verstehenden Zuhörer. Und nach ihrem ersten Ausflug fühlte er sich davon überzeugt, daß Vestman die intelligenteste Person war, die er seit langer Zeit getroffen hatte.

So fuhr er eine Woche fort und erzählte auf ihren Segelfahrten von den Geheimnissen der Natur, erklärte die Einwirkung des Mondes auf die Wasserfläche, warnte vor dem Glauben, daß alles, was das Auge sah, wirklich so war, wie es »aussah«; erzählte, daß zum Beispiel der Mond birnenförmig sei, obwohl er aussehe wie eine Kugel, und daß man daher auch nicht mit Sicherheit behaupten könne, daß die Erde eine Kugelform habe ...

Hier verzog Vestmans Gesicht sich, und er wagte zum erstenmal, eine Einwendung zu machen:

»Ja, aber das steht doch auf alle Fälle in meinem Kalender.«

Der Inspektor merkte, daß er zu weit gegangen war und daß er umkehren mußte, aber es war zu spät, denn wenn er eine Darstellung der neuesten Forschungen von der Form der Erde geben sollte, nämlich, daß sie ein dreiachsiges Ellipsoïd sei, so setzte dies Vorkenntnisse bei dem Zuhörer voraus, weswegen er zu einem andern Thema überging. Er sprach von Luftspiegelungen und benutzte die Gelegenheit, um zu fragen, ob man auf Svärdsholmen gewesen sei und gesehen habe, wie er da draußen gehaust hatte.

»Ja, wir haben freilich gesehen, daß man dort gehaust hat, aber jetzt geht niemand mehr auf der Insel an Land; die Fischerei und die Schafweiden liegen da draußen öde« antwortete Vestman ganz treuherzig.

Nach diesem Geständnis zog sich der Inspektor zurück, beschämt, das Opfer der Illusion gewesen zu sein, daß sein Zuhörer verstanden habe, was er gesagt. Er hatte gegen eine Mauer angeredet und sein Echo für die Stimme des andern gehalten.

Acht Tage später herrschte große Aufregung auf der Schäre, denn Vestman hatte einen Lachs gefangen, der sechsundzwanzig Pfund wog. Und da er sich einbildete, der Erfinder dieser Fischerei zu sein, kam bald eine Notiz in die Zeitung über einen neuen Erwerbsquell für die Schärenbewohner, nachdem der Strömling anfange knapp zu werden. Der glückliche Fischer Erik Vestman habe sich dadurch die Achtung und die Dankbarkeit seiner Mitbürger erworben usw.

Bald darauf erschien in einem volkstümlichen Wochenblatt ein ehrenkränkender Aufsatz über Fischereiinspektoren, die nichts verstanden, sich aber trotzdem einbildeten, andere belehren zu können.

Hierauf folgte bald ein Schreiben von der Landwirtschaftlichen Akademie an den Inspektor mit dem Ersuchen um ausführlichere Berichte über die Fischerei und namentlich den Lachsfang. Der Inspektor antwortete lediglich mit Einsendung seines Abschiedsgesuchs.

Der geringen Stütze beraubt, die seine frühere Amtsstellung ihm gewährt hatte, sollte er jetzt bald erfahren, daß die Eingeborenen, die gehört hatten, daß er »verabschiedet« worden sei, einen förmlichen Ausrottungskrieg gegen ihn eröffneten. Zuerst begannen sie damit, unter dem Vorwand, daß kein Platz an der Brücke sei, sein Boot loszumachen, so daß es ans Ufer trieb und zerschellte.

Als dann Regenwetter eintrat, merkte er, daß es in die Bodenkammer hineinregnete. Und nachdem er sich bei Oman darüber beklagt hatte, begann es auch in die andern Zimmern hineinzuregnen, ohne daß er entdecken konnte, daß Dachsteine fehlten.

Kurz darauf wurde in seinem Keller eingebrochen; es seien Estländer, sagte man.

Die Absicht: ihn fortzugraulen, war ganz deutlich, aber jetzt belustigte es ihn, zu trotzen, und dies geschah, indem er sich nichts merken ließ, sondern alles erduldete.

Da er sich jetzt aber von wirklichen Feinden umgeben sah und allen Ernstes aus der Gesellschaft ausgestoßen, überkam ihn die Angst des

Friedlosen mit verdoppelter Macht. Er schlief des Nachts schlecht, obwohl er sich bemühte, seine Träume zu regulieren, indem er sich starke Suggestionen eingab, ehe er sich schlafen legte. Aber wenn er erwachte, hatte er geträumt, er sei eine losgerissene Heulboje, die trieb und trieb, ohne einen Strand zu erreichen, an den sie angetrieben werden konnte. Und im Schlaf hatte er unbewußt Stütze am Bettrand gesucht, um Berührung mit etwas zu finden, wenn es auch etwas Lebloses war. Zuweilen träumte er, daß er in der Luft schwebe und weder hinauf noch hinab kommen könne; und wenn er schließlich nach einem Ohnmachtsanfall erwachte, hatte er sich mit den Händen in das Kissen gekrallt, auf dem sein Kopf ruhte. Jetzt begann die Erinnerung an seine verstorbene Mutter aufzutauchen. Er erwachte oft, nachdem er geträumt hatte, er liege als Kind an ihrer Brust. Die Seele war offenbar im Rückgang, und die Erinnerung an den Mutterursprung, die Kette zwischen bewußtem und unbewußtem Leben, die Trösterin, die Verbesserin stieg hervor. Kindheitsgedanken an ein Wiedersehn in einem andern Leben wurden wach, und seine ersten Selbstmordgedanken äußerten sich als unbezwingbare Sehnsucht, die Mutter irgendwo in einer andern Welt wiederzufinden, an die er nicht glaubte.

Alle Wissenschaft hatte nicht den geringsten Nutzen einem sinkenden Geist gegenüber, der alles Interesse für das Leben verloren hatte. Das Gehirn hatte gekämpft, bis es müde geworden war und die Phantasie ohne Regulator arbeitete.

Als Weihnachten herankam, ging er noch umher, aber er aß fast nichts, und des Abends betäubte er sich mit Äther. Er empfand Ekel an dem Leben und lachte, wenn er an sein früheres Streben dachte. Das Regenwetter hatte seine Bücher und Papiere verdorben; die Apparate standen voller Grünspan und Rost da.

Die Sorgfalt für seine Toilette hatte sich verloren: der Bart wuchs wild, das Haar wurde nie gekämmt, und er scheute das Wasser. Seit langer Zeit hatte er die Wäsche nicht gewechselt, und er hatte es verlernt, Schmutz zu kennen.

An seinen Kleidern fehlten Knöpfe, und der Rock war vorne immer voller Flecke, beschmutzt, denn die Hand, die Messer und Gabel führte, gehorchte dem Willen nicht mehr.

Wenn er hin und wieder einmal ausging, schrien die Kinder hinter ihm her und gaben ihm Schimpfnamen.

Eines Morgens hatte er den ganzen Kinderschwarm hinter sich her. Sie zupften ihn an den Rockschößen, und als er sich umdrehte, wurde ein Stein geworfen, der ihn am Kinn traf, so daß er blutete. Da brach er in Tränen aus und bat, sie möchten nicht böse auf ihn sein.

»Ja, du sollst weg von hier, Trallerjahn«, rief ein zwölfjähriger Junge, »denn sonst kriegen wir dich hier in Armenpflege!«

Und dann machten sie sich alle daran, ihn zu steinigen. Aber im selben Augenblick kam Omans Dienstmädchen und packte den Jungen bei den Haaren. Und nachdem sie ihn gezüchtigt hatte, ging sie an den Überfallenen heran und trocknete ihm mit der Schürze das Blut vom Gesicht.

»Armer kleiner Kerl!« sagte sie.

Da lehnte er den Kopf gegen ihren üppigen Busen und sagte: »Ich will bei dir schlafen.«

»Schäm Er sich was!« fauchte das Mädchen und stieß ihn von sich. »Wie roh du doch denkst! Pfui!«

Eines Abends, einige Tage später, kam Vestmans Mädchen gelaufen und bat den Doktor, doch zu kommen und sich nach der Madame umzusehen, die im Sterben liege. Die Aufforderung erschien dem Inspektor sehr sonderbar, aber mit dem Scharfblick, der, wenn er seine lichten Augenblicke hatte, eine Begleiterscheinung seiner Krankheit war, sah er ein, daß hier ein Mord vorlag und daß man sich seines Namens und Titels statt einer offiziellen Leichenschau bedienen wollte. Die Sache war ihm gleichgültig, strammte ihn jedoch für den Augenblick auf. Es war etwas geschehen, und das Ungewohnte hatte einen lange entbehrten Eindruck auf ihn gemacht. Er ging daher nach dem Zollhause, wo er von beiden Brüdern empfangen wurde, die ihn mit einer ihm sehr verdächtig erscheinenden Höflichkeit in das Krankenzimmer führten. Aber er sagte nichts, fragte nach nichts, denn er wollte das düstere Geständnis hervorzwingen, indem er den Mann dazu brachte, zuerst zu reden, überzeugt, daß er sich durch das erste Wort verraten werde.

Das Kind, das mit einem Talglicht vor sich dasaß und an einem Zuckerkringel knabberte, hatte seine besten Kleider anbekommen, damit es sich feierlich gestimmt fühlen und sich eines passenden Benehmens befleißigen sollte.

Nachdem sich der Inspektor im Zimmer umgesehen und bemerkt hatte, daß die Brüder Vestman hinausgeschlichen waren, trat er an das Bett, wo die Frau lag.

Er sah sofort, daß sie tot war, und erkannte aus ihren zusammengezogenen Gesichtsmuskeln, daß ihr Gewalt angetan sein mußte. Und als er gleichzeitig sah, daß man ihr das Haar sorgfältig über den Scheitel gekämmt hatte, war er sich sofort klar darüber, daß hier die gute alte Sitte mit dem Nagel Anwendung gefunden.

Aber er wollte den Mann dazu bringen, zuerst zu sprechen, und mit halbgeöffneten Lippen und redenden Blicken, als wolle er nach etwas fragen, wandte er sich nach Vestman um. Dieser ließ sich sogleich aufs Glatteis locken, und darauf vertrauend, daß man einem Geisteskranken gegenüber nicht weiter gerissen zu sein brauche, sagte er:

»Der Herr Doktor können ja bescheinigen, daß sie tot ist, dann können wir sie gleich begraben, denn wir armen Leute haben nicht die Mittel, um einen Arzt zu holen.« Mehr bedurfte es nicht, um die Vermutung fast in Gewißheit zu verwandeln. Aber statt zu antworten, wandte sich Borg halb flüsternd an den Mann, der jetzt, nachdem er sein Ansuchen vorgebracht hatte, vollständig beruhigt schien, und fragte:

»Wo ist der Hammer?«

Zuerst fuhr der Mann ein paar Schritte zurück, als wolle er sich über seinen Gegner stürzen und ihn erdrosseln, dann blieb er jedoch stehen, zitternd, entwaffnet durch den Blick, den der Inspektor auf das Kind warf.

»Er weiß nicht, wo der Hammer ist, aber ich weiß, wo der Nagel sitzt«, fuhr der Inspektor mit unbeirrter Ruhe fort. »Überkluge Esel, die nichts Neues erfinden können, sondern sich immer benehmen wie die Kinder, die sich an derselben Stelle verstecken, wenn sie Verstecken spielen! Ich bin überzeugt, daß diese Geschichte mit dem Nagel im Gehirn von einem Edelmann oder einem Priester im Mittelalter erfunden wurde und erst jetzt bis zur Unterklasse herabgesunken ist, wo sie als Beweis für die Gesundheit des Volkes aufgegraben worden ist. Alles kommt von oben her, Lachs, Arsenik, Nägel, Fehlschüsse, Revolutionen, Volksfreiheit, ökonomischer Wohlstand, Volkslieder, Volkssprache, Bauernpraktika, anthropologische Museen, jedoch erst als Diebstahl, denn ihr Pöbel stehlt lieber, als daß ihr Gaben annehmt, weil ihr zu lumpig seid, um danken zu wollen. Und darum bringt ihr eure Wohltäter ins Tollhaus und eure Edelleute aufs Schafott. Schickt mich jetzt in die Irrenanstalt, dann entgehst du dem Gefängnis!«

Als er in sein Haus zurückgekehrt war, fiel ihm ein, daß das Vergnügen, sich auszusprechen, ihn unvorsichtig gemacht hatte, und bei seiner

Kenntnis der Bevölkerung wußte er, daß Selbstverteidigung einem gefährlichen Zeugen gegenüber den Mörder dazu reizen konnte, diesen zum Schweigen zu bringen. Er schlief deswegen in der Nacht mit dem Revolver neben sich im Bett und hatte schlimme Träume, die ihn weckten.

Am nächsten Tag hielt er sich eingeschlossen und sah, daß im Zollhause weiße Laken vor die Fenster gehängt waren.

Am dritten Tage wurde die Leiche herausgetragen und in einem Boot weggeführt, und am vierten kam dann der Mann zurück. Borg schlief jetzt nicht mehr, und die Schlaflosigkeit vollendete das Zerstörungswerk. Die Angst, wahnsinnig zu werden und in eine Irrenanstalt zu kommen, gepaart mit der Furcht, meuchlings ermordet zu werden, bestärkte ihn in seinem Entschluß, gutwillig aus dem Leben auszutreten. Jetzt, wo der Tod sich nahte und der Abschluß eines Lebens, einer Familie sich ihm in seiner ganzen Trostlosigkeit zeigte, war es, als breche der Fortpflanzungstrieb hervor, indem er sich in dem Verlangen, ein Kind zu besitzen, äußerte. Aber das Ziel auf dem banalen Wege zu erreichen: eine Frau aufzusuchen, sich durch Familienbände an die Erde und die bürgerliche Gesellschaft zu binden, war ihm jetzt noch mehr zuwider denn je zuvor, und unter dem Einfluß seines schwachen, zerrissenen Gemüts ersann er einen Richtweg, der ihm die Familienfreude, wenn auch nur für einige wenige Stunden, schenken sollte.

Auf Umwegen, gegen die sein Feingefühl sich noch vor wenigen Monaten empört haben würde, schaffte er sich einen Menschensamen, nachdem er unter dem Mikroskop eine Couveuse konstruiert hatte, die auf sechsunddreißig bis einundvierzig Grad erwärmt gehalten werden konnte. Während der Befruchtung sah er die Männchen das unbewegliche Weibchen umschwärmen, das erröten sehen zu können er sich einbildete. Und nun drängten sie sich zusammen, pufften und schlugen einander im Kampf, um den Impuls zu einer Familie zu geben, seine Anlagen zu verpflanzen, seinen lebhaften, produktiven Geist auf eine kräftige, wilde Unterlage zu pfropfen. Aber nicht die gröbsten, die mit den großen, dummen Köpfen und dicken Schwänzen, sondern die lebhaftesten, geschmeidigsten und feurigsten durchdrangen zuerst die Membrane, um in den Kern hineinzugelangen.

Den Daumen auf der Schraube der Spirituslampe und das eine Auge auf dem Thermometer, betrachtete er dieses entschleierte Mysterium der Liebe ein paar Stunden. Er sah, wie die Zelle anfing, sich zu spalten, wie bereits die Arbeitsverteilung zwischen den verschiedenen Keimen stattfand. Unruhig wartete er das Aufschwellen der vordersten Markröhre zu der Blase ab, die das Gehirn bilden sollte, träumte, daß er diesen Sitz des Gedankens sich schon wölben sah, und fühlte eine Sekunde den Stolz über diese seine Schöpfung, die das Problem Homunculus gelöst hatte, als eine Bewegung mit der Lampenschraube das Eiweiß gerinnen und den Lebensfunken erlöschen machte.

Er hatte während dieser Stunden so intensiv das Leben dieses andern Wesens gelebt, daß es ihm jetzt, wo er den milchweißen, runden Fleck auf dem Glas sah, war, als betrachte er ein im Tode gebrochenes Auge. Und der Schmerz hierüber wuchs in seinem krankhaften Gemüt zu einer Trauer – zu der Trauer um sein totes Kind. Das Band zwischen Gegenwart und Zukunft war zerrissen, und er hatte nicht die Kraft mehr, wieder anzufangen.

Als er zum Bewußtsein erwachte, fühlte er den Griff einer starken, warmen Hand in der seinen, und er erinnerte sich jetzt, geträumt zu haben, er sei ein gestrandetes Fahrzeug, das zwischen Luft und Wasser hin und her geworfen wurde, bis er schließlich den Ruck der Ankerkette und eine wohltuende Ruhe empfand, als sei die Verbindung mit dem festen Lande wieder angeknüpft.

Ohne aufzusehen, drückte er die feste Hand, um die Nähe eines lebenden Wesens zu fühlen. Er bildete sich ein, daß er merkte, wie eine Überführung von Kraft durch die Verbindung des schwächeren Nervenstroms mit dem stärkeren vor sich ging.

»Wie geht es Ihnen?« ertönte die Stimme des Laienpredigers über seinem Kopf.

»Wenn du ein Weib wärest, würde ich wieder leben können, denn das Weib ist die Wurzel des Mannes in der Erde«, antwortete der Kranke und sagte zum erstenmal du zu seinem ehemaligen Kameraden.

»Sei du froh, daß du die faule Wurzel verloren hast!«

»Aber ohne Wurzel können wir nicht wachsen und blühen!«

»Aber mit einem solchen Weib, Borg!«

»Mit einem solchen Weib? Weißt du, wer sie war? Ich habe es nie erfahren.«

»Nun, dann genügt es, wenn du erfährst, daß sie eine von denen war, die man nicht heiratet. Jetzt ist sie indessen verlobt …«

»Mit ihm?«

»Ja, mit ihm! Es stand vorgestern in der Zeitung.«

Es entstand eine Pause, und der Laienprediger wollte sich erheben, um zu gehen, aber der Kranke hielt ihn zurück.

»Erzähle mir ein Märchen«, bat er mit einer kindlich flehenden Stimme.

»Hm! Ein Märchen?«

»Ja, ein Märchen! Zum Beispiel das von Däumelinchen. Wenn ich dich nun bitte, so tue es doch!«

Der Laienprediger setzte sich wieder hin, und als er sah, daß es die ernsthafte Meinung des Kranken war, erfüllte er seinen Wunsch und begann zu erzählen.

Der Inspektor lauschte mit großer Aufmerksamkeit, als aber der Laienprediger nach alter Gewohnheit eine moralische Lehre aus dem Märchen ziehen wollte, unterbrach ihn der Kranke sofort und bat ihn, sich an den Text zu halten.

»Es tut so gut, alte Märchen zu hören«, sagte er; »es ist eine Ruhe, hinabzusinken in die besten Erinnerungen aus der Zeit, wo man ein kleines Tier war und das Unnütze, das Ungereimte, das Sinnlose liebte. Bete mir jetzt das Vaterunser vor!«

»Du glaubst ja nicht an das Vaterunser.«

»Nein, nicht mehr als an die Märchen; aber es tut trotzdem gut, und wenn der Tod nahet und man wieder zurückgeht, wird man konservativ und liebt das Alte. Bete das Vaterunser! Du sollst deinen Schuldschein zurück haben und meine Hinterlassenschaft, wenn du betest!«

Der Laienprediger schwankte einen Augenblick, dann begann er zu beten.

Der Kranke hörte anfänglich das Gebet schweigend an, dann folgten seine Lippen dem Laut und sprachen schließlich die Worte deutlich und mit dem Tonfall eines Betenden aus.

Nachdem sie geendet hatten, sagte der Laienprediger:

»Es tut doch gut, zu beten!«

»Es ist wie Medizin. Die alten Worte wecken Erinnerungen und geben Kräfte, dieselben Kräfte, die sie ehedem den Ichlosen gaben, die Gott außerhalb ihrer selbst suchten. Weißt du, was Gott ist? Es ist der feste Punkt im Raum, den Archimedes sich wünschte, um die Erde heben zu können. Es ist der fingierte Magnet drinnen in der Erde, ohne den man die Bewegungen der Magnetnadel nicht würde erklären können. Es ist der Äther, der erfunden werden mußte, damit der leere Raum gefüllt werden konnte. Es ist das Molekül, ohne das die chemischen Gesetze

Wunderwerk sein würden. Gib mir ein wenig mehr Hypothese und namentlich den festen Punkt außerhalb meiner selbst, denn ich bin vollständig lose.«

»Sage mir, soll ich von Jesus reden?« fragte der Laienprediger, der glaubte, daß der Kranke in Fieberphantasien redete.

»Nein, nicht von Jesus! Das ist weder Märchen noch Hypothese. Das ist eine Erfindung von rachsüchtigen Sklaven und bösen Frauen; es ist der Gott der Mollusken im Gegensatz zu dem der Vertebraten ... aber warte mal, ich bin ja ein Mollusk. Sprich von Jesus! Sprich davon, wie er mit Zöllnern und leichtfertigen Frauenzimmern verkehrte, wie ich es habe tun müssen. Erzähle von den geistig Armen, die das Himmelreich besitzen sollen, weil sie nicht hier auf Erden herrschten, und wie man Handwerker lehrte, sich als Müßiggänger herumzutreiben, und wie man Bettler, Faulpelze, verlorene Söhne, die nichts besaßen, lehrte, in Gütergemeinschaft mit den Arbeitenden zu leben, die etwas hatten.«

»Nein, du Gotteslästerer, ich will nicht als dein Narr hier sitzen!« rief der Laienprediger aus und erhob sich jetzt allen Ernstes.

»Geh nicht, geh nicht!« rief der Kranke. »Halte meine Hand und laß mich deine Stimme hören. Erzähle wovon du willst! Lies! Lies aus dem Kalender oder aus der Bibel – es ist mir einerlei. Der *Horror vacui*, die Angst vor dem leeren Nichts muß weg!«

»Siehst du jetzt, daß du bange vor dem Tode bist!«

»Ja freilich, ebenso sehr wie alles andere Lebende, das nicht gelebt haben würde, wenn nicht die Furcht vor dem Tode existiert hätte. Aber das Gericht, mein Freund, das fürchte ich nicht, denn das Werk richtet den Meister, und ich habe mich nicht selbst erschaffen!«

Der Laienprediger war gegangen!

Es war jetzt am Tage vor dem Christabend, als Borg nach einer stürmischen Nacht, in der er Kanonenschüsse und Menschengeschrei gehört zu haben glaubte, auf den frisch gefallenen Schnee hinausging. Der Himmel war schwarzblau wie eine Stahlplatte, und die Wellen brachen sich gegen den Strand, während die Heulboje in einem ununterbrochenen Gebrüll schrie, als rufe sie nach Hilfe.

Und nun sah er in Südosten draußen auf dem Meer einen großen, schwarzen Dampfer, dessen zinnoberroter Boden ihm wie eine blutige, zerrissene Brust erschien. Der Schornstein mit dem weißen Ring lag geknickt nach der einen Seite, und in Masten und Rahen hingen dunkle Gestalten, verrenkt wie Regenwürmer an einem Angelhaken.

Aus einem klaffenden Spalt mittschiffs sah man die Wellen an Stückgut zerren: Packen, Ballen, Schachteln, Pappkasten, die schwersten verschlingend und die leichtesten an Land führend.

Er ging am Strande entlang mit einer Gleichgültigkeit für das Schicksal der Schiffbrüchigen, wie sie nur der empfindet, der es als ein Glück betrachtet, zu sterben, und kam endlich auf die Landzunge hinaus, wo der Steinhaufen mit dem Kreuz stand. Hier schäumte die See gewaltsamer als sonst irgendwo, und auf dem grünen Wasser sah er Gegenstände von wunderlicher Form und Farbe umherschwimmen, während die Möwen sie mit wütenden Schreien umkreisten, als seien sie in ihrer Raubgier enttäuscht worden.

Nachdem er eine Weile die seltsamen Dinger betrachtet hatte, die näher und näher kamen, sah er, daß sie kleinen, feingekleideten Kindern glichen. Einige hatten blondes Stirnhaar, andere schwarzes, ihre Wangen waren blühend rot und weiß, und ihre großen, offnen, blauen Augen wandten den Blick empor zu dem finstern Himmel, unbeweglich, ohne zu blinzeln. Aber als sie näher an den Strand herankamen, bemerkte er, daß, wenn sie auf den Wellen schaukelten, die Augen von einigen unter ihnen sich bewegten, als gäben sie ihm ein Zeichen, sie in Sicherheit zu bringen; und bei der nächsten Dünung wurden fünf auf den Strand geworfen.

Sein Wunsch, ein Kind zu besitzen, war so festgewachsen in seinem weichen Gehirn, daß er gar nicht auf den Gedanken kam, daß es Puppen waren, die das verspätete und gestrandete Schiff für den Weihnachtsmarkt mitgebracht hatte. So sammelte er denn die Arme voll von den kleinen Findelkindern, die das Meer, die große Mutter, ihm geschenkt hatte. Und seine nassen Schützlinge fest gegen die Brust gepreßt, eilte er nach Hause zurück, um sie zu trocknen. Aber er besaß nichts, um Feuer anzumachen, denn die Leute hatten sich geweigert, ihm Feuerung zu verkaufen. Er selber empfand die Kälte nicht, aber seine kleinen Weihnachtsgäste sollten es warm haben. Deswegen zerbrach er eins der Bücherregale und zündete ein flammendes Feuer auf der großen Feuerstätte an, rückte das Sopha herzu und setzte die fünf Würmer in einer Reihe vor das Feuer. Er sah indessen ein, daß sie nicht mit den Kleidern getrocknet werden konnten, und begann daher, sie auszuziehen; als er aber sah, daß es alles Mädchen waren, ließ er sie ihre kleinen Hemdchen anbehalten.

Dann wusch er ihnen die Hände und die Füße, kämmte ihr Haar, kleidete sie wieder an und legte sie schlafen.

Es war, als habe er Besuch in das Haus bekommen, und er schlich auf den Zehen umher, um sie nicht zu wecken.

Er hatte etwas bekommen, wofür er leben konnte, etwas, womit er kramen, dem er seine Teilnahme bezeigen konnte. Und als er die schlafenden Kleinen eine Weile betrachtet hatte und sah, daß sie mit offnen Augen dalagen, glaubte er, daß das Licht sie blendete, weswegen er die Rouleaus herabrollte.

Als es dunkel im Zimmer wurde, befiel ihn eine bedrückende Schläfrigkeit, die eine Folge von Hunger war; aber er konnte jetzt nicht mehr zwischen den Ursachen der Empfindungen unterscheiden und wußte infolgedessen nicht, ob er hungrig oder durstig war. Da indessen das Sopha von den Kleinen in Anspruch genommen war, legte er sich auf den Fußboden und schlief ein.

Als er erwachte, war es dunkel im Zimmer, aber die Tür war geöffnet und eine Frau stand auf der Schwelle, eine angezündete Laterne in der Hand.

»Herrjemine! Er liegt an der Erde!« hörte man Omans Dienstmädchen ausrufen. »Aber lieber, guter Herr, weiß Er denn nicht, daß Weihnachtsabend ist?«

Er hatte vierundzwanzig Stunden geschlafen, bis zum Nachmittag des nächsten Tages.

Ohne zu wissen, was er tat, erhob er sich. Er vermißte etwas, denn die Zollbeamten waren dagewesen und hatten das Strandungsgut konfisziert, aber er konnte sich nicht entsinnen, was er vermißte. Er empfand nur eine entsetzliche Leere, als leide er unter einem großen Kummer.

»Jetzt soll Er zu Omans kommen und Weihnachtsbrei essen, denn am Weihnachtsabend ist man doch ein Christenmensch. Ach, Herr Jesus, so ein Elend!«

Und das Mädchen brach in Tränen aus.

»Zu sehen, wie ein Mensch so zugrunde geht, das ist ja doch, um Blut darüber zu weinen! Kommen Sie jetzt! Kommen Sie jetzt!«

Der halb Wahnsinnige antwortete nur mit einer Bewegung, daß er kommen würde, wenn das Mädchen vorausgehen wolle.

Als sie gegangen war, blieb er noch eine Weile im Zimmer, nahm die Laterne, die sie zurückgelassen hatte, und trat vor den Spiegel. Als er sein Gesicht sah, das dem eines Wilden glich, schien es in seinem Verstand licht zu werden, und sein Wille spannte sich zu einer letzten Anstrengung an.

Er ließ die Laterne stehen und ging hinaus.

Der Wind war nach Westen herumgegangen und ein wenig abgeflaut; die Luft war klar und der Sternenhimmel glitzernd. Von den Lichtern in den Hütten geleitet, ging er an den Hafen hinab, schlich sich in einen Schuppen und nahm die Segel für ein Boot heraus.

Nachdem er die Segel gehißt hatte, stieß er vom Ufer ab, nahm das Steuer und hielt hart am Winde auf die See zu.

Erst machte er einen kleinen Schlag, um noch einmal einen Blick auf das kleine Stückchen der Erde zu werfen, das Zeuge seiner letzten Leiden gewesen war. Und als er ein dreiarmiges Weihnachtslicht in dem Fenster des Zollhauses erblickte, wo der Mörder Jesus feierte, den Verzeiher, den Abgott aller Verbrecher und Elenden, ihn, mit dem alles Böse, das das bürgerliche Gesetz strafte, entschuldigt wurde, da spie er aus, fierte den Schot auf und hielt vor dem Winde auf die See hinaus. Den Rücken dem Lande zugekehrt, steuerte er hinaus unter die große Sternenkarte und nahm einen Stern zweiter Größe zwischen der Leier und der Krone im Osten als Leitmarke voraus. Er fand, daß er stärker leuchtete als irgendein anderer, und als er in seinem Gedächtnis forschte, entsann er sich undeutlich einer Geschichte von dem Weihnachtsstern, von dem Leitstern nach Bethlehem, wohin drei abgesetzte Könige wallfahrteten, um als gefallene Größen ihre Geringheit in dem kleinsten der Menschenkinder anzubeten, das später der erklärte Gott aller Kleinen wurde. Nein, das konnte nicht *der* Stern sein, denn nach den christlichen Zauberern war als Strafe dafür, daß sie Finsternis über die Erde brachten, nicht ein einziger Lichtpunkt am Himmelsgewölbe genannt, und deswegen feierten sie die dunkelste Jahreszeit – so erhaben lächerlich –, indem sie Wachskerzen anzündeten! Jetzt leuchtete es plötzlich in seiner Erinnerung auf: es war der Stern Beta im Herkules, Hellas' sittliches Ideal, der Gott der Kraft und Klugheit, der die lernäische Hydra mit den hundert Köpfen tötete, der den Stall des Augias reinigte, Diomedes' menschenfressende Pferde einfing, der Amazonenkönigin den Schwertgürtel entriß und Zerberus aus der Hölle zog, um schließlich der Dummheit einer Frau zu erliegen, einer Frau, die ihn aus lauter Liebe vergiftete, nachdem er der Nymphe Omphale drei Jahre wie ein Wahnsinniger gedient hatte.

Hinaus zu dem im Himmel Aufgenommenen, der sich nie schlagen oder ins Gesicht speien ließ, ohne die Schläge oder den Speichel zurückzugeben wie ein Mann! Hinaus zu dem Selbstverbrenner, der von seiner eigenen starken Hand fallen konnte, ohne um Befreiung von dem Kelch zu bitten! Hinaus zu Herakles, der Prometheus, den Lichtbringer, befreite, selbst Sohn eines Gottes und einer Weibmutter, und den die Wilden zu einem Jungfrauensohn verfälschten, dessen Geburt von milchtrinkenden Hirten und schreienden Eseln begrüßt wurde!

Hinaus zu dem neuen Weihnachtsstern ging die Fahrt, hinaus über das Meer, die Allmutter, aus deren Schoß der erste Funke des Lebens entzündet wurde, der Quell der Fruchtbarkeit, des Lebens Ursprung und des Lebens Feind.

Biographie

1849 *22. Januar:* Johann August Strindberg wird als viertes von insgesamt elf Kindern in Stockholm geboren. Er ist das erste eheliche Kind. Sein Vater ist der Kolonialwarenhändler und Dampfschiffkommissionär Carl Oskar Strindberg. Er gehört dem Mittelstand an. Ein späterer Konkurs stürzt die Familie in eine vorübergehende Krise. Die Mutter ist eine Schneiderstochter und vor der Eheschließung Kellnerin und Magd. Durch die mütterliche Linie stammt August Strindberg von deutschen Vorfahren, nach Schweden eingewanderten Handwerkern ab.
Im Hause Strindberg herrscht patriarchalische Strenge. Dabei ist der Vater dem kulturellen Leben sehr aufgeschlossen. August Strindberg leidet unter dem Unverständnis des Vaters, der dessen Phantasieerlebnisse und ambivalent gerichtete Gefühlswelt nicht versteht. Gegenüber solcher Abwehr sucht der Knabe Liebe bei der Mutter, scheitert aber auch damit. Die erlebten Kümmernisse des hochsensiblen Jungen bilden die Basis für die hohe Empfindsamkeit des späteren großen Dichters.

1856 August Strindberg kommt in die Klara-Schule, danach in die Jakobsschule und in eine Privatschule.

1862 Als August Strindberg dreizehn Jahre alt ist, stirbt die Mutter an Lungentuberkulose. Carl Oskar Strindberg heiratet nun die Haushälterin, was zu schweren Zerwürfnissen zwischen August Strindberg und dem Vater führt.

1865 Schon vor dem Abitur nimmt August Strindberg eine Hauslehrerstelle auf einem Gutshof in Sotaskär an.
In diese Zeit fällt auch seine erste Predigt, die er auf Bitten des Ortsgeistlichen mit Erfolg vor der kleinen Gemeinde hält. Hier bricht auch die neu erworbene, religiöse Position durch: Vom Pietismus in der Prägung eines Carl Olof Rosenius zur religiös-liberalen Anschauung mit pantheistischen Zügen.

1867 *25. Mai:* August Strindberg macht das Abitur und beginnt in Uppsala Medizin, aber auch Literaturwissenschaft zu studieren.

1868 *Frühjahr:* Er bricht erst einmal das Studium ab und wird stellvertretender Volksschullehrer in Stockholm.
Herbst: Er wird Hauslehrer bei Axel Lamm.

1869 *Frühjahr:* Danach versucht er sich weiter im Medizinstudium, unterbricht es aber erneut, um sich als Schauspielaspirant am Dramatischen Theater in Stockholm zu bewerben.
August Strindberg will sich das Leben nehmen.
Anfang November: Er schreibt nun im Bewußtsein, daß er nicht zum Schauspieler, aber zum Dramatiker geboren sei, seinen ersten Zweiakter, »Eine Namentagsgabe«. Das Stück wird vom Intendanten des Dramatischen Theaters abgelehnt. Es ist heute verschollen.
August Strindberg macht sich nun daran, noch im selben Jahr ein neues Stück, ein Familiendrama zu schreiben: »Fritänkaren« (»Der Freidenker«, 1869). Auch dieses Stück wird abgelehnt.
August Strindberg berührt sich mit Sören Kierkegaards Kritik am Gewohnheitschristentum.
August Strindberg schreibt noch weitere Stücke: »Hermione«, ein historisches Schauspiel in drei Akten. Es wird später neu gefaßt. Begonnen wird außerdem ein Jesus-Drama in Versen.

1870 Es folgt der Dramenentwurf »Erik XIV.«, der in fünf Akten geplant wird. August Strindberg verbrennt es.
August Strindberg kehrt abermals an die Universität in Uppsala zurück und gründet die literarische Gesellschaft »Runa«, wo regelmäßig literarische, philosophische und religiöse Probleme diskutiert werden.
Ende März: August Strindberg schreibt den Einakter »In Rom« in Versen.
13. September: Die Uraufführung dieses auf den dänischen Bildhauer Bertil Thorwaldsen bezogenen Stückes findet am Dramatischen Theater in Stockholm statt. Das kleine Drama wird elfmal gespielt.
September: Gleichzeitig beginnt August Strindberg ein neues, historisches Drama in fünf Akten zu schreiben mit dem Titel »Blot-Sven«. Nach wenigen Wochen wird er über diese Arbeit so unmutig, dass er das vorliegende Drama verbrennt.

1871 *Anfang des Jahres:* Das Stück »Blot-Sven« wird in vierzehn Tagen zum Einakter »Den fredlöse« umgeformt.
16. Oktober: Das Drama mit dem deutschen Titel »Der Geächtete« wird am Dramatischen Theater in Stockholm uraufgeführt und bringt August Strindberg ein Stipendium durch König Karl

183

XV. ein.

August Strindberg zieht sich auf die Schäreninsel Kymmendö zurück, um sich mit einigen Freunden zu erholen.

1872 *März:* Er gibt endgültig sein Studium und sein Ziel zu promovieren auf und kehrt nach Stockholm zurück. Er schreibt nun als Rezensent für verschiedene Zeitungen, vor allem über kulturelle Probleme und tagespolitische Fragen. Er muß Gelegenheitsarbeiten übernehmen.

8. August: Die Prosafassung von »Mäster Olof« (»Meister Olof«) wird abgeschlossen.

1874 *Herbst:* Es geht August Strindberg finanziell besser, da er Assistent an der Königlichen Bibliothek in Stockholm wird. Um sich aber abzusichern gibt er noch Privatstunden. Außerdem übersetzt er und schreibt weiter an Zeitschriftenartikeln. Intensiv vertieft er sich zu dieser Zeit in die chinesische Kultur und Sprache.

1875 Er begegnet Siri von Essen, seiner späteren Frau.

1876 *Mai:* Der Stoff von »Mäster Olof« wird in Versform gesetzt.

August Strindberg reist über Norwegen nach Frankreich.

1877 *30. Dezember:* Die Hochzeit mit Siri von Essen wird gefeiert.

1879 »Röda rummet« (»Das rote Zimmer«) erscheint. Dieser kritische Roman macht Strindberg auf einen Schlag bekannt.

1880 Die Tochter Karin wird geboren.

1881 Die zweite Tochter Greta folgt. Die Kritik an August Strindbergs Roman wird in Schweden so stark, dass sich der Dichter gezwungen fühlt, aus Schweden zu fliehen.

1883 Er reist nach Frankreich.

Seine Gedichte werden gedruckt.

1884 Die Familie siedelt in die Schweiz über, wo der Sohn Hans geboren wird.

Die berühmten Ehegeschichten »Giftas« I (»Heiraten« I) erscheinen.

Die Kritik an der damaligen Abendmahlsfeier bringt August Strindberg eine Anklage wegen Gotteslästerung ein. Er wird freigesprochen. Der Prozeß erregt großes Aufsehen.

1886 Strindberg befindet sich auf Reisen und bereitet seinen ersten großen Entwicklungsroman, den ersten Teil auch der eigenen Biographie vor. Seine Lebensgeschichte als »Tjänstequinnans son« (»Der Sohn der Magd«) mit dem Untertitel »En själs utvecklingshistoria« (»Die Entwicklung einer Seele«) behandelt die Jahre 1849–1867.

Der Schritt zum naturalistischen Meisterdrama »Fadren« (»Der Vater«, 1887) ist somit getan.

August Strindberg beschäftigt sich eingehend mit der Suggestionspsychologie.

Die Enttäuschung nach der Kritik an dem Erzählband »Giftas« (»Heiraten«, 1884) führen Strindberg, der sich in diesem Band für die Gleichberechtigung der Frau ausspricht, nun zur Gegenposition. Er kritisiert jetzt die Frauenemanzipation.

1887 August Strindberg mit seiner Frau und den drei Kindern siedeln von der Schweiz nach Dänemark über.

August Strindberg schreibt den Roman »Hemsöboerne« (»Die Leute vom Hemsö«).

1888 Im zweiten naturalistischen Drama »Fröken Julie« (»Fräulein Julie«, 1888), kurz nach dem »Vater«-Stück geschrieben, spielt in das Psychodrama die Klassenkritik hinein. Eigene Erlebnisse August Strindbergs in »Skovlyst« nahe Kopenhagen beeinflußen die Dramenkonzeption.

Von 1888 bis 1892 folgen zusammen mit »Fräulein Julie« elf Einakter, die zum Teil die Erlebnisse des Dichters widerspiegeln. Mehrere dieser Schauspiele werden nicht in Schweden, sondern in Berlin uraufgeführt.

1889 *9. März:* Um die Jahreswende, also noch in Dänemark, entsteht der Einakter »Den starkere« (»Die Stärkere«, uraufgeführt in Kopenhagen.

14. März: Das Drama wird in einer geschlossenen Vorstellung des Studentenvereins in Kopenhagen uraufgeführt. Die Titelrolle wird von August Strindbergs Frau Siri von Essen gespielt. Die geschlossene Vorstellung ist nötig, da das Stück der Zensur unterliegt.

Frühjahr: August Strindberg kehrt nach Schweden zurück.

1890 Er veröffentlicht den bedeutenden Roman »I havsbandet« (»Am offenen Meer«).

Nach einer französischen Fassung erscheint auch der autobiographische Roman »En Dåres Försvårstal« (»Die Beichte eines Toren«).

1891 *Januar:* Endlich nach großen Schwierigkeiten wird die Ehe mit

Siri von Essen vor dem Gerichtshof von Värmdo geschieden. August Strindberg leidet besonders darunter, daß die drei Kinder Karin, Greta und Hans bei der Mutter bleiben.

1892 Intensiver Briefwechsel mit Émile Zola.
Im Einakter »Debet och kredit« (»Debet und Kredit«) sind Erinnerungen August Strindbergs an die entsetzliche Armut eingegangen.
Das Stück »Die Himmelrikets nycklar« (»Die Schlüssel zum Himmelreich« erscheint.
Auch in dem Stück »Inför Döden« (»Vor dem Tode«) verarbeitet Strindberg sein Gefühl der totalen Vereinsamung.
September: Er reist nach Deutschland und lebt zuerst als Gast von Ola Hansen und seiner Frau in Friedrichshagen bei Berlin. Hier verkehrt er mit Wilhelm Bölsche, Max Halbe und Bruno Wille.
Ende des Jahres: August Strindberg zieht nach Zerwürfnissen mit seinen Gastgebern in die Innenstadt von Berlin.

1893 *Januar:* August Strindberg lernt die Tochter des Herausgebers der Wiener Zeitung Frida Uhl kennen.
2. Mai: Er lässt sich mit Frida Uhl auf Helgoland trauen. Danach folgen Aufenthalte in England, in Österreich und schließlich in Frankreich.
Nur sieben Ehewochen sind August Strindberg und Frida Uhl in London zusammen. Dann fährt Strindberg nach Rügen, um sich dort mit einigen Bekannten aus der Berliner Zeit zu treffen.
Ende Juli: Die Einladung durch Fridas Mutter Marie Uhl, in das Sommerhaus der Familie an den Mondsee zu kommen, nimmt Strindberg an.
11. August: Strindberg bricht vom Mondsee auf.
Die beiden Eheleute treffen sich nun in Berlin zur Aussprache.
November: Das Paar reist auf Einladung der Großeltern Fridas nach Dornach in der Nähe von Amstetten/Donau. Das Leben und Verhalten dieser Großeltern veranlaßt August Strindberg später, diese in »Advent« zu kopieren.
»Inför döden« (»Vor dem Tode«, 1892) wird zusammen mit »Gläubiger« und »Första varningen« (»Die erste Warnung«, 1892) am Residenztheater uraufgeführt.

1894 In Dornach malt August Strindberg und erlebt, wie im Frühling die deutsche Übersetzung seines naturwissenschaftlichen Buches »Antibarbarus« erscheint.

10. Mai: Die Tochter Kerstin wird geboren. Das Ehepaar trennt sich. Später wird die Ehe in Wien geschieden.

In Paris geht nun August Strindberg naturwissenschaftlichen und alchimistischen Studien nach. Er experimentiert mit Schwefelverbindungen, hat Wahnvorstellungen und Verfolgungsängste.

1898 Nach einigen Reisen entsteht im Hotel Londres in Paris der erste Teil von »Till Damaskus«. »Till Damaskus I« (»Nach Damskus I«) eröffnet die große Dramentrilogie von August Strindberg nach der Überwindung der »Infernokrise«. Der zweite Teil des großen Dramas wird ebenfalls 1898 vollendet. Der dritte Teil folgt erst 1901.

Am Ende des Pariser Aufenthaltes, während des Prozesses der inneren und äußeren Genesung, beschäftigt sich der Dichter mit den Schriften von Emanuel Swedenborg.

1899 *20. Juni:* August Strindberg verläßt Lund, wo er sich nach dem Pariser Aufenthalt ein ganzes Jahr aufhält, um endlich nach Stockholm zu ziehen. Zuerst wohnt er in Furusund innerhalb der Stockholmer Schärenlandschaft. Schon in Lund schreibt er bis zum Umzug zwei große historische Dramen »Folkungersage« (abgeschlossen 20. April 1899) und »Gustav Vasa« (abgeschlossen Mitte Juni 1899).

13. Oktober: August Strindberg zieht in den Narvavägen, danach in die Banérgata 13.

1900 »Advent«, »Ostern« und »Midsommar« (»Mittsommer«) werden auch als die »Jahresfestspiele« bezeichnet.

1901 Mit »Nach Damaskus« und dem dann – nach der endgültigen Rückkehr – in Stockholm geschriebenen »Ett drömspel« (»Ein Traumspiel«) erreicht Strindberg eine Neuorientierung des Theaters.

Er schreibt die beiden Märchenspiele »Kronbruden« (»Die Kronbraut«) und »Svanevit« (»Schwanenweiß«). Ebenfalls schreibt er das historische Drama über den schwedischen Freiheitshelden »Engelbrekt« und das Schauspiel »Kristina«.

1902 *11. März:* Das Stück »Bandet« (»Das Band«, 1892) wird am Kleinen Theater in Berlin unter der Regie von Max Reinhardt

	uraufgeführt.
1904	Nach der Scheidung von seiner dritten Frau folgen Prosaarbeiten. Herausragend sind neben »Götiska rummen« (»Die gotischen Zimmer«), die »Historiska Miniatyrer« (»Die historischen Miniaturen«, 1905).
	Die äußere Trennung von Harriet Bosse bedeutet für Strindberg eine tiefe Bindung durch die Vorstellung, dass es ein telepathisches Zusammensein mit ihr gebe. Das Tagebuch zeigt, wie sehr Strindberg nach der »Infernokrise« im Okkultismus lebt.
1906	Der Dichter beginnt am berühmten »Blaubuch« zu arbeiten. Es erscheinen vier Bände. So unterschiedliche Betrachtungen wie »Ein religiöses Theater«, »Der Fremdling Zola« finden sich in den Essays.
1907	*Januar/Februar:* Er schreibt das Kammerspiel »Oväder« (»Wetterleuchten«).
	Die Stücke »Die Brandstätte« und »Spöksonaten« (»Gespenstersonate« werden aufgeführt.
	Briefwechsel mit Nietzsche.
	Veröffentlichung des letzten Romans, »Svarta fanor« (»Schwarze Fahnen«).
	November: Eröffnung des eigenen »Intimen Theaters« zusammen mit dem jungen Schauspieler August Falck.
	März: Ein weiteres Stück »Den blödande handen« (»Die blutende Hand«) wird durch den Autor selbst verbrannt.
	April: Das Drama »Toteninsel«, durch A. Böcklins berühmtes Bildmotiv geprägt, bleibt Fragment.
	Juni: Das vierte Kammerspiel wird beendet,
	26. November: Zur Eröffnung des Intimen Theaters wird das vierte Kammerspiel uraufgeführt.
1908	August Strindberg zieht in den berühmten »Blauen Turm«.
1909	Auch sein letztes großes Drama »Stora landsvägen« (»Die große Landstraße«) ist ein »Stationendrama«.
	Aufführungen der sogenannten Regentendramen.
	22. Januar: Das erste von diesen drei geschichtlichen Stücken »Siste riddaren« (»Der letzte Ritter«) wird uraufgeführt.
1912	*14. Mai:* Strindberg stirbt in Stockholm an Magenkrebs. Am 19. Mai 1912 wird Schwedens Dichter auf dem Neuen Friedhof von Stockholm zu Grabe getragen.